クリスティー文庫
17

ポアロのクリスマス

アガサ・クリスティー

村上啓夫訳

Agatha Christie

日本語版翻訳権独占
早　川　書　房

HERCULE POIROT'S CHRISTMAS
by
Agatha Christie

Translated by
Hiroo Murakami
Published 2020 in Japan by
HAYAKAWA PUBLISHING, INC.
This book is published in Japan by
arrangement with
AGATHA CHRISTIE LIMITED
through TIMO ASSOCIATES, INC.

あの年寄りが、あんなにたくさんの血を
もっていたと、誰が考えただろう？

——マクベス

親愛なるジェームズ――

あなたはいつもわたしの、最も誠実な、最も親切な読者の一人です。したがって、あなたから批評の言葉をうけたときは、わたしは真剣に心を動かされるのでした。

あなたは最近わたしの書く殺人が、あまりに洗練されすぎてきた――つまり、貧血症的になってきた、という不満を述べられました。そして「もっと血にまみれた、思いきり兇暴な殺人」を求められました。それが殺人であることに一点の疑いをさしはさむ余地のないような殺人を!

そこで、こんど書いたのが、この物語です。これはいわばあなた専用の――あなたのために書かれた物語です。お気に召してくれればいいが、と祈っています。

あなたの親愛な義妹

アガサより

目次

ポアロのクリスマス

登場人物

シメオン・リー……………………………ゴーストン館の主人
アルフレッド・リー………………………シメオンの長男
リディア・リー……………………………アルフレッドの妻
ジョージ・リー……………………………アルフレッドの弟。国会議員
マグダリーン・リー………………………ジョージの妻
デヴィッド・リー…………………………アルフレッドの弟。画家
ヒルダ・リー………………………………デヴィッドの妻
ハリー・リー………………………………アルフレッドの弟
ピラール・エストラバドス………………シメオンの孫
スティーヴン・ファー……………………シメオンの旧友の息子
シドニー・ホーベリー……………………シメオンの付添従僕
エドワード・トレッシリアン……………ゴーストン館の執事
ジョンスン大佐……………………………ミドルシャー州の警察部長
サグデン……………………………………警視
エルキュール・ポアロ……………………私立探偵

第一部　十二月二十二日

1

スティーヴンは元気な足どりでプラットホームを歩きながら、コートの衿《えり》を立てた。駅の上空にはうす暗い霧がもうもうと立ちこめていた。そして幾両もの大きな機関車が、冷たい大気の中に白い蒸気の固まりをシューッシューッと、ものすごい勢いで吐きだしていた。あらゆるものが薄ぎたなくよごれ、煙ですすけていた。

スティーヴンは思わず心の中でつぶやいた。

「なんてきたない国――なんてきたない都会だ！」

ロンドンの商店、レストラン、盛装した魅力ある婦人たちに対する彼の最初の感激は、いつのまにか消えてしまっていた。今彼の眼には、それらのものがすすけた台にはめられた、ぴかぴか光る模造ダイヤとしか映らなかった。

もし今、南アフリカにいたとしたら……彼は急に郷愁の痛みを心におぼえた。明るい日光――青空――花々の咲きみだれた庭――涼しげな青い花――プラムベイゴ（磯松の一種）の生垣――どの小屋にもからみついている青いヒルガオ。

だが、ここにあるものは……汚物とほこりとはてしない群衆の流れ――たえず動き、いそぎ、押し合いへし合いしている人々の群れ。アリ塚のまわりを勤勉に、休むひまなく走りまわっている忙しいアリたち……。

一瞬、スティーヴンは、「来なければよかった……」と考えた。

だが、すぐ彼は自分の目的を思い出した。彼の唇はきっと一文字にむすばれた。ちくしょう！　おれは今まで、それだけをめざして進んできたのではないか！　おれは何年も長い間このことを計画してきた。おれはいつもそれを――これからおれがやろうとしていることを――実行するつもりで暮らしてきた。そうだ、おれは今までそれだけをめざして進んできたのではないか！

そんな一時的な嫌気や、自分自身に対する突発的な疑問は――「なぜか？　それははたしてやるだけの価値があるか？　なぜ過去にこだわるのか？　なぜいっさいを水に流さないのか？」などという疑問は――それこそつまらぬ弱気だ。おれは一時の気まぐれで、あっちを向いたりこっちを向いたりする子供ではない。自信もあり、目的もある四十男だ。予定どおりやろう。イギリスにやってきたのも、そのためではないか。

　スティーヴンは列車に乗り、座席を探すために通路を歩いていった。赤帽をことわり、自分で生皮のスーツケースをさげていた。彼は客車から客車をのぞいて歩いた。どの車両も満員だった。クリスマス三日前である。スティーヴンは、いとわしげに混み合う車内をながめまわした。

　人々の群れ！　たえまなくつづく無数の人々の群れ！　しかもみんな——どういったらいいか——ひどくさえない顔色をしている！　そしてとてもよく似ている、おそろしいほど似ている！　羊のような顔か、兎のような顔をしている。ペチャクチャしゃべるもの、ガヤガヤ騒ぐもの。ブーブー不平をいう中年男。豚そっくりな彼ら。卵形の顔をした、唇の赤い、ほっそりした娘たちでさえ、みんな一様に陰気な顔つきをしている。

　スティーヴンは、とつぜん、陽にやけた、さびしい、広い草原を思い出した……。

　と、そのとき、彼は一両の客車の中をのぞきこんで、思わずはっと息をのんだ。この娘はちがっている。黒い髪、濃いクリーム色の肌——夜の深さと暗さをたたえた瞳。南国特有の、あの哀愁をおびた誇らかな眼……。この娘が、こんなくすんだ灰色の連中に混じって、列車の中に座っているなんて、確かにまちがっている——彼女がところもあろうにあのわびしいイングランドの中部地方へ出かけていくなんて、どう考えてもまちがっている。彼女は、本当はバラの花を口にくわえ、黒いレースでその誇らかな顔をつつみ、バルコニーに立っているべき娘だ。あたりの空気には、ほこりと熱気と血のにおいが——闘牛場のにおいが——ただよっていなければならぬはずだ……。こんな三等車の隅っこに押しこめられているのはまちがいで、もっとすばらしい場所にいるべき娘だ……。

彼は観察眼の鋭い男だったから、彼女の小さな黒い上衣やスカートがかなり着古されたものであることや、手織り地の手袋も薄っぺらな靴も派手派手しい真っ赤なハンドバッグもすべて安物であることを見のがさなかった。しかし、それにもかかわらず、彼が彼女から連想した特質は、すばらしいという一語につきた。彼女はすてきで優美でエキゾティックだった……。

いったい、この霧と冷気と忙しげに働いているアリの国で、彼女は何をしているのだろうか？

スティーヴンは考えた。「彼女がどんな女で、ここで何をしているのか、ぜひ知りたいものだ……。なんとかして知りたいものだ……」

2

ピラールは窓ぎわに押しつけられて座りながら、イギリス人はなんておかしなにおいがするのだろうと思った……。イギリスに来て彼女がいちばん強く感じたのは、においのちがいだった。ここにはニンニクもなければ、ほこりもなく、かぐわしいにおいというものがほとんど存在しなかった。現にこの客車の中にも、むっとするようないやなにおいが——汽車の煤煙のにおいと、石鹼のにおいと、もう一つとても不快なにおいが——立ちこめていたが、その不快なにおいは、彼女のそばに座っている、でっぷり肥った女の毛皮の衿《えり》からにおってくるらしかった。ピラールは敏感に鼻をはたらかせながら、その防虫剤のにおいをいやいやかいだ。おしゃれでつけたにしては、こっけいなにおいだわ、と彼女は思った。

汽笛が鳴り、甲高い声が何やら叫んだかと思うと、列車はゆっくりと駅を離れはじめた。発車したのだ。彼女はとうとうその一歩をふみ出したのだ……。

ピラールの心臓は少しばかり早く打ちだした。万事つごうよくいくだろうか？　実行に着手した以上、うまくやりとげることができるだろうか？　もちろん——もちろん——それについては念入りの上にも念入りに考えぬいた……あらゆる不測の場合も考えて、それに備えもした。ああ、だから、きっと成功するだろう——成功するにちがいない……。

ピラールの赤い唇が上方へそった。と、その口は、とつぜん残忍さをあらわした。子供か子猫の口のような残忍で貪欲な口——おのれの欲望だけを知っていて、まだあわれみということを知らない口。

ピラールは、子供の無邪気な好奇心で周囲を見まわした。乗客は——全部で七人だったが——なんて、みんなおかしな人たちなのだろう、このイギリス人たちは！　見たところ、彼らは金持ちで——その服装といい——靴といい——みんな裕福な暮らしをしているらしかった。おお！　確かにイギリスはたいへん富んだ国であるらしい——彼女がいつも聞かされてきたように。だが、それにしては、彼らは少しも快活でなかった——そう、たしかに快活でなかった。

通路に立っているあの男は、とてもハンサムだわ、と彼女は思った。その陽にやけた青銅色の顔も、高い鼻も、角ばった肩も、彼女には好ましかった。どんなイギリスの娘よりもすばやく、ピラールはその男が自分を賛美していることに気がついた。彼女は一度も彼のほうをじかに見なかったが、その男がどんなにしばしば自分をながめていたか、またどんなふうに見つめていたかをちゃんと知っていた。

ピラールはたいした興味も感動もなしに、この事実をみとめた。彼女の国では、男たちは当然のこととして女をながめ、不当にその事実をごまかさない慣わしになっているからだ。彼女は、あの男はイギリス人かしらと思った。が、すぐそうじゃないと決めた。「イギリス人にしては、いきいきしすぎている」と彼女は考えた。「それに、押し出しも立派だわ。ひょっとするとアメリカ人かもしれない」まるでアメリカの西部劇映画に出てくる俳優みたいだ、と彼女は思った。

一人のボーイが、通路を進んできた。

「ファースト・ランチをどうぞ。ファースト・ランチの時間でございます。ファースト・ランチの席におつきください」

ピラールと同車していた七人の客は、みんなランチの切符を持っていたので、いっせいに立ち上がった。車内はたちまちからになり、しずかになった。

ピラールは、それまで向かい側に座っていた、好戦的な顔つきの白髪《しらが》の老婦人が上のほうを六センチばかりおろしていた窓をいそいで引き上げた。それから気持ちよさそうに自分の席にもたれ、ロンドンの北の郊外を車窓からゆっくりとながめた。彼女はうしろでドアのすべる音がしたときも、振り向かなかった。あの男が通路から入ってきたのだ。そしてピラールは、むろん、彼が自分に話しかけるために車内に入ってきたことも知っていた。

彼女は相変わらずじっと窓外の景色をながめつづけていた。

スティーヴン・ファーが言った。

「窓をすっかりおろしてあげましょうか?」

ピラールはすまして答えた。

「とんでもありません。今閉めたばかりですわ」

彼女は多少なまりはあったけれど、完全な英語をしゃべった。

話がちょっととぎれた間に、スティーヴンは考えた。

「すばらしい声だ。あの声には太陽がある……。夏の夜のように温かい……」

ピラールは考えた。

「あの声がすてきだわ。大きな力強い声。この人は魅力的だわ——ほんとに魅力的だわ」

スティーヴンが言った。

「この汽車はひどく混んでいますね」

「ええ、ほんとうに。おおかたみなさん、ロンドンを逃げ出すんでしょう。なぜって、ロンドンはあんまり暗すぎますもの」

ピラールは、汽車の中で見知らぬ男に話しかけることが罪悪だと思うようには育てられていなかった。彼女も他の娘たちと同様、自分の身は大切にしたが、厳格なタブーというようなものは何ももたなかった。

スティーヴンも、もし彼がイギリスで育っていたら、若い娘となれなれしく話すことを悪いことだと容易に感じただろう。だが、彼もまた話したいと思ったら、誰とでも自由に話をするのがきわめて自然だと考える、人なつっこい人間の一人だった。

スティーヴンは、くったくなく微笑して言った。

「ロンドンは、なんだかおそろしい場所ですね。そう思いませんか？」

「ええ、まったく。あたし全然好きになれませんわ」

「ぼくも、もうごめんです」

ピラールは言った。「あなたはイギリスの方じゃありませんね、そうでしょう？」

「いや、イギリス人です。ですが、南アフリカからやってきたのです」

「ああ、そう。それでわかりましたわ」

「あなたも、外国から着いたばかりですか？」

ピラールはうなずいた。「あたしスペインからきましたの」

スティーヴンは興味をそそられた。

「スペインからですって？　すると、あなたはスペイン人ですね？」

「半分スペイン人ですの。母がイギリス人でしたから。あたしがこんなふうに英語をしゃべれるのも、そのためですわ」

「こんどの戦争騒ぎ（一九三六年から三九年にかけてのスペイン内戦）は、どんなふうですか？」とスティーヴンがたずねた。

「とてもおそろしいですわ、ええ、とても悲しいですわ。いろんな被害がありましてね、ずいぶんたくさんの――」

「あなたは、どっち側ですか？」

ピラールの政治的意見は、かなりあいまいらしかった。彼女の住んでいた村では、彼女の説明によれば、誰も戦争に特別の注意を払わなかった。

「おわかりだろうと思いますが、あたしたちにはあんまり関係がありませんの。市長はもちろん政府の役人ですから政府側でしたが、司祭はフランコ将軍側でしたわ――でも、たいていの人たちは、ワインとブドウ畑の世話に忙しくて、こうした問題に立ち入るひまなんかありませんでしたわ」

「すると、あなたの周囲では全然戦闘は行なわれなかったのですね？」

ピラールは、そうだと答えた。

「でも、それからあたしは自動車で国内を横切ったので」と、彼女は説明した。「ずいぶん、ほうぼうが破壊されているのを見ましたわ。爆弾の落ちるのも見ましたわ。一つは自動車を吹きとばしましたし――ええ、そうですの――もう一つは家を木っ端みじんにしてしまいましたわ。まったく、はらはらするような場面でしたわ」

スティーヴン・ファーはかすかな苦笑をもらした。

「それがあなたの戦争体験ってわけですね？」

「もっとひどい目にあいましたわ」とピラールは言った。「先へ進もうとしたからですが、あたしの車の運転手がやられてしまったのです」

スティーヴンは、彼女の顔を見つめながら言った。

「それで、よくあなたは取り乱さなかったですね？」

ピラールはその黒い眼を大きく見ひらいた。

「誰もかれもきっと死んでしまうにちがいありませんわ。そうでしょう？　あんなふうにいきなり空から爆弾が落ちてくれば、ほかにどうすることができるでしょう？　一時は生きのびても、次には――そうよ、次には死ぬにきまってますわ。それが今この世界に起こっていることなのですわ」

スティーヴン・ファーは笑った。

「でも、ぼくにはあなたが平和主義者だとは思えませんね」

「あたしがなんだと思えないですって？」

ピラールは、彼女の知っているボキャブラリーの中にない言葉にぶつかってめんくらったらしかった。

「あなたは自分の敵を許しますか、お嬢さん？」

ピラールは頭を振った。

「あたしには敵なんかありませんわ。でも、もしあったら――」

「そのときは？」

スティーヴンは彼女の顔を見まもりながら、その可愛らしく残忍な、上にカーブしている口もとにあらためてうっとりとさせられた。

ピラールはまじめな調子で言った。

「もしあたしに敵があったら――もし誰かがあたしを憎み、あたしもその人間を憎んでいたら――そのときは、あたし、敵の喉をかっ切ってやりますわ、こんなふうに……」

彼女は真に迫った身ぶりをしてみせた。

それは、スティーヴンが思わずはっとしたほど、すばやい露骨な身ぶりだった。

「ほう、あなたは血に飢えた娘さんだな！」

ピラールは平気な調子できき返した。

「あなたなら敵に対してどうなさって？」

スティーヴンは言いかけて——彼女の顔をじっとながめ、それから大声で笑った。

「さあ、ぼくはどうするかな——」と彼は言った。「わからないですね」

ピラールは非難するように言った。

「でも、確かに——わかっているはずだわ」

スティーヴンは笑うのをやめ、息を吸いこんでから小声で言った。

「そう、わかってはいますよ……」

それから、急に態度をあらためてきいた。

「どうして、イギリスに来たのですか？」

ピラールはちょっときどった調子で答えた。

「あたし、これから親戚のところへまいりますの——イギリスの親戚のところへ」

「そうですか」

スティーヴンは自分の席によりかかって、ピラールのことをあれこれと考えた——彼女のいうイギリスの親戚というのはどういう人たちだろうか——彼らはこのスペインから来た訪問者をどんなふうに考えるだろうか——彼は、クリスマスを迎えた、どこかの落ちついたイギリスの家庭にいるピラールを心にえがいてみた。

ピラールがたずねた。「いいでしょうね、南アフリカは？」

スティーヴンは彼女に南アフリカのことを話しはじめた。ピラールはおとぎ話を聞く子供のような熱心さで、彼の話に聞き入った。スティーヴンは、彼女の無邪気ではあるが、きびきびした質問を喜び、それに対して一種の誇張したおとぎ話をつくって楽しんだ。

が、まもなく、乗客たちが帰ってきたので、この気晴らしも終わった。スティーヴンは席から立ち上がると、彼女の眼に笑いかけ、それからふたたび通路に出ていった。ちょうど入ってきた婦人に道をゆずるため、戸口に立ちどまったとき、スティーヴンの眼はふと、ピラールの外国製らしい麦わらカバンの貼り札の上に落ちた。彼は興味をそそられてその名前を読んだ——ミス・ピラール・エストラバドス。つづいて、視線が行き先の住所をとらえると同時に、彼は信じられぬ気持ちとそれとは別のある感情で眼をみはった——アドルスフィールド、ロングディル、ゴーストン館《ホール》。

スティーヴンは、新たな表情で——困ったような、怒ったような、疑うような表情でピラールのほうをじっと見てから、向きを変えた……。通路に出た彼は、タバコに火をつけるとしばらく渋面をつくりながら、その場に立ちつくしていた……

3

青と金でかざられた、ゴーストン館《ホール》の大きな客間で、アルフレッド・リーと妻のリディアは、クリスマスのプランを相談していた。アルフレッドは、おだやかな顔にやさしい茶色の眼をした、角ばったからだつきの中年男で、話すときの声はしずかではっきりしていた。ただ、頭が肩の中に沈んでいて、それがなんとなくものぐさな、奇妙な印象を与えた。妻のリディアは、精力的な、やせたグレイハウンドを思わせる女だった。彼女はおどろくほどやせていたが、その動作は敏捷で、眼をみはらせるような上品さをそなえていた。

彼女のかまわない、やつれた顔は美しくこそなかったが特徴的で、声はチャーミングだった。

アルフレッドが言った。

「おやじが言いはるのだ！　しかたがないよ」

リディアは不意にわき上がってきた、いらいらする気持ちをおさえながら言った。

「あなたはいつもお父さまには降参しなければならないのですか？」

「相手は年寄りだからね、お前――」

「そりゃ、わかっていますわ――わたしにだってわかっていますわ」

「おやじは自分の思いどおりにやりたいんだよ」

リディアは冷淡に言った。

「そうよ、これまでだっていつもそうだったわ。でも、ときにはアルフレッド、抵抗しなければいけませんわ」

「それはどういう意味なんだい、リディア？」

彼が明らかに狼狽《ろうばい》して彼女を見つめたので、ちょっとの間、リディアは唇をかみ、言ったものかどうか迷っているようだった。

アルフレッドはくり返した。

「どういう意味なんだね、リディア？」

彼女はやせた上品な肩をすくめた。

彼女は用心ぶかく言葉をえらびながら言った。

「お父さまは――暴君的な――傾向がおありですわ」

「おやじは年寄りだからね」

「すると、これからもお年をとるでしょうから、ますます暴君的になられるわけね。それはいつ終わるのでしょうか？　今だってもう、お父さまは完全にわたしたちの生活を支配していらっしゃるわ。わたしたちは自分自身の計画をたてることなんかできないのよ！　たとえたてたって、いつもひっくり返されてしまうのですわ」

アルフレッドは言った。

「おやじは先頭に立って采配を振りたいだけなのさ。でも、われわれにはとても親切だということを忘れてはいけないよ」

「まあ！　わたしたちに親切ですって！」

「とても親切だよ」

アルフレッドは、こころもち厳しい調子で言った。

リディアはおだやかに言った。

「あなたは財政上のことをおっしゃってるのでしょう？」

「そうだよ。おやじ自身の欲望はごく単純なのだ。けれどもわれわれに対しては、一度だって金を出し惜しんだことがない。着るものにしても、この家の費用にしても、お前の好きなように金を使わせているし、諸々の払いにも文句をつけたことがない。新しい車もつい先週、買ってくれたしさ」

「お金に関するかぎり、お父さまはたいへん寛大だとわたしも思いますわ」とリディアは言った。「でも、そのかわりお父さまは、奴隷のようにふるまうことをわたしたちに期待していらっしゃるのですわ」

「奴隷？」

「そうよ。アルフレッド、あなたはお父さまの奴隷ですよ。もしわたしたちがここから出ていくことを計画したとしても、お父さまが行かせたくないとお思いになれば、あなたは立ちどころにその計画をとりやめて、文句なしにここにいらっしゃるでしょう。反対に、もしお父さまが何かの気まぐれから、わたしたちを追い出そうとなされば、わたしたちはすぐにも出ていかなければならないのですわ……。わたしたちには自分の生活というものはないのです――独立というものはないのですわ」

彼女の夫は苦しげに言った。

「そんなふうに言わないでくれ、リディア。それは忘恩というものだよ。おやじはわれわれのためにあらゆることをしてくれているのだからね……」

リディアは口まで出かかった反駁の言葉をかみころした。そして、そのやせた上品な肩をもう一度すくめた。

アルフレッドはつづけた。

「お前も知ってるとおり、リディア、老人はお前が大好きなのだよ――」

彼の妻はきっぱりと言った。

「わたしは少しもあの方を好きではありませんわ」

「リディア、お前がそんなことを言うのを聞くと、情けなくなるよ。それはあんまり不人情というものだ――」

「そうかもしれません。でも、ときには誰だって本当のことを言いたくなるものですわ」

「もしおやじが感づいたら――」

「お父さまは、わたしがあの方を好いていないことをよく知っていらっしゃいますよ！それをむしろ喜んでいらっしゃるのだと思いますわ」

「ほんとうに、リディア、そりゃお前の誤解だよ。おやじはお前の様子がとてもチャーミングだと、何度もぼくに言ってるくらいだからね」

「もちろん、わたしはいつもしとやかにふるまってきましたわ。これからだっていつもそうするでしょう。でも、わたしの本当の気持ちがどんなものかをあなたにだけは知っておいていただきたいのです。アルフレッド、わたしはお父さまがきらいですわ。あの方は意地悪で、暴君のような老人だと思いますわ。あの方はあなたをおどかし、あなたの愛情につけこんでおられるのです。本当はもっと前に、あなたはお父さまに反抗すべきだったのですわ」

アルフレッドは鋭い調子で言った。

「もうたくさんだ、リディア。たのむから、それ以上何も言わないでくれ」

リディアはため息をついた。

「ごめんなさい。わたしが悪かったのですわ……。さあ、クリスマスの支度のことを相談いたしましょう。弟さんのデヴィッドは本当に来るとお思いになりまして？」

「なぜ、そう思ってはいけないのだね？」

彼女は疑わしげに頭を振った。

「デヴィッドは——おかしいですわ。もう何年もこの家に見えたことがないじゃありませんか。あの人はあなたのお母さまにはあんなに献身的だったのに——この家に対して何か妙な感情を持っているのかもしれませんね」

「デヴィッドは、むかしから、音楽や夢みたいな言動でいつもおやじの神経をいらだたせたものさ。で、たぶんおやじも、ときにはあの男に少しつらくあたったかもしれないよ。でも、ぼくの考えでは、デヴィッドとヒルダはクリスマスにはきっと来ると思うね」

ですよ」

「平和と善意――」とリディアは言った。彼女の上品な口もとが皮肉に曲った。

「わたしにはわからないわ！　ジョージとマグダリーンは来るそうですよ。たぶん明日着くだろうと言ってきましたわ。マグダリーンが退屈しやしないかと、わたし心配しているのですよ」

アルフレッドはいくぶん当惑したように言った。

「弟のジョージのやつ、なんだって二十も年下の娘と結婚したんだろう、どうもわからん。ジョージはいつもばかだった！」

「でも、あの人は仕事の点では成功していますわ」とリディアは言った。「選挙民はあの人を好いていますよ。マグダリーンも、きっとあの人のために一生けんめい、如才なく働くと思いますわ」

アルフレッドはゆっくり言った。

「ぼくは彼女があまり好きじゃないね。美人だが――でも、ときどき彼女は店で買う美しい西洋ナシに似ているような気がするのだよ――それはバラ色の新鮮さというよりも、どっちかといえばロウのような感じの外観を持っているものだ――」そう言いながら、彼は頭を振った。

「そうすると、中身は悪い、つまり腹黒いというのですか？」とリディアは言った。

「あなたがそんなことをおっしゃるなんて、とてもおかしいですわ、アルフレッド」

「なぜおかしい？」

彼女は答えた。

「なぜって――いつも――あなたはとても寛大なかただからですわ。あなたはいままで、誰の悪口もほとんどおっしゃったことがなかった。わたしは、あなたがあんまり――さあなんて言ったらいいでしょうか――あんまり疑りぶかくないので――あんまり浮世ばなれしておられるので――ときどき腹が立つくらいですわ」

彼女の夫は微笑した。

「ぼくだって、この世の中はお前が考えているようなものだといつも思ってるよ」

リディアはなおもしつこく言った。

「いいえ、悪は人の心の中にあるだけではないのです。現実に存在するものですわ！　あなたは、この世に存在する悪を少しも意識していらっしゃらないらしいけど、わたしは意識していますわ。ちゃんと、それと感ずることができるのです。わたしはいつも、それを感じてきましたわ――この家の中でも――」彼女は唇をかんで顔をそむけた。

アルフレッドは言った。

「リディア――」

だが、彼女はそのとき、夫の肩ごしに何かを見て、いそいで片手を上げた。アルフレッドは振り返った。

のっぺりした顔の、色の浅黒い男がうやうやしくそこに立っていた。

リディアが厳しく言った。

「なんなの、ホーベリー？」

ホーベリーは低い声でうやうやしくささやいた。

「大旦那さまからのおことづけでございます、奥さま。ほかに二名のお客さまがお見えになりますから、お部屋のご用意をお願いしたいそうでございます」

「ほかに二人のお客さま？」

ホーベリーはよどみなく言った。「はい、奥さま、男の方と若いご婦人だそうでございます」

アルフレッドがいぶかしげに言った。「若い婦人だって？」

「リーさまはそうおっしゃいました、旦那さま」

リディアがいそいで言った。

「わたし、行って、お父さまにお会いしてみましょう――」

ホーベリーがそっと一歩進みでた。それはほんのわずかな影のような動きだったが、リディアのすばやい前進を自然にとめた。

「失礼でございますが、奥さま、大旦那さまはただいまお昼寝中でじゃまをしないようにと、特別のお言いつけでございました」

「わかった」とアルフレッドが言った。「もちろん、われわれはじゃまするつもりはないよ」

「ありがとうございます、旦那さま」ホーベリーは引きさがった。

リディアが激しい調子で言った。

「なんて、いけすかない男でしょう！　猫のようにしのび足で家の中を歩きまわって！一度だってあの男が部屋に出入りするのを聞いたためしがありませんわ」

「わたしも、あの男は大きらいだ。でも、あいつは仕事のことはよく心得ている。ほかにいい看護役の従僕を見つけるのは、容易ではないからね。それにおやじはあの男が気に入っているらしい。それがいちばん大事なことだよ」

「そうですわ。あなたのおっしゃるとおり、それがいちばん大事なことですわ。それはそうと、アルフレッド、若い婦人というのは、いったい誰でしょうか？」

夫は頭を振った。

「わからんね。それらしい人間を考えることさえできない」

二人は顔を見合わせた。急にリディアがその表情に富んだ口もとをゆがめて言った。

「わたしの考えていること、おわかりになりまして、アルフレッド？」

「なんだね？」

「最近、お父さまは退屈していらっしゃるのですよ。それでご自分のために、軽いクリスマスの気晴らしを計画していらっしゃるのだと思いますわ」

「それで、二人の客を家に招いたというのかね？」

「そうですよ！ わたし、くわしいことは知りませんけれど――お父さまがご自分を楽しませようとして――準備していらっしゃることは、想像できますわ」

「おやじが、それで多少でも慰めを得てくれればいいが――」とアルフレッドはまじめに言った。「気の毒な老人、脚の不自由な病人――ながい間すごしてきた冒険的な生涯ののちに」

リディアがゆっくりくりくり返した。

「ながい間すごしてきた――冒険的な生涯ののちに」

彼女が〝冒険的な〟という形容詞の前でちょっと言葉をとぎらしたことは、漠然とではあるが、ある特別な意味を感じさせた。アルフレッドもそれに気がついたらしかった。

彼はぱっと頬を紅潮させ、みじめな表情を見せた。

リディアは、とつぜん叫んだ。

「どうして、あの方にあなたのような子ができたのか、わたしにはわかりませんわ！　まるで対極ですもの。それでいて、あの方はあなたをすっかり魅了しておられるし——あなたは単純にあの方を尊敬しておられるのですもの！」

アルフレッドは、腹立たしそうに言った。

「お前、少し言葉がすぎやしないか、リディア？　あえていうが、息子が父親を愛するのはあたりまえじゃないか。そうでないほうが、よっぽど不自然だろう」

リディアは言った。

「それならば、この家の家族の大部分は——不自然ですわ！　でも、もう議論はよしましょう！　わたし、あやまりますわ。あなたの感情を害してすみませんでした。信じてください、アルフレッド、わたし本当はそんなつもりではなかったのです。わたし、あなたの——あなたの——誠実さには心から感嘆しているのですわ。忠実という徳は、近ごろではめったに見られない美徳ですもの。わたし、ひょっとしたら、嫉妬しているのかもしれませんわ。一般に女は、義母に対して嫉妬心をいだくものだと言われていますが——それなら、義父に対してだってそうしないわけはないでしょう？」

アルフレッドは、彼女のからだにやさしく腕をまわした。

「お前の思いすごしだよ、リディア。嫉妬する理由なんか、ちっともないじゃないか」

リディアはすばやく彼に後悔の情をこめたキスを与え、その耳たぶをやさしく愛撫した。

「わかりました。でも、アルフレッド、わたし、あなたのお母さまには決して嫉妬を感じなかったろうと思いますの。わたし、お母さまに会いたかったですわ」

アルフレッドはため息をついた。

「母は気の毒な人だった」と彼は言った。

妻は興味ぶかげに彼をながめた。

「では、お母さまは気の毒な人だ……という強い印象をあなたに与えたのですね。それは興味あることですわ」

アルフレッドは夢見るように言った。

「母はたいていいつも病気だったようにおぼえている……よく泣いていた……」彼は頭を振った。「母は元気がなかった」

彼のことをなおも見つめながら、リディアはそっと小声でつぶやいた。

「なんておかしな……」

だが、彼がいぶかしげな視線を彼女に向けたので、彼女は頭を振ると、すぐ話題を変えた。

「わたしたちの謎のお客さまが誰なのか知ることができませんから、わたしは外に出て、いまのうちに庭の仕事を片づけてしまいますわ」

「外はとても寒いよ、お前、肌を刺すような風が吹いてるよ」

「あたたかく着こんで行きますわ」

彼女は部屋を出ていった。ひとり残ったアルフレッドはちょっと眉をしかめて、しばらくの間、じっと立っていたが、それから部屋の端の大きな窓のところへ歩いていった。外側は、建物の幅いっぱいにつくられたテラスになっていた。一、二分ののち、大きな籠をさげてリディアがやってくるのが見えた。彼女は大きなブランケット地のコートを着ていた。籠をおくと、彼女は地面からいくぶん高くなっている四角な石の流しに向かって仕事をはじめた。

アルフレッドは、しばらく、それを見まもっていた。が、とうとう彼も部屋を出て、コートとマフラーを自分でとってくると、それを着けて横の戸口からテラスに出た。歩いていく彼の足もとには、一つ一つが箱庭になっている、さまざまな石の流しがならんでいた。みんなリディアの器用な指先から生まれた製作品だった。

その一つは、なめらかな黒色の砂と、彩色したブリキ板でつくった緑のシュロの小さな木立と、二、三人の小さなアラビア人につれられたラクダの行列とで、砂漠の景色を表したもので、塑像《そぞう》用の粘土でつくった原始的な泥の家も何軒か配置されていた。また、小さなテラスと、色つきの封蠟《ふうろう》でつくった花々の咲き乱れている花壇とを持った、イタリア風の庭園もあった。そうかと思うと、緑色のガラスでつくった氷山に一群の小さなペンギンを配した、北極の風景も見られた。その次には、三、四本の美しい小さな植木と、水のかわりに鏡を使った池と、粘土でつくった橋とで表した日本の庭園があった。

アルフレッドは、とうとう、リディアが仕事をしているところまで歩いていって、彼女のそばに立った。彼女は、青色の紙を敷いて、その上をガラスでおおい、その周囲に小さな岩の固まりを積み上げた。ちょうどそのとき、彼女は袋から目のあらい砂を注いで、渚をつくっているところだった。小岩と小岩の間には小さなサボテンが植わっていた。

リディアは小声でひとりごとを言っていた。

「さあ、これでいいわ――わたしの望みどおりだわ」

アルフレッドが言った。

「この最近の芸術作品は何かね？」

リディアはびっくりして、とび上がった。彼が来たことに気づかなかったからだった。

「これですか？　死海よ、アルフレッド。お気に召しまして？」

彼は言った。「少し殺風景じゃないかね？　もう少し草や木があったほうがいいんじゃないかな？」

彼女は頭を振った。

「そこが、わたしの着想《アイデア》なのよ。ご存じのように、この海は死んでいるのでしょう——」

「これは、ほかの作品ほど人目をひかないな」

「とくに人目をひくようにつくったものではないのですもの」

足音がテラスの上に聞こえ、白髪の、少し腰の曲がった年とった執事が、二人のほうへ近づいてきた。

「ジョージ・リー夫人からお電話でございます。ジョージさまご夫妻は、明日の五時二十分までにうかがうつもりだが、差しつかえないだろうか、とおっしゃっておいでですが」

「ええ、けっこうです、とお伝えしておくれ」

「ありがとうございます、奥さま」

執事はいそいで去っていった。それを見送っていたリディアの顔にはやさしい表情がうかんだ。

「老トレッシリアン！　なんて頼もしい男《ひと》でしょう！　あの男《ひと》がいなかったら、わたしたち、どうしたらいいのか見当もつきませんわ」

アルフレッドもそれに賛成した。

「あの男は旧派の一人だよ。四十年近くもわれわれといっしょに暮らしてきて、すべてをわれわれのためにささげてきたのだからね」

リディアはうなずいた。

「本当に。物語の中に出てくる、忠義の老僕そっくりですわ。この家族の一人を守る必要が生じた場合には、きっと自分の身を捨ててもそれにあたるにちがいないと思いますわ」

アルフレッドは言った。

「あの男なら、やるだろう……そう、きっとやると思うね」

リディアは、彼女の浜砂利の最後の部分をならしおえた。

「そら」と彼女は言った。「用意ができたわ」

「用意？」アルフレッドはいぶかしげな顔をした。

彼女は声をあげて笑った。

「クリスマスのためよ、ぼんやりさん！　わたしたちがやろうとしている、あのセンチメンタルな家族クリスマスのためですよ」

4

デヴィッドは手紙を読んでいた。彼は一度、それをまるめて、向こうへ押しやったが、すぐまた手をのばしてそれをとり、しわをのばして、ふたたび読みはじめたのであった。

妻のヒルダはしずかに、何も言わずに彼の様子を見まもっていた。ぴくぴく動く、彼のこめかみの筋肉（それとも神経だろうか？）、長いきゃしゃな両手のかすかなふるえ、全身の神経的な、発作的な運動。いつも額の上に垂れさがりがちな美しい髪をかき上げて、彼が何かを訴えるような青い眼を彼女に向けたとき、彼女はもう覚悟ができていた。

「ヒルダ、ぼくたちはどうしたらいいだろうか？」

ヒルダは口をひらく前に、一瞬ためらった。彼女は彼の声の中にいつもの哀訴を感じたからだった。彼女は、彼がどんなに彼女を頼りにしているかを知っていた——結婚以来ずっとそうだった——そして、自分の意見がたぶん、彼の決断に最終的、決定的影響を与えることも知っていた。それだけに、彼女は何ごとも最終的な発言をすることには用心ぶかかった。

彼女は言った。その声は育児室の経験をつんだ乳母の声そっくりで、しずかな、なだめるようなひびきを持っていた。

「それは、あなたのお気持ちしだいですわ、デヴィッド」

ヒルダは、美しくはなかったが、人をひきつけるある種の魅力を持っていた。彼女にはどことなく、オランダ派の絵に似たところがあった。その声にはなにかしら心の温まる親愛のひびきがあった。彼女には弱い人間の心をも動かすいきいきとした、ふしぎな力が——強い何かがあった。見るからに頑丈な、ずんぐりした中年女——利口でもなければ、才気煥発でもないが——しかし、見落とすことのできない何かが、彼女にはそなわっていた。力！　ヒルダ・リーには力があった！

デヴィッドは立ち上がって、室内を行ったり来たりしはじめた。髪にはまだ一本も白《しら》髪《が》が混じっていなかった。彼は妙に子供っぽい顔つきをしていた。その顔は、バーン・ジョーンズが描く騎士の柔和さを持っていた。とにかく、それはあまり現実的な顔ではなかった……。

彼は言った。が、その声には物足りなげな調子が表れていた。

「ぼくがどう思っているか、お前は知っているだろう、ヒルダ。知っているはずだ」

「わたしにはその自信がありませんわ」

「だって、ぼくはお前に話したじゃないか――何度も何度も話したじゃないか？　どんなにぼくがあそこを――あの家も、まわりの地方も、何もかもを――憎んでいるかってことを！　不幸の思い出のほか、何も思い出させない土地。ぼくはあそこですごしたあらゆる瞬間を憎むね！　ぼくはそれを考えるとき――彼女がうけたあらゆる苦しみを――ぼくの母がうけた苦しみを考えるとき……」

彼の妻は同情するようにうなずいた。

「母はとてもやさしい、それでいてとても辛抱づよい女だった。よく病気になって苦しんで寝ていたが――その苦しみをがまんし――あらゆることをたえしのんでいた。それにつけても、父のことを思うと……」――彼の顔が急に暗くなった――「あらゆる不幸を母の生活に持ちこみ――彼女に屈辱を与え――自分の情事を自慢し――たえず彼女に不信をはたらきながら、それを少しもかくそうとしなかった父――」

ヒルダは言った。

「お母さまはがまんすることはなかったのです。お父さまのもとをお去りになればよかったのですわ」

デヴィッドは、それをとがめるように言った。

「母はそんなことをするには、あまりに善良だったよ。母は家にとどまることを、自分の義務と考えていたのさ。それにあの家は母の唯一の家庭《ホーム》だった――ほかのどこへ行けたろう？」

「お母さまは、ご自分の生活を持とうと思えば、お持ちになれたのですわ」

デヴィッドは、じれったそうに言った。

「できないよ、その当時は！　お前にはわからないだろうけれど。そのころの女は、誰もそんなふるまいをするものはなかった。彼女らは何ごとも辛抱したものだ。それに、母はぼくらのことも考えなければならなかった。もし母が父と別れたなら、どんなことになったろう？　父はおそらく再婚しただろう。そして、そこには第二の家族ができたにちがいない。そして、われわれの利益は台なしになったにちがいない。母はそれらのことをすべて考慮に入れなければならなかったのだと思うね」

ヒルダは答えなかった。

デヴィッドは、なおもつづけた。

「やっぱり、母のやったことは、正しかったのだ。彼女は聖女だった！　彼女は最後までたえしのんだ――不平も言わずに」

ヒルダは言った。「まったく不平を言わずに、じゃありませんよ。あなたがよく知らないのでしょう、デヴィッド！」

デヴィッドは顔をかがやかせながらしずかに言った。

「そうだ——彼女はぼくにはいろんなことを話したっけ……彼女はぼくがどんなに彼女を愛していたかを知っていたのだ。母が死んだとき——」

彼は言葉をとぎらせた。そして両手で髪をかきむしった。

「ヒルダ、それはおそろしかったよ——ぞっとするようなおそろしさ！　たまらないさびしさ！　母はまだ若かった、死ぬにはおよばなかったのだ。あの男が——ぼくの父が——彼女を殺したのだ！　彼は母の死に対して責任があった。彼女の心を傷つけ、悲嘆にくれさせたからだ。そのときから、ぼくは父の家の屋根の下で暮らすまい、と決心した。そして、結局、ぼくはとび出してしまった——いっさいから離れてしまったのさ」

ヒルダはうなずいた。

「あなたは、賢明でしたわ」と、彼女は言った。「そうなさったのは、正しいことでしたわ」

デヴィッドは言った。

「父はぼくを自分の会社に行かせたかったのだよ。でも、そうすれば、父の家に住まなければならないだろう。ぼくはそれにたえられなかったのだよ。アルフレッドがどうしてそれをがまんしているのか――何年間もがまんしているのか――ぼくにはわからない」

「アルフレッドは一度もそれに反抗しなかったのですか？」ヒルダは興味ぶかげにたずねた。

「たしか、アルフレッドがほかの職業をあきらめたことについて、あなたから何かお話を聞いたように思いますが」

デヴィッドはうなずいた。

「アルフレッドは陸軍に入るつもりだったのだよ。それも父が万事とりきめたのだ。それで、長兄のアルフレッドはある騎兵連隊に入ることになっていた。ハリーはぼく同様、会社に行くことになっていた。またジョージは政界に入ることになっていた」

「それが結局、そのようにならなかったのですね？」

デヴィッドは頭を振った。

「ハリーがそれをこわしてしまったのだよ！　ハリーはいつもおそろしく乱暴だった。借金はつくるし――ほかにも、あらゆる種類の面倒な問題をひき起こした。そして、とうとう、ある日、自分のものではない数百ポンドの金を持って姿をかくしてしまった―

――オフィスの腰掛けは自分には合わないから、おれはこれから世界をまわってくるつもりだ、という書き置きを残してね」

「それ以来、ハリーについては、何も消息をお聞きにならないのですね？」

「いや、いや、聞いたよ！」デヴィッドは笑った。「ぼくらはひんぴんと聞いたよ！あの男はいつも、世界中のあらゆるところから金を無心する電報を打ってくるのだ。そして、いつもそれを手に入れたのさ！」

「それでアルフレッドは？」

「父が軍隊をやめさせて、家に呼びもどし、会社に行かせたのだよ」

「アルフレッドは反対しなかったのですか？」

「はじめは、ずいぶん反対したさ。でも結局、父はアルフレッドを自分の思うままにすることができた。いまでも、アルフレッドは完全に父の言うなりになっているにちがいない」

「そして、あなたは――逃げ出したのですね！」と、ヒルダは言った。

「そうだよ、ぼくはロンドンに行って、絵を習った。そのとき、父はぼくに、はっきりこう言ったよ――もしお前がそんな無駄なことをやるために家を出るなら、おれが生きている間は、小額の手当を与えるけれども、死んだときには一文もやらんぞ、と。だが、ぼくはかまわない、と言った。父はぼくを未熟でばかなやつだと言ったが、そういうことさ！　ぼくはそれ以来、父に会っていないよ」

ヒルダはしずかに言った。

「あなたはそれを後悔していらっしゃらないのですね？」

「していないね。ぼくは、自分の芸術がものにならないことは、すでにさとっている。決して大芸術家にはなれないだろう――しかし、ぼくたちはこの小さい家でもけっこう幸せじゃないか――欲しいものはなんでも手に入れたし――必需品はそろっている。そしてぼくが死ねば、ぼくの生命保険金がある」

彼はちょっと休んでから、言った。

「ところで――これだ！」

彼は片方のあいている手で手紙を打った。

「その手紙がそんなにまであなたを取り乱させるのでしたら――そんな手紙をお父さまはくださらなければよかったのに、残念ですわ」と、ヒルダが言った。

デヴィッドは彼女の言葉を聞かなかったように言葉をつづけた。

「ぼくの妻をつれてくるように、と書いてある。そして、みんなでいっしょにクリスマスを迎えたいと述べている。和合家族！　どういう意味なんだろう？」

ヒルダは言った。

「読んで字のとおりではないのでしょうか、それ以上の意味が必要なのですか？」

デヴィッドはいぶかしげに彼女の顔を見た。

「わたしのいった意味は」と、彼女は微笑しながら言った。「あなたのお父さまも、お年をとられたので家族のきずなについて感傷を感じはじめられたのではないか、ということですわ。それでこういうことになったのでしょう」

「なるほど、ぼくもそう思うよ」と、デヴィッドはゆっくり言った。

「おやじは年をとり、さびしいのだな」

彼はチラッと彼女を見た。

「お前はぼくが行ったほうがいいと思うかね、どうかね、ヒルダ？」

彼女はゆっくりと答えた。

「訴えに応えないのは——相手に対して気の毒なように思いますね。こんなふうに考えるわたしは、古風な女かもしれませんけれど、でもクリスマスに平和と善意を持っていけないわけが、どうしてあるでしょう？」

「でも、ぼくはお前に話したじゃないか？」

「わかってますわ、あなた、わかってますわ。でも、すべては過ぎたことですよ。もう終わったことですわ」

「ぼくにとっては、そうじゃないよ」

「いいえ、それはあなたがそれを滅びさせまいとしていらっしゃるからですよ。いつも心の中に過去を生かしておかれるからですよ」

「ぼくは忘れられないのだ」

「忘れようとなさらないのですよ——あなたのおっしゃる意味はそうなのでしょう、デヴィッド」

彼の口がキッと一文字になった。

「ぼくらはそうなのだよ、われわれリー家のものは。ぼくらは何年間もものごとを忘れないよ——たえずそのことを考えて、記憶を新たにしているのだ」

ヒルダはいらだたしげに言った。

「それが自慢になることでしょうか？　わたしは、そう思いませんわ」

デヴィッドはいくぶん遠慮した態度で用心ぶかく彼女をながめた。

彼は言った。「では、お前は忠実ということに——記憶への忠実ということにたいして価値をおかないのだね？」

ヒルダは言った。

「わたしの考えでは、重大なのは現在で――過去ではない、と思うのです。過去は去らしめよ、ですわ。もしわたしたちが、過去を生かしておこうとすると、その結果はどうしてもそれをゆがめることになると思いますわ。なぜって、わたしたちは誇張した言葉で――まちがった遠近法でそれを見るからですわ」

「ぼくは、あのころのあらゆる言葉、あらゆる出来事を完全に思い出すことができるよ」と、デヴィッドははげしい語調で言った。

「そうでしょう。でも、それはいけませんわ。そうすることは自然ではありませんよ。あなたは、大人の節度ある眼でそれを回想するかわりに、子供の判断でそれを見ようとなさるからですわ」

「それは、どういう相違があるんだ？」と、デヴィッドは聞き返した。

ヒルダはためらった。議論をつづけることの愚かさに気がついたからだった。けれども、彼女には、どうしても言っておきたいことがあった。

「これはわたしの考えですけれど」と彼女は言った。「あなたは、お父さまを化け物と見ていらっしゃるのだと、思いますわ！　つまり、一種の悪の権化にまで高めていらっしゃるのですわ。もし今、お父さまにお会いになるとしたら、たぶんあなたはお父さまがごく普通の人間――なるほど、激情にかられやすい、非難すべきところの多い、人間かもしれませんが、決して非人間的な怪物などではなく、やはり一個の人間にすぎないことを、さとられるにちがいないと思いますわ！」

「お前にはわかっていないのだ！　おやじがおふくろをどんなに扱ったか——」

ヒルダはまじめに言った。

「世の中には、男の中にある最悪のものを導き出すような、ある種のおとなしさ——従順さといったものが、あるものですが——その同じ男が、元気と決断力に直面すると、まったくべつの人間になるのですわ」

「では、お前はすべてが母の罪だと言うのか——」

ヒルダはそれをさえぎった。

「いいえ、もちろん、そんなことを言っているのではありませんわ！　あなたのお父さまがあなたのお母さまをとてもひどく扱われたということは、少しも疑ってはいませんわ。でも、結婚生活というものは特別なものなのです——ですから、当事者以外のどんな人間にも——たとえ二人の間に生まれた子供にさえ——それを裁く権利があるかどうかは、疑わしいと思いますの。それに、あなたが今どんなにお父さまを恨んだところでお母さまを助けることはできないのです。すべては過ぎ去ってしまったのですわ！　いま残っているのは、一人の病弱な老人——自分の息子に手紙をよこして、クリスマスにはぜひ家に帰ってきてくれるようにとたのんでいる、一人の老人なのですわ」

「それでお前はぼくに帰ったほうがいいというのだね？」

ヒルダはためらった。が、すぐ決心した。

「ええ」と彼女は言った。「そうですわ。そしてお帰りになって、化け物もこれきりにしてほしいですわ」

5

ウェスタリンガム選出の国会議員、ジョージ・リーは、今年四十一歳になる肥満ぎみの紳士だった。その眼は疑りぶかい表情をおびた薄青い軽い出目《でめ》で、いかついあごを持ち、ゆっくりとしたペダンティックな話し方をするのが特徴だった。

今、彼は重々しい態度で言った。

「今も話したように、マグダリーン、おれはやっぱり、行くのが義務だと思うよ」

妻のマグダリーンは、もどかしそうに両肩をすくめた。

彼女はなめらかな卵形の顔に、きりっとした眉を持った、やせ形の、プラチナブロンドの女だった。ときどきポカンとして、まったく無表情に見えることがあったが、今も彼女はそんな顔つきをしていた。

「ねえ、あなた」とマグダリーンは言った。「さぞ気づまりなことでしょうね。きっとそうだと思うわ」

「それに――」と、ジョージ・リーは、そのときある魅力的な考えが頭にうかんだので、顔をかがやかせながら、言った。「そうすれば、われわれにもかなりの節約になるわけだ。クリスマスは毎年ものいりの多い時期だからな、ことしは召使たちの給料も留守預りの手当に切りかえることができる」

「まあ！」と、マグダリーンが言った。「結局、クリスマスは、どこにいたって気づまりなのね」

「たぶん」と、ジョージは自分の考えをおしすすめながら言った。「彼らはクリスマスの晩餐会をやるつもりでいるぞ。七面鳥のかわりにきっと牛肉でも使って」

「誰が？　召使たちがですか？　まあ、あなた、そんなに騒ぎたてないで。あなたってばいつもお金の心配ばかりしていらっしゃるのね」

「誰かが心配しなきゃならんよ」と、ジョージは言った。

「それはそうですが、でも、そんなけちなやりかたで切りつめたり、けずったりすることは、ばからしいことですわ。それよりも、なぜあなたは、もっとたくさんのお金をお父さまに出させるようになさらないのですか？」

「おやじは、すでにかなりの額の手当を毎月くれているじゃないか」

「あなたのように、完全にお父さまに寄食しているなんて、ひどいですわ！　お父さまも正式にあなたにある程度のまとまったお金をお譲りになるべきですわ！」

「それはおやじの方針に合わないのだよ」

マグダリーンは彼を見た。彼女の淡褐色の眼がとつぜん鋭い光を放ち、その無表情な卵形の顔に意味ありげな動きが現れた。

「お父さまはものすごいお金持ちなんでしょう、ジョージ？　一種の百万長者なんでしょう？」

「百万長者の二倍以上は持ってること、たしかだね」

マグダリーンはうらやましげにため息をついた。

「いったい、お父さまはどうやってそれだけの財産をつくったのですか？　南アフリカ、でしたよね？」

「そうだよ。おやじは若いころ、そこで大財産をつくったのだよ。おもにダイヤモンドでね」

「スリリングね！」

「それから、まもなくイギリスに帰ってきて、事業をはじめたのだが、それによっておやじの財産は二倍または三倍になったと、おれは信じているよ」

「お父さまが死んだら、どうなるんでしょう？」と、マグダリーンはたずねた。

「おやじはその問題についてはあまり話したことがないよ。もちろん、誰もはっきり聞くわけにはいかないからでもあるが、おれの想像では、その財産の大半は、アルフレッドとおれに来るだろうと思っている。むろんアルフレッドのほうが、大きな分け前にあずかるだろうがね」

「あなたにはまだほかに兄弟がいるんでしょう？」

「ああ、弟のデヴィッドがいるが、彼がたくさんの分け前にあずかるとは思えないね。彼は美術とか、芸術とか、そういった種類のばかなことをやるために家を出てしまった。そのときおやじは、そんなばかなまねをするなら遺言書から名前をけずってしまうぞ、と彼をおどかしたが、デヴィッドはかまわない、と答えたらしいのだよ」

「まあ、なんておばかさんなんでしょう！」と、マグダリーンは嘲笑をうかべて言った。

「それから、妹のジェニファーがいる。彼女はある外国人――デヴィッドの友達の――スペインの美術家――といっしょになって、スペインに行ってしまったが、ちょうど一年前に死んで、あとに娘が一人残っているそうだ。おやじはこの娘にはいくらか金を残すだろうが、そうたくさんはやるまい。それから、次はハリーだが――」

彼はちょっとまごついて、口をつぐんだ。

「ハリーですって？」と、マグダリーンがおどろいて言った。「ハリーって、誰ですの？」

「うん――いや――やっぱりおれの兄弟さ」

「あなたにもう一人の兄弟がいるなんて、わたしちっとも知らなかったわ」

「ねえ、お前、彼の存在はわれわれにとって、あー、名誉なことじゃなかったからだよ。われわれは、やつのことにはふれないことにしているのだ。やつの行状はまったく一家の面よごしなんでね。ここ数年間、消息を聞いたことがないが、あるいは死んだのかもしれない」

マグダリーンがとつぜん声を立てて笑いだした。

「どうしたんだ？　何を笑っているんだ？」

マグダリーンは言った。

「あなたに――あなたにそんな外聞の悪い兄弟があるなんて、とてもおかしかったからよ。ジョージ、あなたはそれほど尊敬すべき方なのね」

「願わくばそうありたいね」と、ジョージは冷やかに言った。

マグダリーンの眼が細まった。

「あなたのお父さまは、あんまり——尊敬すべきかたじゃないわね、ジョージ」

「マグダリーン！」

「ときどきお父さまのおっしゃることに、わたしとても不愉快になることがあるわ」

ジョージは言った。

「まったく、マグダリーン、お前はおれをおどろかせるよ。リディアは、そんなことを、言うだろうか？」

「お父さまは、リディアには、わたしにいうようなことをおっしゃいませんよ」とマグダリーンは言った。そして怒ったようにつけ加えた。「そうよ、あの人には決しておっしゃらないわ。なぜだか、わたしにはわからないけれど」

ジョージはすばやく彼女をぬすみ見てから、すぐ視線をそらせた。

「まあ、まあ」と、彼はあいまいに言った。「おやじの年と——あの健康状態を考えて——大目に見てやらなければなるまい」

彼はそこで、ちょっと言葉を切った。

マグダリーンがたずねた。

「お父さまはほんとに——お悪いんですか？」

「はっきりそうだとは言わんよ。なにしろ、とてもタフな人だからね。それにしても、クリスマスにせっかく自分の家族を呼びよせたがっているのだから、やっぱりおれたちは行ったほうがいいと思うね。あるいは、これがおやじの最後のクリスマスになるかもしれんからな」

彼女は辛らつに言った。

「あなたはそうおっしゃるけれど、ジョージ、お父さまはまだ数年、長生きすると思うわ」

ちょっとどぎまぎして、彼女の夫はどもりながら言った。

「そう——そうだよ。もちろん、生きるだろう」

マグダリーンは眼をそらせた。

「とにかく」と彼女は言った。「行くのが正しい、とわたしも思いますわ」

「そのことに疑いはないよ」

「でも、本当は、わたしいやなんです！　アルフレッドはあんなに退屈だし、リディアはわたしを鼻であしらうし」

「何をばかなことを言ってるんだ」

「本当よ。それに、わたし、あのいやらしい男、大きらいだわ」

「トレッシリアンかい？」

「いいえ、ホーベリーですよ。猫のようにコソコソ歩きまわったり、つくり笑いをしたりして」

「まったくだ、マグダリーン、どう考えてもあのホーベリーが、お前の気に入るとは思えないよ」

「あの男はどうもわたしの神経にさわるわ。でも、もう考えるのはやめましょう。とにかく、わたしたちは行かなければならないのだから。老人を怒らせないようにするわ」

「そう——そう、それが大切な点だよ。ところで、召使たちのクリスマスの晩餐のことだが——」

「だめよ、ジョージ、そんなこと、いつだっていいじゃないの。わたしすぐリディアに電話をかけて、明日五時二十分までに行くことを知らせておくわ」

マグダリーンは、いそいで部屋を出ていった。彼女は電話をかけてから、自分の部屋へ上がっていって、机の前に腰をおろした。そして机のふたをあけて、書類棚をかきまわした。と、一度にたくさんの請求書が滝のようにころがり落ちた。マグダリーンは、それらを一応整理するつもりで、選り分けはじめた。が、やがてじれったそうにため息をつくと、それを一つにたばねて、ふたたびもとの棚に押しこんでしまった。彼女はそのなめらかなプラチナブロンドの頭をかかえた。

「いったい全体、どうしたらいいんだろう?」と、彼女はつぶやいた。

6

ゴーストン館《ホーム》の二階には、一本の長い廊下が、正面の車道をひとめで見わたす大きな部屋に通じていた。その部屋は、古風な様式のけばけばしい火炎模様でかざられていた。重々しい錦織の壁紙、ぜいたくな皮張りの肘掛け椅子、龍を浮彫りにした大きな花瓶、ブロンズの彫像——すべてが荘重で、高価で、がっしりしたものばかりだった。

椅子の中でもいちばん大きな、いちばん立派な、大型の肘掛け椅子に、やせたしわだらけの老人が座っていた。その長い鳥のような両手を椅子の腕の上にのせ、そばには金づくりの杖が立てかけてあった。着古した青い色の部屋着をまとい、足にはじゅうたん地のスリッパをはいていた。髪は白く顔の皮膚は黄色かった。

みすぼらしい、つまらぬ人物と人は思うかもしれないが、そのワシのような誇らかな鼻と黒いいきいきとした眼を見たならば、その人もきっと意見を変えるにちがいない。そこには、火と生命と活気がひそんでいた。

老シメオン・リーは、とつぜん、おかしそうに甲高い声でワッハッハッと笑った。

彼は言った。

「お前は、アルフレッドの奥さんに、わしの伝言をつたえたんだね、えっ？」

彼の椅子のそばに立っていたホーベリーは、いんぎんな低い声で答えた。

「はい、旦那さま」

「わしがお前に言ったとおりの言葉でだね？　まちがいないな？」

「はい、旦那さま。決してまちがいございません」

「そうか。まちがいをやらんほうがいいぞ。さもないと後悔することになるからな。それで、アルフレッドの奥さんは何と言ったかね？　アルフレッドは何と言ったかね？」

しずかに、無感動な調子で、ホーベリーはそのときの模様をもう一度くり返した。老人はふたたびワッハッハッと高笑いし、両手をこすり合わせた。

「すばらしい……最高だ……やっこさんたち、この午後じゅう——考えたり、あやしんだりすることだろう！　すばらしい！　さて、あれたちに話すことにするか。行って、呼んできてくれ」

「かしこまりました、旦那さま」

ホーベリーは音もたてずに室内を横切り、戸口から出ていった。

「ところで、ホーベリーだが――」

老人はあたりを見まわしてから、ひとりで悪態をついた。

「あいつはまったく猫みたいな動きかたをしやがる。どこにいるのかわかりゃしない」

彼はドアをコツコツたたく音が聞こえるまで、じっと椅子に腰かけて、指であごをなでていた。入ってきたのはアルフレッドとリディアだった。

「ああ、お前たちか、お前たちか。リディア、さあ、わしのそばにお座り。お前はまたなんていい顔色をしているんだ」

「外の寒い空気の中にいましたので、頬がほてるのですわ」

アルフレッドが言った。

「ごきげんいかがですか、お父さん。今日の午後はよくお休みになれましたか?」

「最高――最高だ。昔のことを夢に見た。わしがまだ身を固め、社会の柱となる前のことだが」

彼はとつぜん哄笑した。

リディアはつつましやかに微笑をうかべて、黙って座っていた。

アルフレッドが言った。

「お父さん、クリスマスに来ることになっている二人の追加の客というのは、あれはどういう客ですか？」

「ああ、それ、それ！　それについて、お前たちに話しておかなければならんが、今年はわしにとって、素晴らしい《グランド》クリスマスになりそうなのだ――素晴らしいクリスマスにね。ええと、ジョージが来ることになっている。それからマグダリーンが――」

リディアが言った。

「ええ、二人は明日五時二十分までに着くそうですわ」

老人は言った。

「ジョージ、あわれな朴念仁《ぼくねんじん》！　駄弁家にすぎないジョージ！　でも、やっぱり、あいつはわしの子なんだな」

アルフレッドが言った。

「彼は選挙民になかなか評判がいいですよ」

シメオンはまた高笑いした。

「選挙民たちは、たぶんあいつが正直だと思っているんだろう。正直か！　リー家にはまだ、正直者は一人も出たことがないよ」

「まあ、お父さん」

「そうだ、お前はべつさ。お前はちがう」

「ところで、デヴィッドは？」と、リディアがたずねた。

「それからデヴィッドだが。わしは久しぶりにあいつにも会ってみたい、と思っているのだ。あいつは感傷的な若者だったが、あれの細君というのはどんな女かな？　とにかくあいつは、あのばかなジョージみたいに、二十も年下の娘と結婚しなかったことは事実だ！」

「ヒルダからとてもいい手紙がまいりました」と、リディアが言った。「電報もまいりまして、二人は確実に明日着くそうですわ」

彼女の義父はちらっと鋭い一瞥を彼女に与えた。そして声をあげて笑った。

「リディアには、まったくかなわんよ」と彼は言った。「リディア、お前はしつけのよい女だ。しつけは争われんものだよ。わしはそのことをよく知ってる。だが、遺伝というものは、おもしろいものだな。アルフレッド、お前にも、わしに似たものが一つだけある——たった一つだけ」

老人の眼がゆれ動いた。

「ところで、クリスマスに誰が来るか、当ててごらん。わしはお前たちに推測するチャンスを三回あげよう。そしてそれに五ポンド賭けよう」

彼は二人の顔をかわるがわるみつめた。アルフレッドが渋面をつくって言った。

「ホーベリーが言いましたが、あなたは誰か若い婦人を待っていらっしゃるとか――」

「お前は、それにだいぶ好奇心をそそられているらしいが――それは本当だよ。じつはピラールがもうすぐここに着くだろう。わしが車を迎えにやるように命じておいたから」

アルフレッドが鋭く言った。

「ピラールですって？」

「ピラール・エストラバドスだよ。ジェニファーの娘の。わしの孫娘だ。どんな子だろうか」

アルフレッドが叫んだ。

「そんな！　お父さん、あなたはわたしにひと言もおっしゃらなかったではありませんか……」

老人はにやにや笑った。

「ああ、わしはそれを秘密にしておきたかったのだよ！　チャールトンに書かせて、用意させたのだ」

アルフレッドは感情を害したような非難めいた調子でくり返した。

「あなたはわたしにひと言もおっしゃらなかった……」

老人はなおも意地悪くにやにや笑いながら言った。

「そんなことをすれば、不意打ちの効果を台なしにしてしまうからな！　久しぶりでこの屋根の下に元気のいい若い者を迎えたら、どんな気持ちがするだろうか？　わしはエストラバドスに会ったことはないが、その娘はどっちに似ているだろうか――母親のほうかな、父親のほうかな？」

「あなたは本当にそれが賢明なやり方だと、お思いになっておられるのですか、お父さん？」とアルフレッドがはじめた。「あらゆる点を考慮に入れて――」

老人はそれをさえぎって言った。

「安全――安全って、お前はあんまり大事をとりすぎるぞ、アルフレッド！　いつもそうだ！　だが、わしのやり方はちがう！　自分のやりたいことをやれ、くそっ！　わしの言うのはそれだ！　あの娘はわしの孫だ――わしの家族の中でのたった一人の孫だ！　あれの父親がどんな人間だろうと、何をしただろうと、そんなことはかまわんよ！　あの娘がわしの肉親であることに変わりはないのだ！　だからあの娘はこの家で暮らすために、いまここに来ようとしているのだ」

リディアが鋭く言った。「彼女はここで暮らすために来るんですか？」

老人はすばやい視線を彼女の上に投げた。

「お前は反対かい？」

彼女は頭を振った。そして微笑しながら言った。

「お父さまがご自分のお家に誰かをお呼びになることに、なぜ反対できましょう？　ただ、心配しているのですわ――彼女のことを――」

「彼女のことを？――それはどういう意味かね？」

「彼女がここで幸福になれますかどうか――」

シメオンは頭を振り上げた。

「あの娘は一文なしの身の上なのだ。感謝しているはずだ！」

リディアは肩をすぼめた。

シメオンはアルフレッドのほうに向いた「わかっただろう？　そんなわけで、素晴らしいクリスマスになろうとしているのだよ！　わしの子供全部がわしのまわりに集まる。わしの子供全部がだ！　アルフレッド、こういったら、お前にも見当がつくだろうが、残りのもう一人の客が誰だか当ててごらん」

アルフレッドはあっけにとられて老人をじっと見つめた。

「わしの子供が全部！　さあ、当ててごらん！　もちろん、ハリーさ！　お前の弟のハリーだ！」

アルフレッドは真っ青になった。彼はどもりながら言った。

「ハリー——まさかあのハリーじゃないでしょう——」

「あのハリーさ！」

「でも、わたしたちは彼を死んだと思っていました！」

「死にはせんよ！」

「あなたは——あなたは彼をここに帰らせようとしていらっしゃるのですか？　あんなことがあっても？」

「あの放蕩息子を、というのか？　そのとおり！　放蕩息子の帰宅だ。ひとつあいつを大歓迎してやらにゃいかんぞ」

アルフレッドは言った。

「あの男はあなたや——われわれ一同の——顔に泥をぬるようなことをしました。あの男は——」

「あいつの罪をかぞえ上げるにはおよばんよ！　一大目録になるからな。しかし、クリスマスは、知ってのとおり、許しの季節だよ！　わしらは放蕩息子の帰宅を喜んで迎えてやろう」

アルフレッドは立ち上がった。そして小声で彼女にささやいた。

「これは――まさしくショックだよ。ハリーがこの家の中にふたたび姿を現そうなんて、夢にも思わなかった」

シメオンは上体を前にかがめた。

「お前はハリーがきらいだったな？」と、彼はしずかに言った。

「彼があなたにあんなふるまいをしてからは――」

シメオンは声を立てて笑った。そして言った。

「まあいい、過ぎたことは、過ぎたことだ。それがクリスマスの精神だ。そうじゃないかね、リディア？」

リディアもまた青ざめていた。彼女は乾いた声で言った。

「お父さまが今年のクリスマスについていろいろお考えになったことは、よくわかりますわ」

「わしは自分の家族にとりかこまれたいのだ。平和と善意。わしは老人だ。お前、もう行くのか？」

アルフレッドはいそいで出ていった。リディアは彼のあとについて出ていくのをちょっとためらった。

シメオンはアルフレッドのうしろ姿を見送りながらうなずいた。

「あれは、だいぶあわてているな。あれとハリーは仲が悪かったからな。ハリーのやつは、いつもアルフレッドのことをばかにして、昔の教訓ばなしの〝ゆっくりと着実に〟だと呼んでいたが――」

リディアの唇が動いた。彼女は何か言おうとしたが、老人の熱心な表情を見て、すぐ自分をおさえてしまった。だが彼女の自制は、老人を失望させたらしかった。そのことに気づいたリディアは口をひらいた。

「兎と亀ですか？　ああ、それなら亀が競走には勝ちますね」

「必ずしもそうとはかぎらんよ」とシメオンは言った。「必ずしもそうとはね、リディア」

彼女は微笑しながら言った。

「ごめんください。わたくし、アルフレッドのところへ行ってやらなければなりませんわ。急に興奮することがあると、いつも度を失うものですから」

シメオンは声を立てて笑った。

「アルフレッドは変化を好まないのだよ。あれはいつもきちょうめんな謹厳居士だった」

「アルフレッドはとてもお父さま思いですよ」

「それは、お前には奇妙に思えるだろうね？」

「ときどきは」とリディアは答えた。「そう思いますわ」

リディアは部屋を出ていった。シメオンはそれを見送っていた。

それから彼は小声でくすくす笑い、両手をこすり合わせた。

「この世にはたくさんの楽しみが」と彼は言った。「まだたくさんの楽しみが、あるはずだ。今年のクリスマスは、うんと楽しむことにしよう」

老人は努力して立ち上がると、杖を頼りにそろそろと足を引きずりながら、室内を横切った。

部屋の隅に立っている、大きな金庫の前にたどりついた彼は、その文字合わせ錠《コンビネーション》のハンドルをまわした。扉がひらくと、彼はふるえる指でその内側をさぐった。

やがて彼は、小さな柔皮の袋を取り出した。そして口をあけると、袋の中に両手をつっこんで、まだ磨いていない無数のダイヤモンドをすくい上げて、指の間をくぐらせた。

「やあ、わしの美しいものたち！……いまだに少しも変わらぬ――わしの古い友達！

あのころはいい時代だった――まったくいい時代だったな。わしの友達よ、わしはお前たちをカットさせたり、磨かせたりはしないぞ。お前たちを女の首にかけさせたり、指にはめさせたり、耳にさげさせたりはしないぞ。お前たちはみんなわしのものだ！　わしの古い友達だからな！　みんなはわしのことを年とって病気だと言うが、わしはまだまいってはいないぞ！　この老人にも、生きる力はたくさん残っているのだ。まだ何かの楽しみが生活から引き出せるはずだ――まだ何かの楽しみが――」

第二部　十二月二十三日

1

トレッシリアンは玄関のベルに応えるために、ゆっくりと歩いていった。それはなんとなく普通とちがった侵略的な鳴らし方だった。そしてまだ彼がホールを横切らないうちに、それはふたたびけたたましく鳴りひびいた。

トレッシリアンはさっと頬をほてらせた。いやしくも紳士の邸宅に来て、こんな無作法なベルの鳴らし方があるだろうか？　もし新米のクリスマスの聖歌隊だったら、どなりつけてやろう。

ドアの上半分にはまっている艶消しガラスを通して、縁の垂れたソフト帽の大男の影がちらっと彼の眼に映った。いやみな型の背広を着た――なんて安っぽい、きざな男だろう――と思いながら、彼はドアをあけた。おおかた図々しく無心にでも来たにちがいない！

「おや、トレッシリアンじゃないか」と、いきなりその見知らぬ客は言った。「元気かね、トレッシリアン？」

トレッシリアンは相手をじっと見つめた——そして深く息を吸ってから——ふたたびじっと見つめた。あの、人を人とも思わぬ傲慢なあご、高い鼻、いたずらっぽい眼。そうだ、それは二十年前までと変わらない。そのころは、もっと抑制されていたが……

彼はあえぎながら、言った。

「ハリーぼっちゃま！」

ハリー・リーは笑った。

「お前をすっかりおどろかせたようだね。どうしたんだ？　ぼくの来るのを知っていたんだろう？」

「はい、そうでございますとも。たしかに、ハリーさま」

「じゃ、なぜあんなにおどろいたんだい？」ハリーは一、二歩さがって、家を見上げた——想像力をかきたてはしないが、がっしりした、赤レンガの大きな固まり。

「相変わらずぶかっこうな古屋敷だな」と彼は言った。「それでもまだ立っているだけ、見つけものか……。ところで、おやじは変わりないかい、トレッシリアン？」

「少しおからだのぐあいがお悪いようでいらっしゃいます。お部屋にとじこもったまま、あんまりお歩きにもなりません。でも、そのわりにはお元気でいらっしゃいます」

「罪ぶかい年寄りだ！」

ハリー・リーは中に入り、トレッシリアンにマフラーをとらせ、いくぶん芝居じみたその帽子を渡した。

「わが親愛なる兄貴のアルフレッドは、どうしているね、トレッシリアン？」

「たいへんお元気でいらっしゃいます」

ハリーはにやっと笑った。

「おれに会うのを楽しみにしているだろうか？　どうだね？」

「はい、そうだろうと存じます」

「おれはそう思わんね！　正反対だ。きっと、おれが帰ってくるという知らせは、アルフレッドにはげしい動揺を与えたにちがいないよ！　アルフレッドとおれはどうも気が合わなかった。お前は聖書を読んだことがあるだろう、トレッシリアン？」

「はい、ときたまですが」

「聖書に出てくる、あの放蕩息子の帰宅の話をおぼえているかい？　善良な兄はそれを喜ばなかった、知っているだろう？　とにかく、それを喜ばなかった！　家庭にばかりとじこもってきた善良なアルフレッドもまたそれを喜ばないにちがいないよ。きっと」

トレッシリアンは自分の鼻を見おろしながら、黙っていた。彼のこわばった背中は、無言の抗議を語っていた。ハリーは彼の肩を軽くたたいて言った。

「案内してくれ、じいや。肥った仔牛の肉がおれを待っているにちがいない！　そこへつれてってくれ」

トレッシリアンはつぶやいた。

「どうぞ、あの客間にいらして少しお待ちくださいまし。みなさまのお集まりになるところがわたくしにはちょっとわかりかねますので……。きっと、あなたのご到着の時刻がおわかりにならないので、みなさまからなんのお話もなかったのだと存じます」

ハリーはうなずいた。彼はホールに沿ってトレッシリアンについていきながら、頭を左右にめぐらし、あたりをながめまわした。

「何もかも昔のままだな」と彼は言った。「みんな、おれが出ていった二十年前と少しも変わっていないようだ」

ハリーはトレッシリアンのあとから、客間に入った。トレッシリアンがささやいた。

「アルフレッドさまか、奥さまを見つけて、申し上げてまいります」

客間につかつかと入っていったハリーは、窓敷の一つに腰かけている人影に気がついて、立ちどまり、じっと相手に見入った。彼の視線は、その黒い髪とクリーム色がかったエキゾティックな青白い顔の上をいぶかしげに徘徊《はいかい》した。

「ほう！」と彼は言った。「あなたは、ぼくのおやじの七番目の、そしていちばん美しい夫人ですか？」

ピラールは窓敷からすべりおりて、彼のほうに近づいた。

「あたし、ピラール・エストラバドスですわ」と、彼女は告げた。「そしてあなたは、きっと、あたしの母の兄弟のハリーおじさまでしょう」

ハリーは相手から眼をはなさずに言った。

「すると、あなたは、そうか！　ジェニーの娘だね」

ピラールは言った。「なぜおじさまは、あたしのことを、あなたのお父さまの七番目の夫人かなんて、おききになったのですか？　おじいさまは、ほんとに、六人もの奥さんがいたのですか？」

ハリーは声をあげて笑った。

「とんでもない。正式の奥さんが一人いただけだよ。ところで——ピル——じゃない、なんていったかな？」

「ピラール」

「そうだ、ピラール、この陰気な霊廟《モーソリアム》にきみのような花が咲いているのを見ると、ぼくの考え方も一変せざるを得ないぞ」

「この――モーソ――なんですって？」

「この、まがいものを集めた博物館《ミュージアム》さ！　ぼくは、いつもこの家は下品だと思っていたが、こんど久しぶりに見て、前よりもいっそう下品になったと思うよ」

「いいえ、ここはとてもきれいですわ！　家具は立派だし、じゅうたんは――どこも厚いじゅうたんが敷きつめられているし――装飾品もたくさんあるわ。どれもみんなとても上等で、とてもぜいたくなものばかり！」

「その点は、きみの言うとおりだよ」と、ハリーはにやにや笑いながら言った。そしておもしろそうに彼女をながめた。「だが、ぼくがきみに対して興味を感ぜざるを得ないのは――」

そのとき、リディアがいそいで部屋に入ってきたので、ハリーは口をつぐんだ。

リディアはハリーのほうへまっすぐに進んできた。

「はじめまして、ハリー？　わたし、リディアです――アルフレッドの妻の」

「はじめまして、リディア」ハリーは握手しながら、彼女の聡明な表情に富んだ顔をすばやく観察し、歩く姿がいいなと――その姿のすてきなひとはなかなかいない、と思った。

　リディアのほうも、とっさに彼のことを評価した。

　彼女は考えた。「この男は、おどろくほどタフで――魅力的に見えるけれど、でも絶対に信用できないわ……」

　彼女は、微笑しながら言った。

「久しぶりにお帰りになって、この家、どんなふうに見えまして？　まったくちがっておりますか、それともだいたい同じですか？」

「ほとんど同じですね」と、彼は周囲を見まわしながら言った。「この部屋は模様変えされているが――」

「ええ、たびたび」

「あなたが変えたのですね。すっかり変えたんですね」

「ええ、わたし、そうしたいと思っているのです……」

　ハリーは彼女を見てにやっと笑った。そのとつぜんのいたずらっぽいにやにや笑いが、彼女に二階の老人のことをちらっと思い出させた。

「前よりもよくなりましたよ！　ところで、アルフレッドは征服王《コンケラー》（一〇六六年イギリスを征服したノルマンディー公ウイリアム）といっしょにこの国に渡ってきた人の子孫にあたる娘と結婚した、と聞きましたが」

リディアは微笑して言った。

「ええ、祖先はそうだったらしいですね。でも、その子孫はいまはすっかり昔の勢いを失ってしまいましたわ」

ハリーは言った。

「アルフレッドはどうしていますか？　相変わらず、昔ながらの祝福された堅物《かたぶつ》ですか？」

「あの人が変わったかどうかは、あなたのご観察にまかせましょう」

「その他の連中はどうしていますね？　みんなイギリス中に散らばっているんですか」

「いいえ――みなさん、クリスマスにはここに集まることになっているのです、ご存じでしょう？」

ハリーは眼をまるくした。

「定期クリスマス家族大会ってわけですか？　いったいい老人はどうしたんです？　感傷などというものは頭から軽蔑していた人だったし、自分の家族を大事にするような様子も見えなかったですがね。ずいぶん変わったものですね！」

「そうかもしれません」リディアの声は冷淡だった。ピラールは大きな眼を見ひらき、興味をそそられた様子で二人のことをじっと見つめていた。

ハリーが言った。

「ジョージはどうしています？　相変わらずけちんぼですか？　彼が何かの必要から自分のポケットマネーを半ペニーでも出さなければならなくなったようなときは、いつもどんなにわめき立てたものか！」

リディアは言った。

「ジョージはいま、国会に席をおいております。あの人はウェスタリンガム選出の下院議員ですよ」

「なんですって？　あの出目《でめ》が議員ですって？　ほう、そいつぁいい！」

ハリーは頭をうしろにそらせて大声で笑った。

それはよく通る、とほうもない高い笑い声だった——限られた広さの室内にびんびん無作法にひびきわたった。ピラールはびっくりして思わず息をのんだ。リディアもちょっとたじろいだ。

そのとき、ハリーのうしろで人の気配がした。彼は笑うのをやめて、鋭く振り返った。

誰も入ってくる音が聞こえなかったのに、アルフレッドがそこにしずかに立っていた。

彼は顔に奇妙な表情をうかべて、ハリーをじっと見ていた。

ハリーはすぐ立ち上がった。と、その唇にゆるい微笑がうかび上がった。彼は一歩進み出て言った。

「おや、アルフレッド！」

アルフレッドはうなずいた。

「やあ、ハリー」

二人はたがいに見つめ合ったまま立っていた。リディアは思わず息をのんだ。

「ばからしいったらないわ！　まるで二匹の犬みたいに――にらみ合って……」

ピラールはいっそう眼をまるくして、二人の様子を凝視していたが、心の中で考えた。

彼女は考えた。

「二人ともばかみたいに、つっ立っているわ……なぜ二人は抱き合わないのだろう？

いや、きっと、イギリス人はそんなことをしないのだわ。でも、何か言ったらよさそうなものなのに。なぜにらみ合ってだけいるんだろう？」

ハリーがとうとう口をきった。

「やれやれ、ここにまた帰ってきたなんて、われながらおかしな気がするよ！」

「わたしもそう思うよ——そうだ、お前が家を出てからずいぶんになるからな」

ハリーは頭を振り上げた。そして指さきであごをなでまわした。それは昔から彼のくせになっていたゼスチャーだった。それは交戦の意思表示だった。

「そうだ」とハリーは言った。「おれは帰ってきてよかったと思うよ」——彼はいっそう重大な意味を持った言葉を発言するためにちょっと息をついた——「わが家に……」

2

「わしはとても罪ぶかい人間だった、と思うよ」とシメオン・リーは言った。

彼は椅子の背にもたれていた。あごを上げ、一本の指で反射的にそれをなでていた。彼の前には暖炉の火が赤々と燃え、焰がダンスしていた。そのそばに、ピラールが片手に、紙でつくった小さな熱よけ用の衝立を持って座っていた。彼女はその衝立で焰から顔をまもっていた。そしてときどき、手首をしなやかに使って、それで自分をあおいだ。シメオンは満足そうに、そうしたピラールをながめていた。

シメオンは彼女にというよりも、むしろ自分自身に向かって語りつづけた。だが、彼女がそこにいるという事実が、彼に軽い興奮を感じさせていることは明らかだった。

「そうだ」と彼は言った。「わしはたしかに罪ぶかい人間だった。それについてお前はどう思うかね、ピラール？」

ピラールは肩をすくめた。そして言った。

「人間はみんな罪ぶかいんですって。尼さんがそう言いましたわ。神さまにお祈りしなければならないのは、そのためだって」

「ああ、しかし、わしはたいていの人間よりも罪ぶかかったぞ」シメオンは笑った。「でも、お前も知ってるように、わしはそれを後悔してはいないよ。一度だって後悔したことはないよ。わしは楽しんできた……あらゆる瞬間を楽しんできた！　人はよく、年をとると後悔すると言うが、そんなことはくだらないたわごとさ。わしを見ろ、わしは後悔なんかしてやしないよ。そんなわけで、わしはたいていのことをやってきた……あらゆる罪をおかしてきた。人をだましもすれば、盗みもした、嘘もついた……ああ、神よ。それから女——いつも女！　このあいだ、ある男が、同じ年ごろの自分の息子ばかりで編成した四十人もの護衛隊を持っている、あるアラビアの酋長のことを話していたが、四十人はいないだろうが、わしの子供だって探して歩けば、立派な護衛隊ができることは、たしかだぞ！　おい、ピラール、このことをお前はどう思うかね？　びっくりしただろう?」

ピラールは一点をじっと見つめたままで言った。

「いいえ。なぜびっくりしなければならないのですか? 男の人たちはいつも女を欲しがりますもの。うちのお父さんだって、そうだったわ。不幸な奥さんが多いのも、奥さんが教会に行ってお祈りするのも、みんなそのためですわ」

シメオンは顔をしかめた。

「わしもアデレイドを不幸にした」と、彼は小声でつぶやくように言った。「ああ、それにしても、なんという女だろう! 結婚したときは、ピンクと白の衣裳をつけ、とても可愛らしかった! だが、その後は? いつも嘆き悲しんで泣いてばかりいた! 妻がいつも泣いてばかりいると、男の心には悪魔が呼びさまされるものだ……彼女には根性がなかった。アデレイドに対するわしの不満はそれだった。もし彼女がもう少しわしに反抗してくれたら! だが、あの女は一度もそんなことをしなかった。わしは彼女と結婚したときは、これで自分も身を固め——家族を養い——古い生活から足を洗うことができる、と信じていたのに……」

老人の声はとだえた。彼は暖炉の火の燃えさかる中心をしばらくじっと見つめていた。

「家族を養う……ちくしょう! 何という家族だ!」彼はとつぜん、甲高い、怒ったような笑い声を爆発させた。「やつらを見ろ――あいつらを見ろ！　一人でも仕事らしい仕事をやってのけられるやつがいるか！　いったい、あいつらはその血管にわしの血を少しでも持っているのだろうか？　あいつらの中には、わしの息子はいない。たとえば、アルフレッドだが――わしはどんなにアルフレッドに退屈したことだろう！　いつも犬の眼でわしをながめ、わしのいうことはなんでもはいはいと言って、そむいたことがない。なんて馬鹿者だ！　あれの妻のリディア――わしはリディアが好きだ。彼女には根性がある。だが、彼女はわしを好いていない。そう、わしを好いていない。でも、彼女はあのまぬけなアルフレッドのためにわしをがまんしなければならないのだ」彼は火のそばに座っている少女を見おろした。「ピラール――おぼえているんだよ――献身ほど退屈なものはないってことを」

ピラールは彼を見上げて微笑した。身近に若いはつらつとした女性がいるということに心を温められながら、彼は話しつづけた。

「それからジョージ？　ジョージはどうか？　あいつはでくのぼうだ！　剝製のタラだ！　知恵のない、度胸のない――おまけに金に汚ない――もったいぶったホラ吹きだ！　それからデヴィッドは？　デヴィッドはいつもばかだった――ばかで夢想家だった。母親っ子、デヴィッドはそれだった。あいつがいままでやったことで、たった一つだけ気のきいたことは、あのしっかりした、感じのいい女と結婚したことさ」彼は椅子の縁にパタンと手を落とした。「彼らのうちでは、ハリーがいちばんだよ！　あいつは悪いやつだ！　だが、とにかく生きている！」

ピラールは賛成した。

「そうよ、あの人はすてきですわ。あの人は笑うときでも――大声を上げて――頭をうしろにそらして笑います。あたしあの人、大好きですわ」

老人は彼女を見た。

「お前も好きか、ピラール？　ハリーはいつも娘たちの扱い方を心得ていた。その点でもあいつはわしに似ている」彼は喉をぜいぜいいわせながら、くっくっと笑った。「わしはいい生活を――とてもいい生活を送ってきたものさ。何不足ない生活をな」

ピラールが言った。

「スペインに、こんなふうな格言がありますわ。〝汝の好きなものをとれ、しかるときは、その代価を支払え〟」

シメオンは、わが意を得たり、といわんばかりに椅子の腕を片手でたたいた。

「そいつはいい。そりゃ同感だ！　汝の好きなものをとれ……わしはそれを実行してきた――一生を通じて――欲しいものをとってきた……」

ピラールが突然、注意をひく高いはっきりした声で言った。

「で、それに対する代価はお払いになりましたの？」

シメオンは笑うのをやめた。彼は座りなおして、彼女をじっと見た。「お前がいま言ったのは、どういうことだね？」

「あたしは、代価をお払いになりましたか、って言ったのですよ、おじいさま」

シメオンは、ゆっくり言った。

「わしは——知らん……」

そして、拳を固めて椅子の腕をたたきながら、とつぜん腹立たしげに叫んだ。

「なんのためにお前はそんなことを言うんだ？　え、なんのためにそんなことを言うんだ？」

ピラールは言った。

「あたし——どうかしら、と思ったからですわ」

衝立を持っていた彼女の手がとまった。彼女の眼は暗く、神秘的だった。彼女は自分の女らしさを意識して、座ったまま、頭をうしろにそらした。

シメオンは言った。

「この小悪魔め……」

彼女はやさしく言った。

「でも、おじいさまはあたしがお好きなんでしょう。あたしがこうやっておじいさまのそばに座っているのがお好きなんでしょう」

シメオンは言った。「それはそうだ、わしは好きだよ。若くて美しいものを見るのは、久しぶりのことだしな……。そのことはわしにたいへん役に立つのだ。この老体を元気づけてくれるからだよ……。それに、お前はわしの肉親だ……。ジェニファーはでかしたよ。結局、彼女がいちばんの手柄者だったということになるかもしれん！」

ピラールは微笑しながら座っていた。

「しかし、いいかね、わしをばかにしてはならんぞ」とシメオンは言った。「わしにはお前がここに辛抱づよく座って、わしの退屈な話に耳をかたむけているわけがちゃんとわかっているのだからな。それは金――すべて、金のためなのだ……それとも、お前はあくまでこのじじいを愛していると、空とぼけるのか？」

ピラールは言った。「いいえ、あたし、あなたを愛してはいませんわ。でも、好きです。大好きですわ。それだけは本当ですから、信じてくださらなければいけませんわ。あたしも、おじいさまは罪ぶかい人間だったと思いますが、そのこともあたしは好きなんです。おじいさまはこの家の中で誰よりもいちばん嘘のない方ですわ。それに、おじいさまはおもしろい話題をたくさん持っていらっしゃる。ほうぼう旅行なさったし、冒険の一生を送っておいでになった。もし男だったら、あたしもそうなりたいと思いますわ」

シメオンはうなずいた。

「よろしい、お前の言うことを信じよう……。わしのからだの中には、ジプシーの血が流れていると、いつも言われたものだ。ところが、ハリーをのぞいて、わしの子供にはほとんどそれが現れていない――けれども、お前にはそれが出てきたように思う。辛抱のかいがあったというものだ。わしは必要な場合にはいくらでも辛抱できるのだ。むかしわしは、わしに害を与えた男をつかまえるために、十五年も待ったことがある。これはわがリー家の一つの特性だ――わしらは決して忘れない！　何年待っても、かならず仇を討つのだ。ある男がわしをペテンにかけて、金を巻き上げた。わしは機会のくるまでちょうど十五年待った――そして、ついにその機会をつかんだ。わしはそいつを徹底的にやっつけてやった。一文なしのはだかにしてやったよ！」

彼はしずかに笑った。

ピラールが言った。

「それは南アフリカでのお話ですか？」

「そう。素晴らしい国だった」

「その後、そこへお帰りになったこと、あるのでしょう？」

「最後にもどったのは、結婚後五年たってからだった。それが最後だった」

「でも、その前は？　長いこと、そこにいらっしゃったのでしょう？」

「そうだ」

「そのときのことを話してくださいません？」

彼は話し出した。ピラールは衝立で顔をかばいながらそれに聞き入った。

老人の声はだんだんのろくなり、疲れてきた。彼は言った。

「ちょっとお待ち。お前に見せるものがある」

彼は用心してのろのろと立ち上がった。それから杖にすがって、足をひきずりながらゆっくりと部屋を横切った。彼は大きな金庫の扉をあけると、振り向いて彼女をまねいた。

「ほら、これを見てごらん。手を入れて、すくって指の間をすべらせてごらん」

彼は、彼女のおどろいた顔をのぞきこんで笑った。

「何だかわかるかね？　ダイヤモンドだよ、お前、ダイヤモンドなんだよ」

ピラールは眼をまるくした。彼女はかがみこみながら言った。

「でも、まるで小石みたいだわ」

シメオンは笑った。

「まだ磨いてないダイヤモンドなのだ。掘り出されたばかりの石は、こんなふうなのだ」

ピラールは疑わしげにたずねた。

「これを磨くとほんとのダイヤモンドになるのですか？」

「そうだよ」

「ぴかぴか光りかがやくのでしょうか？」

「光りかがやくよ」

ピラールは子供っぽい調子で言った。

「へへえ、あたし、そんなこと信じられないわ！」

シメオンは、おもしろがって言った。

「まちがいないよ」

「高価なものなんですか？」

「とても高価なものさ。磨かれる前に値をつけるのはむずかしいがね。とにかく、これだけで、数千ポンドはするよ」

ピラールは、言葉と言葉の間にまをおいて、言った。

「数——千——ポンド——ですって？」

「まあ、九千から一万ポンドだろうな——わりに大きいからね」

ピラールは、眼をみはって、たずねた。

「じゃ、なぜお売りにならないのですか？」

「自分の手に持っていたいからだよ」

「でも、それだけのお金があったら——？」

「わしは、そんな金はいらんのだ」

「ああ——そう」ピラールは感動したような調子で言った。「では、なぜ、磨いて美しくなさらないのですか？」

「なぜって、このままのほうがいいからさ」老人の顔が急にきびしく引きしまった。彼は顔をそむけると、ひとりごとを言いはじめた。「こいつらは、わしをあの昔につれもどしてくれる——こいつらの手ざわり、それが指の間をすりぬけるときの感じ……。すると、わしの心には、すべてがよみがえってくるのだ——あの太陽の光が、草原のにおいが、雄牛の群れが——なつかしいエブが——少年たちが——夕暮れが……」

そのとき、しずかな足音が戸口に聞こえた。

シメオンが言った。「それを金庫に返して、早くお閉め」

それから、彼は呼んだ。「お入り」

ホーベリーがしずかにうやうやしく入ってきた。

「陛下にお茶の仕度ができました」

3

ヒルダが言った。「そこにいらっしゃったのですか、デヴィッド。わたし、ほうぼう探したんですよ。さあ、この部屋を出ましょう。ここはとても寒いわ」

デヴィッドはしばらく答えなかった。彼は色あせた繻子《しゅす》張りの低い椅子を見つめたまま立っていた。が、不意に彼は言った。

「これが母の椅子だよ……この椅子に彼女はいつも座っていたのだ……あのころと少しも変わっていない――そっくりそのままだよ。もちろん、色あせてはいるが」

かすかに眉をひそめて、ヒルダは言った。

「わかりましたわ。ねえ、ここを出ましょうよ、デヴィッド。ここはとても寒いですわ」

デヴィッドはそれを無視して、あたりを見まわしながら言った。

「母はたいていいつも、この部屋に座っていた。ぼくは、彼女が本を読んでくれていた間、そこの腰掛けに座っていたのを、思い出す。『巨人退治のジャック』それがそのときの本だった――『巨人退治のジャック』。ぼくはそのとき、たしか六つだった」

ヒルダは彼の腕をとった。

「ねえ、客間へもどりましょう。この部屋は火の気なしですもの」

彼はおとなしく歩き出した。が、ヒルダは彼がかすかにからだをふるわせているのを感じた。

「そっくりそのままだ」と彼は言った。「そっくりそのままだ。まるで時が足ぶみしていたかのようだ」

ヒルダは心配げな表情をうかべた。彼女はわざと快活な強い声で言った。

「ほかの方たちは、どこにいらっしゃるのかしら？　もうそろそろお茶の時間のはずだわ」

デヴィッドは腕をといて、別のドアをあけた。

「ここにいつもピアノがおいてあったが……ああ、ある、ある！　調子は合っているかな?」

彼は座って、ふたをあけると、両手を鍵盤の上に軽く走らせた。

「よし、すっかり調子が合ったままだ」

彼は弾きはじめた。彼のタッチは正確で、美しいメロディーがその指の下から流れ出てきた。

ヒルダはたずねた。「それはなんの曲ですか？　知ってるような気がするけれど、どうしても思い出せないわ」

デヴィッドは言った。「ぼくはもう何年間もこの曲を弾いたことがない。この曲は母がいつも弾いていた曲だよ。メンデルスゾーンの無言歌の一つだよ」

甘い美しいメロディーが、部屋の中に満ちあふれた。ヒルダは言った。

「何かモーツァルトを弾いてくださらない」

デヴィッドは頭を振った。彼は別のメンデルスゾーンをまた弾きはじめた。

そのうちに、とつぜん、彼は耳ざわりな不協和音を立てて、両手をキイの上におろした。そして、立ち上がった。全身がブルブルふるえていた。ヒルダはあわてて彼のそばにかけよった。

ヒルダは言った。「デヴィッド――デヴィッド……」

彼は言った。「なんでもない――なんでもないよ……」

4

ベルがはげしく鳴りわたった。トレッシリアンは食器室の中の自分の席から立ち上がると、ゆっくり部屋を出て、玄関へ歩いていった。

ベルがふたたび鳴った。トレッシリアンは顔をしかめた。玄関の艶消しガラスを通して、縁のたれた帽子をかぶった、一人の男のシルエットが見えた。

トレッシリアンは片手で額をこすった。なんとなく気がもめた。一度あったことが二度起こっているような気がした。

確かに、これと同じことが前にあった。確かに――

彼は掛け金をはずして、ドアをあけた。

それと同時に、呪縛は解けた。そこに立っていた男が言った。

「シメオン・リー氏のお宅はこちらですか？」

「はい、さようでございます」

「ご主人にお目にかかりたいのですが」

記憶のかすかなこだまが、トレッシリアンの頭によみがえった。それは、リー氏が最初イギリスに住むようになった昔から、彼の頭にしみついてきた、ある声の抑揚だった。

トレッシリアンは、いぶかしげに頭を振った。

「主人は、ただいま病気でございまして、みなさんにお目にかからないことにしておりますが。もしあなたさまが――」

その見知らぬ客はさえぎった。彼はポケットから封筒を取り出すと、それをトレッシリアンに渡した。

「どうか、これをリー氏に渡してください」

「はい、かしこまりました」

5

シメオン・リーは、その封筒を受けとった。彼はその中から一枚の紙片を引き出したが、ひと目見ておどろいたようだった。彼はちょっと眉をあげたが、すぐ微笑した。

「こりゃ、おどろいた！」と彼は言った。

そして執事に「ファー氏をここへお通ししろ、トレッシリアン」

「はい、かしこまりました」

シメオンは言った。「わしは今ちょうど、エビニザー・ファー老人のことを考えていたところだ。彼はキンバリーでのわしの仲間だったが、いまその息子がやってきたのだよ」

トレッシリアンがふたたび現れて、知らせた。「ファーさままでございます」

スティーヴン・ファーはいくぶん神経をたかぶらせながら入ってきた。彼はそれをかくすために少しきどった態度を装っていた。彼は言った。

「リーさんでいらっしゃいますか？」

「ようこそお出でくださった。すると、きみはエビニザーの息子さんだな？」

スティーヴン・ファーは、いくぶんはずかしそうににやりと笑った。

彼は言った。「わたしがこの祖国を訪れましたのは、こんどが初めてです。父はかねがね、もしイギリスに行くようなことがあったら、あなたにお目にかかるようにと申しておりました」

「よくこられた」老人はかたわらを見た。「これはわしの孫娘のピラール・エストラバドス」

「はじめまして」と、ピラールがすまして言った。

スティーヴン・ファーは、ちょっと感心して心の中でつぶやいた。

「図々しい小悪魔。おれを見てびっくりしたようだったが、その気配を見せたのも、ほんの一瞬だった」

彼はまじめくさって言った。「あなたとお知り合いになれてたいへんうれしく思います、ミス・エストラバドス」

「ありがとう」と、ピラールは言った。

シメオン・リーが言った。「かけなさい。そして、きみのことをくわしく話してくれんか。イギリスには長くいるつもりかね？」

「ええ、まだ当分いるつもりです。たった今着いたばかりですから」

彼は頭をうしろにそらせながら笑った。

シメオン・リーは言った。「そりゃいい。じゃ、しばらくこの家に滞在して、わしらといっしょにすごしていきたまえ」

「えっ、そんな——そんなにおじゃまはできません。クリスマスまであと二日しかありませんから」

「きみにほかに予定がなければ、ぜひわしたちといっしょに、この家でクリスマスをすごしてもらいたい」

「ええ、べつに予定なんかありませんが、でも、それではあんまり――」

シメオンが言った。「それできまった！」彼はうしろを振り向いて「ピラール」

「はい、おじいさま」

「お前、リディアにもう一人お客さんがふえました、と伝えておくれ。そして、すぐここに来るように言っておくれ」

ピラールは部屋を出ていった。スティーヴンの眼が彼女を追った。シメオンはおもしろそうにその事実に注目した。

彼は言った。「きみは南アフリカからまっすぐここへ来たのかね？」

「だいたいそうです」

二人はあの国について話しはじめた。
二、三分して、リディアが入ってきた。
シメオンは言った。「この人はスティーヴン・ファーといって、わしの旧友のエビニザー・ファーの息子だ。部屋の都合がつくようなら、クリスマスをいっしょにやってもらおうと思うのだが」

リディアは微笑した。

「結構でございますわ」彼女の視線は初めて見る客の容貌にじっとそそがれた。日にやけた青銅色の顔、青い眼、ゆるくうしろにそらした頭。

「わしの息子の家内だよ」と、シメオンが言った。

スティーヴンは言った。「このようなご家族のお集まりに割りこむことになって――まごついているしだいです」

「きみも家族の一人だよ」とシメオンは言った。「きみ自身もそう思ってくれなきゃいかんよ」

「ご親切を感謝いたします」

ピラールが部屋にもどってきた。彼女はしずかに火のそばに座って、小さな熱よけの衝立を取り上げた。彼女はそれを持ったほうの手首を前後左右にゆっくりと動かして、扇のようにそれを使った。彼女の眼はすましこんで、下を向いていた。

第三部　十二月二十四日

1

「あなたは、本当にぼくをここに留まらせたいのですか、お父さん？」とハリーがきいた。そして頭をうしろにそらせた。「そうなると、ぼくは平地に波瀾を巻き起こすことになるかもしれませんよ、おわかりでしょう」

「なんのことだ？」と、シメオンが鋭くたずねた。

「アルフレッド兄さんのことですよ！」とハリーは言った。「素晴らしいアルフレッド兄貴！　アルフレッドは、もしこう言ってよければ、ぼくがここにいることを不快に感ずるにちがいありません」

「まさか！」と、シメオンは乱暴にさえぎった。「この家の主人はわしだぞ」

「そうはおっしゃっても、あなたはかなりアルフレッドを頼りにしていらっしゃると思うのです。ぼくはそれを破壊したくないですよ——」シメオンはふたたび乱暴にさえぎった。

「お前は、わしが言うとおりにすれば、いいんだ」

ハリーはあくびをしながら言った。

「ぼくが家にばかりとじこもっている生活にたえられると、思わないでください。世界中を流れ歩いてきた男には、かなり息ぐるしいことですからね」

父親は言った。「お前も結婚して身を固めたほうがいい」

ハリーは言った。「誰がぼくなどと結婚してくれるでしょう？ 残念ながら、自分の姪とは結婚できませんからね。若いピラールはおそろしく魅力的だが……」

「お前もそれに気がついていたか？」

「身を固めるといえば、でぶのジョージは見たところ、うまいことをやりましたね。彼女は何者だったのですか？」

シメオンは肩をすくめた。

「なんで、わしが知っていよう？ ジョージはファッション・ショーで、あの女を拾ってきたらしい。自分では父親は退役海軍将校だといってるがね」

ハリーは言った。

「おおかた、沿岸航行船の二等運転士ぐらいでしょう。ジョージも気をつけないと、あの女には少々手をやくかもしれませんよ」

「ジョージは」とシメオンは言った。「あいつはばかだよ」

「なんのために、彼女はジョージと結婚したのでしょうね――やつの金が目あてでしょうか？」

シメオンは、ふたたび肩をすくめた。

ハリーは言った。

「あなたは、アルフレッドをうまく納得させることができるとお考えなのですね？」

「すぐその問題を片づけよう」とシメオンは厳然と言った。

彼はかたわらの卓上においてあるベルを押した。

ホーベリーがすばやく姿を現した。シメオンは言った。

「アルフレッドに、ここへ来るように伝えてくれ」

ホーベリーが出ていくと、ハリーがものうげに言った。

「あいつ、戸口で立ち聞きしていたにちがいないですよ！」

シメオンは三たび肩をすくめた。

「たぶんな」

アルフレッドがいそいで入ってきた。彼は弟を見ると、ぴくっと顔を引きつらせた。そして、ハリーにはかまわずに、とがった調子で言った。

「ご用ですか、お父さん？」

「うん、まあ、座れ。この家もこんど人数が二人ふえることになったからには、少しやり方を変えなければなるまいと、思っているのだが」

「二人ですって？」

「ピラールは、当然ここを自分の住まいとするだろう。それから、ハリーもこんどは永久にここで暮らすつもりで帰ってきたわけだ」

アルフレッドは言った。「ハリーはここで暮らすつもりで帰ってきたんですって？」

「なぜいけないんだ、えっ？」とハリーが言った。

アルフレッドはハリーのほうへ、きっと向きなおった。

「それは、お前自身がよくわかってるはずだ」

「お気の毒だが――ぼくはわからないね」

「あれだけのことを引き起こしながら、わからないというのか？　お前のやった恥ずべきふるまい。スキャンダル――」

ハリーは片手を振った。

「みんな過ぎたことじゃないか」

「お前はいつも結局、お父さんの世話になりながら、そのお父さんに言語道断なまねをしてきたじゃないか」

「ちょっと待った、アルフレッド、それはお父さんにかかわりのあることで、きみの関係したことじゃないと思うがね。もし、お父さんがすすんで、許そう、忘れよう、と言ってくださるなら――」

「わしは喜んでそうしよう」とシメオンが言った。「結局、ハリーはわしの息子だ。そうだろう、アルフレッド？」

「それはそうです。しかし――ぼくはいやです――お父さんのために」

シメオンが言った。「でも、ハリーはここにいるつもりでいる！　そして、わしもそれを望んでいる」そう言いながら、彼はハリーの肩にやさしく片手をおいた。「なぜなら、わしはハリーが大好きだからだ」

アルフレッドは立ち上がると部屋を出ていった。彼の顔は蒼白に変わっていた。ハリーも立ち上がると、笑いながら彼を追って出ていった。

シメオンは座ったまま、ひとりでくっくっと笑った。それから、ぴくっとしてあたりを見まわした。「そこにいる悪魔は誰だ？　おお、きさまはホーベリーだな。そんなふうにしのび歩くのはよせ」

「申し訳ございません、旦那さま」

「まあいい、心配するな。ところで、お前に言いつけておかねばならぬことがある。みんなに、ランチのあとでここに来てくれるように、伝えてくれ――みんなにだぞ」

「はい、かしこまりました」

「まだある。みんなが来るとき、お前もいっしょに来るのだ。そして、廊下の途中まで来たら、わしに聞こえるように、声を立ててくれ。何かもっともらしい口実を見つけてやるんだぞ。わかったな！」

「はい、旦那さま」

ホーベリーは階下におりていった。そして、トレッシリアンに言った。

「もしあんたがわたしに聞くなら――このクリスマスは、楽しいクリスマスになりますよ！」

トレッシリアンは鋭く聞き返した。「それはどういう意味なんだ？」

「お待ちになればわかりますよ、トレッシリアンさん。今日はクリスマス・イヴなのに立派なクリスマスの精神がみなぎっている――とは、どうもわたしには思えないのです！」

2

みんなは部屋に入ってきたが、戸口でちょっと立ちどまった。

シメオンが電話をかけていたからだった。彼はみんなに片手を振って合図した。

「さあ、みんな、かけてくれ。わしはちょっと失礼するから——」

彼は電話に向かって話しつづけた。

「ホジキンス・アンド・ブルースのチャールトンさんですか？　あなたがチャールトンさん？　こちらはシメオン・リーです。ええ……そうです……いや、わしのお願いは、新しい遺書を作成していただきたいのですよ……ええ、この前つくったときから、だいぶときもたっているし……事情も変わりましたのでね……いや、いや、いそぐことはないのです。あんたのクリスマスを台なしにしたくはないですよ。クリスマスの翌日か、次の日で結構です。ちょっとおいでくださいませんか。わしの考えていることをお話ししますから。いや、それで結構です。わしもいますぐには死なんでしょうから……」

シメオンは受話器をおくと、そこに集まった八人の家族の顔を見まわした。彼は大声で笑いながら言った。

「みんなひどく渋い顔をしているじゃないか。どうかしたのか？」

アルフレッドが言った。「あなたがみんなをお呼びになったのではありませんか……」

シメオンはいそいで言った。「ああ、そりゃすまなかった——べつに大事な用事でもないのに気の毒した。家族会議でもすると思ったかね？　とんでもない、わしは今日は少し疲れているんで、早く寝床に入るから、夕食後は誰も上がってくるにはおよばない、と言いたかっただけだ。クリスマスを元気で迎えたいからな」

彼は一同の顔を見まわして、にやっと笑った。ジョージがまじめくさって言った。

「もちろんです……もちろんです」

シメオンは言った。「荘厳な古い制度のクリスマス。それは、家族感情の団結をうながすものだとわしは思っている。マグダリーン、お前はどう思うかね？」

マグダリーン・リーは、びくっとしてとび上がった。彼女の少ししまりのない、小さな口が反射的にあいて、すぐまたしまった。彼女は言った。「おお——そうでございますとも！」

シメオンは言った。「ええと、お前は、退役海軍将校の」——そこで彼はちょっと間をおいてから——「父親といっしょに暮らしていたそうだな。そうだとすると、お前にはクリスマスの大事なことが、本当によくわかっているとは思えんな。それには大家族が必要だからだ！」

「ええ——そう——そうですわ、たぶん」

シメオンの視線が、マグダリーンからジョージの上に移された。

「一年中でこのめでたい時期に、わしも不愉快なことを言いたくないが、なあジョージ、これからは、お前へやる手当も少し減らさにゃならんかもしれんぞ。わしの世帯も、今後は今までとちがって、だいぶものいりがふえることになるのでな」

ジョージは真っ赤になった。

「ちょっと待ってください、お父さん、そんなことは無茶ですよ！」

シメオンはしずかに言った。「なに、無茶だって！」

「わたしの出費は、今でもとてもたいへんなのです。とてもたいへんなのですよ。どうやって収支を合わせていいのかわからないのです。そのためには徹底的な節約が必要なくらいなのです」

「お前の細君にもう少しそれをさせたらいいだろう」とシメオンは言った。「女はそういうことが得手でな。男が夢にも考えつかないような節約を、よく考えつくものだ。それに、器用な女は自分の着物ぐらい自分でつくるよ。わしの妻も針を持たせたら、器用なものだった。だいたい、あの女は器用で――善良な女だったが――ただひどくぐずで、退屈なのが――」

デヴィッドがとび上がった。シメオンは言った。

「まあ、座れ。何かをひっくり返されちゃ、たまらんからな――」

デヴィッドが言った。「ぼくのお母さんは――」

シメオンは言った。「お前のおふくろはシラミの脳みそしか持っていなかった！　そして、それが子供にも遺伝したらしい――」そこまで言うと、彼はとつぜんからだを起こした。すると、赤い斑点がその両頬に現れ、彼の声は、高い金切り声に変わった。

「お前たちは、誰も彼も、まったく一ペニーの値打ちもないやつらだ！　わしはつくづくお前たちに愛想がつきたよ！　お前たちは男じゃない！　腰ぬけの弱虫だ――めそめそした弱虫の集まりだ！　それにくらべるとピラールは、お前たちを二人合わせたくらいの値打ちを持っているぞ！　それに神かけて誓ってもいいが――わしにはお前たちよりもっとましな息子が、この世界のどこかにいるはずだ！　たとえお前たちが本妻の腹から生まれた子供であろうと、そんなことは問題じゃないぞ！」

「ちょっと、お父さん待ってください」とハリーが叫んだ。

彼はぱっととび上がると、その場につっ立って、ふだん愛想のいいその顔を苦々しくしかめた。それを見ると、シメオンはかみつくように言った。

「お前だって同類だぞ！　いったい、お前は、これまでどんなことをしてきたと思う？　世界の行く先々から、いつも哀れっぽい声でわしに金を無心してきただけだ！　はっきり言っておくが、わしはお前の顔を見ると、胸くそがわるくなるよ！　出ていけ！」

シメオンは少し息ぎれをさせて、椅子の背にもたれた。

彼の家族たちはゆっくりと、ひとりひとり出ていった。ジョージは真っ赤になって怒っていたし、マグダリーンはおびえたような顔をしていた。デヴィッドは青ざめてふるえていた。ハリーはどなり散らしながら部屋を出ていった。アルフレッドは夢遊病者のようなかっこうで歩いていった。リディアは頭をまっすぐに立てて、そのあとからついていった。ただひとり、ヒルダだけは戸口でちょっと立ちどまると、ゆっくりとした足どりでもどってきた。

彼女は上から見おろすようにして、彼のそばに立った。シメオンは眼をあけて、そこに立っている彼女の姿を見るとびくっとしたらしかった。じっと身動きもせずに立っている彼女のしっかりした姿勢には、なんとなく威嚇的なものが感じられた。

彼は気短かに言った。「なんだ？」

ヒルダは言った。「あなたのお手紙を拝見いたしましたとき、わたしはあなたのお言葉を信じて——あなたは本当にクリスマスのために、家族の者をご自分のまわりにお集めになりたがっていらっしゃるのだ、と信じました。そこで、わたしはデヴィッドを説きふせて、うかがわせることにしました」

シメオンは言った。「それで——それがどうしたのだ？」

ヒルダはゆっくりと言った。「あなたは、なるほど家族の者をお集めになりたがりました——でも、それは、あなたがおっしゃったような目的のためではなかったことが、わかりました！　あなたが家族の者たちをお集めになったのは、みんなのあいだに争いを起こさせるためだったのですね？　まあ、なんてあなたは可哀そうな方なのでしょう、そんなことをおもしろがるなんて！」

シメオンはくっくっと笑った。そして言った。「わしはふだんから、少し特殊なユーモアのセンスを持っているのだ。でも、他人にその冗談を理解してもらおうとは思っておらんよ。自分でそれを楽しんでいるだけだ！」

彼女は何も言わなかった。漠然とした、ある不安な感じがシメオン・リーの心をおそった。彼は鋭く言った。

「お前は何を考えているのだ？」

ヒルダはゆっくりと言った。「わたし、おそろしいのです……」

「おそろしい――わしがか？」

「いいえ、あなたがおそろしいのではありません。あなたのために――わたし、おそろしいのですわ！」

宣告を言い渡した裁判官のように、彼女は顔をそむけた。そして、ゆっくりと重々しい足どりで部屋を出ていった。

シメオンは座ったまま、戸口のほうを見つめていた。

それから、立ち上がると、金庫のほうへそろそろ進んでいきながらつぶやいた。「わしの美しい宝をながめることにしよう」

3

玄関のベルが鳴ったのは、八時十五分前ごろだった。

ベルの音に応じて、トレッシリアンが出ていった。彼が食器室にもどってくると、ホーベリーが盆からコーヒー茶碗をとり上げて、そのマークをながめていた。

「誰でした?」と、ホーベリーがたずねた。

「警察の警視の――サグデンさんだよ――おい、そんなことをしていて、手もとに気をつけろよ!」

が、そのときはすでに、ホーベリーの手から、茶碗の一つがすべり落ちて、ガチャンと大きな音を立てたあとだった。

「それ見ろ、いわないこっちゃない」と、トレッシリアンはなげいた。「十一年間も、おれはそれを洗ってきて、ただの一つもこわしたことがなかったのに、お前が用もないのにさわったりするから、そんなことになるんだ!」

「すみません、トレッシリアンさん。まったく申し訳ありません」と、ホーベリーはあやまった。顔じゅうびっしょり汗をかいていた。「どうしてこんなことになったのか、自分でもわからないんです。今、あんたは警察の警視さんが来られたとか、言われましたね?」

「そうだよ――サグデンさんが見えたのだ」

ホーベリーは、舌の先で青ざめた唇をなめた。

「何の――何の用があって来たんでしょう?」

「警察孤児院のための寄付金集めだよ」

「ああ、そうですか！」ホーベリーは肩をまっすぐにした。そしていままでよりも自然な声で言った。

「いくらかとっていきましたか？」

「おれが募金帳を大旦那のところへ持っていったら、警視さんをすぐお通しするように、それからシェリー酒もテーブルの上に出しておくように、と言われたよ」

「この季節に、たかが物乞いにすぎない相手をね」と、ホーベリーは言った。「うちの隠居は、そういうところは、たしかに寛大ですね、ほかにいろんな欠点はあっても」

トレッシリアンはもったいぶった調子で言った。

「リー旦那は、昔からいつも気前のいい紳士だったよ」

ホーベリーはうなずいた。

「それが、あの人のいちばんいいところでさ！　では、ちょっと出てきますよ」

「映画見物かい？」

「ええ、そのつもりです。じゃ、バイバイ、ミスター・トレッシリアン」

彼は召使用のホールへ通ずる戸口から出ていった。

トレッシリアンは壁にかかっている時計を見上げた。

彼は食堂に入っていって、ナプキンにロールパンをならべた。それから、あらゆるものがあるべきところにあるかどうかを確かめてから、ホールのドラを鳴らした。

最後の音が消えたとき、警視が階段をおりてきた。サグデン警視は大柄な好男子で、きちっとからだに合った青い背広を着、もったいぶって歩いてきた。

彼は愛想のいい調子で言った。「今夜あたり霜がおりるかもしれないが、いいぐあいにこのところずっと季節はずれの天候がつづいたね」

トレッシリアンは頭を振りながら言った。

「でも、リューマチには湿気がさわりましてね——」

リューマチは辛い病気だね、という警視を、トレッシリアンは玄関まで送っていった。

警視を送り出してドアをしめると、老執事はゆっくりホールにもどってきた。彼は片手で眼をなでてため息をついた。そのとき、リディアが客間へ入っていくのを見て、彼は背をまっすぐにのばした。ジョージ・リーがちょうど階段をおりてくるところだった。

トレッシリアンはすぐ準備にとりかかった。そして、最後にマグダリーンが客間に入ったのを見てから、彼は姿を現して、小声で言った。「お食事の用意ができました」

仕事がらトレッシリアンは、婦人の衣裳に対しては一種の鑑識眼をそなえていた。彼はいつもディカンターを片手にテーブルの周囲をまわりながら、婦人たちのガウンに注意を払い、いろいろ批評するのがくせだった。

アルフレッド夫人は、今夜は、新しい花模様の黒と白のタフタのドレスを着ていた。非常に人目をひく、大胆なデザインだが、彼女はうまくそれを着こなしていた。たいていの婦人にはできない業である。ジョージ夫人の着ているドレスは、どうやら流行の新型の一つらしく、かなり金をとられたにちがいない。ふだん金を使うことを好まないジョージ氏がよくその支払いを引き受けたものだ、とトレッシリアンは不思議に思った。次はデヴィッド夫人だが、この夫人は人柄はいいけれども、服装ということにはまったく無知らしい。彼女の姿には無地の黒のビロードこそいちばんピッタリするだろうに、模様の入った、しかも鮮紅色のビロードを選ぶなんて、じつにまずい選択である。その次はピラール嬢だが、彼女は何を着ても似合うだろう。あの姿と髪なら、何を着てもよく見えるにちがいない。今夜も彼女は相変わらず薄っぺらな、安ものの白いガウンを着ているが、でも、もうすぐリー氏がそのことに気づいて、なんとかしてやるだろう。年寄りとはそういうものだ。老人はひどく彼女が気に入っているようだから――

「ホック（白ブドウ酒）にいたしますか、クラレット（赤ブドウ酒）にいたしますか？」トレッシリアンはジョージ夫人の耳もとにうやうやしくささやいた。それと同時に、彼は給仕のウォルターが――あんなによく言いつけておいたのに！――またしても肉汁《グレイヴィー》をかける前に野菜を出しているのを横眼でちらっと見て、はっとなった。

トレッシリアンはスフレの皿をかかえてまわっていった。そのときはもう、婦人たちの衣裳に対する興味も、ウォルターの知能的欠陥に対する不安も、過去のものとなっていたかわりに、こんどは食卓についている一同が、今夜にかぎって沈黙がちであるのに注意をひかれた。といっても、まったく黙っていたわけではない。ハリー氏などは——いや、ハリー氏ではない、例の南アフリカの紳士などは——もう二十分間以上もしゃべりつづけているし、ほかの連中も話すには話していた。が、ただそれが発作でも起こしたような唐突な話しぶりなのである。今夜のこの連中にはたしかに何かおかしなところがある、と彼は思った。

たとえば、アルフレッド氏だけれど、病人みたいな顔色をし、まるでショックか何か受けたみたいに茫然として、さっきから皿の料理をただかきまわしてばかりいる。夫人は夫人で、夫のことが心配でならないらしく、トレッシリアンにはそのことがよくわかった。彼女は夫のほうへ——もちろん気づかれぬように、そっと——視線を向けて、彼の前のテーブルの上を見まもっていた。ジョージ氏は顔を真っ赤にして——料理を味わいもせず、ただガツガツとむさぼり食っていたが、用心しないと、この人はいまに卒中になるかもしれない、とトレッシリアンは思った。ジョージ夫人は全然食べていなかった。もしかすると、やせようと苦労しているのかもしれない。ピラール嬢だけは、心から食事を楽しんでいるふうで、南アフリカの紳士を相手にさかんにしゃべったり、笑ったりしていた。この紳士も、彼女には相当まいっているようだった。見たところ、この二人には、なんのくったくもないらしかった。

次にデヴィッド氏だが——トレッシリアンはデヴィッド氏のことが心配だった。彼は母親そっくりの顔をしており、いまだにとても若く見えた。しかし、今夜はひどく神経をたかぶらせていて、とうとう自分のグラスをひっくり返してしまった。

トレッシリアンはいそいでそのグラスを片づけ、こぼした酒をきれいにふきとってやった。が、デヴィッド氏は自分のしたことにほとんど気がつかないらしく、青ざめた顔でじっと正面を見つめたまま、座っていた。

青ざめた顔といえば、ホーベリーが食器室で警察官の来たことを聞いたときに見せた態度も、たしかに変だった……まるで、なにか——。

トレッシリアンの考えは、とつぜん中断された。ウォルターが、果物をのせた皿からナシを一つとり落したからだった。近ごろの給仕は、どうしてこうろくでなしなのだろう！　やつらは馬丁だったのかもしれん、そのくせがいつまでもぬけないんだ！

彼は最後にポートワインを持って、テーブルをまわった。ハリー氏は、今夜は少し放心しているように見えた。そしてアルフレッド氏のほうばかり見つづけていた。この二人は昔から仲が悪かった。子供のときでさえそうだった。もちろん、父親はいつもハリー氏のほうを可愛がっていたので、そのことがアルフレッド氏を苦しめたらしかった。リー氏はアルフレッド氏のことを、あまりかまわなかった。お気の毒に——アルフレッド氏はいつもお父さまに対してあんなに献身的であるのに……

気がつくと、アルフレッド夫人が立ち上がっていた。彼女はテーブルをまわって、しずしずと歩いていった。タフタ地のデザインの素晴らしさ。よく似合うケープ。なんて優雅な夫人だろう。

トレッシリアンは紳士たちにポートワインをくばると、食堂のドアをしめて食器室へ行った。

彼は客間にコーヒー盆を持っていった。四人の婦人が、なんとなく心楽しまぬ様子で座っていた。婦人たちは話していなかった。彼は黙ってコーヒーをくばってまわった。

彼が客間を出て、ふたたび食器室へ入ろうとしたとき、食堂のドアのあく音がした。デヴィッド・リーが出てきて、ホールを通って客間のほうへ歩いていった。

トレッシリアンは食器室にもどると、ウォルターをつかまえて警告を与えた。ウォルターは、全然というわけではないが、どうも給仕には不向きのようだ！

トレッシリアンは食器室でひとりになると、少しげっそりして腰をおろした。

彼は憂鬱だった。クリスマス・イヴ——この緊張と過労……彼はそれがきらいだった。やっと元気をふるい起こした彼は、客間に行って、コーヒー茶碗を集めてまわった。客間にはリディアのほか誰もいなかった。彼女は部屋の端の窓ぎわに立って、カーテンにからだを半分かくしていた。彼女はそこに立ったまま、じっと夜の闇に見入っていた。

隣室からピアノの音が聞こえてきた。

デヴィッド氏が弾いているのだ。それにしてもなぜ、デヴィッド氏は〈葬送行進曲〉などを弾いているのだろう、とトレッシリアンは自分の心にたずねてみた。クリスマスだというのに。まったく何もかも狂っている。

彼はゆっくりとホールを通って、自分の食器室にもどった。

彼が最初に、頭上の騒音を聞いたのは、そのときだった。——陶器がガラガラ、ガチャンと割れる音、家具がひっくり返る音、何かがぶつかり合い、砕ける、凄まじい音響。

「あっ、たいへんだ!」と、トレッシリアンは思った。「ご主人は、いったい何をしているんだろう! 何が起こったのだろう?」

するとつづいて、はっきりした、甲高い絶叫が——ぞっとするような、高い、かなしげな絶叫が——聞こえてきた。だが、それはすぐしめ殺されるような、無気味な喉音に変わり、そのまま消えてしまった。

トレッシリアンは一瞬その場に立ちすくんだが、すぐホールにとび出して、広い階段をかけ上がった。ほかの人々もいっしょだった。いまの絶叫は、家中にひびきわたったからだった。

みんなは階段をかけ上がると、角を曲がり、彫像がほの白く光っている壁龕《へきがん》の前を通って、シメオン・リーの部屋に通ずるまっすぐな廊下をとぶように走っていった。そこにはすでにファー氏が来ていた、それからデヴィッド夫人も。彼女は壁によりかかり、ファー氏は入口のドアの把手《とって》をねじっていた。

「ドアには鍵がかかっている！」と、スティーヴン・ファーが言った。「ドアには鍵がかかっている！」

ハリーがスティーヴンをおしのけて、把手《とって》に手をかけた。彼も把手《とって》をまわしたり、ねじったりしてみた。

「お父さん！」とハリーは叫んだ。「お父さん、入らせてください」

彼は手をとめ、じっとみんなは耳をすませた。なんの返事もなかった。室内からは物音一つしなかった。

玄関のベルが鳴ったが、誰もそれに注意を払ったものはなかった。

スティーヴン・ファーが言った。

「ドアをたたきこわしましょう。そのほかに方法はありませんよ」

ハリーが言った。「それはたいへんな仕事になりますよ。ここのドアはとびきり頑丈な材料でできているんだから。よし、やろう、アルフレッド」

彼らは必死になってドアと格闘した。そして最後にカシの木の椅子を持ってきて、それを破城槌のかわりに用いた。その結果、とうとうドアはかぶとをぬいだ。蝶番がはずれ、扉がビリビリとふるえて、その枠から離れ落ちた。

ちょっとの間、みんなは戸口に重なり合うように立って、中をのぞきこんだ。が、そのとき、彼らの眼をとらえたものは——誰もが永久に忘れることのできない光景だった……。

そこにはぞっとするような、おそろしい格闘のあとが、まざまざと残っていた。重い家具類がひっくり返り、陶器の花びんが床の上に割れ散っていた。そして、赤々と火の燃えている炉の前の敷物の中央に、シメオン・リーが血まみれになって横たわっていた……。あたり一面血の池で、そこら中に血がとびちり、まるで戦場のようだった。

みんなの口からは、しばらくの間、ふるえるため息だけがもれていたが、やがて二つの声が前後してこの沈黙を破った。しかも、不思議だったのは、そのとき二人の発した言葉が、期せずしてどちらも引用句であったことだった。

デヴィッド・リーが、まず言った。

「神のひき臼《うす》はまわるのがのろいが……」（そのあとに〝どんな小さな粒もひきのがさない〟という言葉の続く西洋の諺。神の応報は来るのがのろいが、いつかは必ず来る、の意）

リディアの声は、風にふるえる木の葉のささやきのように、ふるえていた。

「あの年寄りが、あんなにたくさんの血をもっていたと、誰が考えただろう？……」（シェークスピアの戯曲『マクベス』からの引用）

4

サグデン警視は三度ベルを鳴らした。が、とうとうあきらめて、こんどはノッカーを連打した。

おびえたウォルターがドアをあけた。

「おおっ」と彼は言った。安堵の色が顔に表れた。「ちょうど、警察へ電話をかけようとしていたところでございます」

「何の用事で？」と、サグデン警視は鋭く言った。「何かあったのか？」

ウォルターはささやいた。

「大旦那さまでです。あの方がやられたのです……」

警視はウォルターをおしのけて、二階へかけ上がった。彼はすぐに老人の部屋へ行ったが、彼が入ってきたのを誰も気づかなかった。部屋に入ったとき、彼はピラールが前にかがんで床から何か拾いあげたのを見た。また、デヴィッド・リーが両手で眼をおさえて立っているのを見た。

ほかの連中は、ひと固まりに集まっていた。ただアルフレッド・リーだけが、父親の死体の近くを歩いていたが、そのときぐっと間近によって死体を見おろした。彼の顔は紙のように生気を失っていた。

ジョージ・リーがもったいぶった調子で言った。

「なんにもさわっちゃいかん――気をつけてください――なんにも――警察が来るまで。それがいちばん大事なことですぞ！」

「ごめんください」と、サグデンが言った。

彼は婦人たちをしずかに押しのけて、前に進み出た。

アルフレッド・リーが彼の姿を認めて言った。

「あっ、あなたですか、サグデン警視さん。ずいぶん早くいらっしゃいましたね」

「ええ、リーさん」サグデン警視は時間を惜しんで説明をはぶいた。「いったい、これはどうしたんです？」

「父が」と、アルフレッドは言った。「殺されたんです……殺害されたんです……」

声が途中でとぎれた。

マグダリーンがとつぜんヒステリックにすすり泣きはじめた。

サグデン警視は、大きな役人らしい手をあげて重々しく言った。

「リー氏とそれから――ええと――ジョージ・リー氏とをのぞいて、ほかのかたがたは、ちょっとこの部屋をお出になってくださいませんか？……」

一同はしぶしぶ、羊のようにのろのろと戸口のほうへ動きだした。サグデン警視がとつぜん、ピラールを途中でとめた。

「失礼ですが、お嬢さん」と、彼は気軽な調子で言った。「どんなものも、さわったり動かしたりしてはいけませんよ」

ピラールは彼を見つめた。

スティーヴン・ファーが、たまりかねて言った。

「もちろん、そんなことはしないでしょう。彼女はよくそのことを心得ていますから」

サグデン警視は、相変わらず気軽な調子で言った。「あなたは、いましがた床の上から何かをお拾いになりましたね？」

ピラールは眼を大きく見開いた。そして相手を見つめたまま、いぶかしげに言った。

「わたしがですか？」

サグデン警視は依然快活な態度を失わなかったが、その声は少しこわばった。

「ええ、わたしは見ていましたよ……」

「まあ！」

「わたしにそれをお渡しください。まだあなたの手の中にあるはずですから」

ゆっくりと、ピラールは手を開いた。彼女の手には、ゴムの小さな束と木でつくられた何か小さなものが、握られていた。サグデン警視は、それを取り上げると、封筒に入れて胸のポケットにおさめた。そして、「どうもありがとう」と言った。

彼はすぐ背を向けた。瞬間、スティーヴン・ファーの眼にびっくりしたような、敬意に似た表情がうかんだ。まるで、いままでこの大柄な美男の警視を彼が軽視してでもいたかのように。

一同はのろのろと部屋から出ていった。そのとき彼らは自分たちの背後で警視の声が早くも職業的な調子でこう言っているのを聞いた。

「ところで、さっそくですが……」

5

「薪《まき》の火ほど、いいものはないな」ジョンスン大佐はそう言って、もう一本、丸太を暖炉に投げこむと、椅子を火のそばに引きよせた。「さあ、一つやってくれたまえ」彼は客のそばにおいてある酒瓶台《タンタラス》とサイフォンに、いんぎんに注意をうながしながら、そうつけ加えた。

客はしずかに手を上げて、それをことわった。そして用心ぶかく、自分の椅子を燃えている丸太のほうへずりよせた。もっとも彼に言わせれば、薪《まき》の火は人間の足の裏をあぶる（中世のある種の拷問みたいに）には適するだろうけれど、背中のうしろにうずまいている冷たいすきま風を追い払ってはくれない、というのが正直な意見だったが。

ミドルシャー州の警察本部長のジョンスン大佐は、薪《まき》の火を打ち負かすものはないとの意見らしかったが、エルキュール・ポアロはセントラルヒーティングこそそれを打ち負かすものだと、信じていた。

「おどろくべき事件といえば、あのカートライト事件だったな」と、主人は回想するように言った。「まったくおどろくべき男だよ！　あの態度ものごしの、なんともいえない魅力。あの男には、われわれもまんまと一ぱいくわされたよ」

彼は頭を振った。

「あんな事件はもう二度とないでしょう」と彼は言った。「さいわい近ごろはニコチン中毒などというものは、めったに見られなくなったから」

「そういえば、きみたちはすべての中毒事件を非英国的だと考えたことがありましたね」と、ポアロはほのめかした。「外国人の策謀だ！　非スポーツマン的行為だ！　と言って——」

「そうとばかりは言えないと思うが」と本部長は言った。「でも、砒素による毒殺事件などは、ずいぶん多かったよ。おそらくわれわれが気づいた以外にも、たくさんあったのではないだろうか」

「そう、そうかもしれません」

「われわれにとっていつもやっかいなのは、毒殺事件だよ」とジョンスン大佐は言った。「専門家の相反する証言——そんな場合医師たちはいつも自分の発言に、極度に用心ぶかくなるのでね。そこでたいていは難事件として陪審にかけられる。もしどうしてもわれわれが、人殺しを（天の禁ずる人殺しを）扱わなければならないなら、なるべく単純率直な事件を与えてもらいたいよ——死因について少しもあいまいさのないものをね」

ポアロはうなずいた。

「弾丸傷、喉切り、脳天割りか？　きみの好みは、そういったところですね？」

「ああ、きみ、それを好みなどと、言わないでもらいたいな。わたしのことを、人殺しが好きだなどと思わないでくれたまえ。正直なところ、わたしはもう永久にそんな事件の起こらないことを望んでいるのだからね。まあ、いずれにしても、きみの逗留中はまちがいなく無事だと思うけれど——」

ポアロは謙遜して、言いかけた。

「わたしの評判などは——」

だが、それにはかまわずに、ジョンスンはつづけた。

「クリスマス期間《タイム》は」と彼は言った。「平和、善意——その他、そういった精神が人々の心にいきわたっているときだからね」

エルキュール・ポアロは椅子の背にもたれて、指の先を組み合わせた。そして、考えぶかい眼でじっと相手を見つめた。

彼は小声で言った。「すると、きみの意見では、クリスマス・タイムは犯罪には縁のない季節だというんですね？」

「そうだよ」

「なぜ？」

「なぜって？」ジョンスンは、ちょっと面くらったようだった。「さあ、それは、いまも言ったように——楽しい気分の季節だからさ」

エルキュール・ポアロはつぶやいた。

「イギリス人ってずいぶんセンチメンタルなんですな！」

ジョンスンはきっとなって言った。「もしわれわれがそうだとしたら、どうだというんだね？　われわれが昔のしきたりを好み、古い伝統的な祝祭気分を好むとしたら、それがどうだというんだね？　何か害があるというのかい？」

「なんの害もありませんよ。それどころか、きわめてチャーミングなことだと思いますよ！　しかし、ここでちょっと、事実を検討してみましょう。きみはクリスマスは楽しい気分の季節だと、言いましたね。それは、つまるところ、大いに飲み食いすることを意味しやしないか、そうでしょう？　そして、それは事実上食べ過ぎを意味することになります。ところで、食べ過ぎには消化不良がつきものです！　そして、消化不良になると、人間は怒りやすくなる、つまり短気になるものです！」

「犯罪は」とジョンスンは言った。「短気から犯されるものではないよ」

「わたしにはそう言い切る自信はありませんね。だが、それはまあ、それとして、もう一つの点を取り上げてみましょう。クリスマスには善意の精神がいきわたる。なるほどそれは、きみの言うとおり、誰もが心がけるべきことでしょう。古い喧嘩はやめる。意見の合わなかった人々はもう一度意見を一致させるように譲歩しあう、たとえ一時的であろうと」

ジョンスンはうなずいた。

「矛《ほこ》を収める――それはいいことだ」

ポアロは自分のテーマを追究した。

「ところで、家族の場合には一年中離れ離れになっていた家族の者が、ふたたび一つところに集まる。こうした条件の下では、そこに多くの緊張が起こることは、きみも認めるでしょう。やさしい気持ちを持たない人もやさしげに見せようとして、自分自身に大きな抑圧を加える！　こうして、クリスマスの期間にはたくさんの偽善が――なるほど、それはよき動機からくわだてられた偽善、尊敬すべき偽善かもしれないが――とにかく多くの偽善が行なわれるものです」

「さあ、わたし自身は、そんなふうには考えないがね」と、ジョンスン大佐は疑わしげに言った。

ポアロは微笑した。

「いや、もちろん、そんなふうに考えているのは、わたしであってきみではありませんよ。ただわたしが、きみに指摘しておきたいことは、こうした条件――精神的緊張と肉体的不快感――の下では、往々にして、それまではごく軽度にすぎなかった嫌悪やとるに足らなかった不和が、とつぜん、より重大な、真剣な性質をおびるようになる、ということです。自分を実際以上に、やさしい、寛容な、気高い人間のように見せかけることは、その反動として、早晩その人間をして実際よりももっと感じの悪い、残忍な、不愉快な人間のように振るまわしめることになるものです。ねえ、そうでしょう《モナミ》。自然の流れをせきとめれば、おそかれ早かれダムは決潰し、大洪水になるのは当然ですからね！」

ジョンスン大佐は、疑わしげにポアロを見つめた。

「きみは、いったい本気なのか、わたしをからかっているのか、どうもわからん」と、彼はぶつぶつ不平を言った。

ポアロはふたたび明るい微笑を投げかけた。

「わたしは本気じゃありませんよ！　ちっとも、本気じゃありませんよ！　しかし、わたしの言ったことは――人為的条件は自然的反作用をもたらすということは――真実ですよ」

ジョンスン大佐の召使が部屋に入ってきた。

「サグデン警視からお電話でございます」

「よし、では、ちょっと失礼」

わびの言葉を残して、大佐は部屋を出ていった。

彼は三分あまりでもどってきたが、その顔には不安と動揺の影がうかんでいた。

「ちくしょう！」と彼は言った。「殺人事件だ！　それも、こともあろうにクリスマス・イヴに！」

ポアロの眉が上がった。

「それは確かですか――確かに殺人ですか？」

「えっ？　もちろん、ほかに解釈しようのない――完全に明白な事件だよ！　殺人――それも残忍きわまる殺人さ！」

「被害者は誰です？」

「シメオン・リー老人。われわれの知っている最高の大金持ちの一人だよ。はじめは、南アフリカで身代をつくったらしい。金――いや、ダイヤモンドだった、と思う。それから、採鉱機械のある特殊な部分品製造に莫大な金をつぎこんだ。なんでも、彼自身の発明だそうだが、それが当たって、トントン拍子にもうかった。世間の噂では百万長者を二人以上合わせたくらいの金持ちだということだ」

ポアロが言った。

「人から好かれていたでしょうか?」

ジョンスンは、ゆっくり答えた。

「誰も彼を好いていたとは、思えないね。一種の変人だったから。最近数年間は病気をして、引きこもっていたようだ。これ以上、わたしは彼について知らないが、しかしもちろん、彼はこの国の大立者の一人だよ」

「すると、この事件は大センセーションを引きおこすでしょうね?」

「うん。わたしもこれから大至急、ロングデールまで行かなければならない」

大佐は客の顔を見ながら、口ごもった。ポアロはその無言の問いに答えた。

「わたしもいっしょに行ったほうが、よければまいりましょうか?」

ジョンスンは、間が悪そうに言った。

「きみにこんなことをたのむのは、恥ずかしい気がするけれど、きみのことだから、もう察してくれているだろう! サグデン警視は、勤勉で、注意ぶかい、ごくしっかりした立派な男だが——しかし、どの点から見ても、想像力に富んだ男ではないのだ。それで、ぜひ、きみの助言の恩恵にあずからせてもらいたいのだよ」

彼はその話の最後の部分を、多少電文めいたしかつめらしい調子でためらいながら言った。

ポアロは、いそいで答えた。

「よろこんでお引きうけしましょう。わたしにできることなら、どんなお手つだいでもしましょう。でも、わたしたちはその立派な警視の感情をそこねないようにしなければなりませんね。これは彼の事件であって——わたしの事件ではありません。それに、わたしは非公式の相談相手にすぎないのですから」

ジョンスン大佐は、興奮して言った。

「きみはまったくいいやつだな、ポアロ」

この賛辞といっしょに、二人は立ち上がった。

6

彼らのために玄関のドアをあけて敬礼したのは、一人の警官だった。そのうしろから、サグデン警視がホールにおりてきて言った。

「よくいらっしゃいました。左側のこの部屋に——リー氏の書斎ですが——入りましょうか？　事件の概要をお話ししたいと思いますから。全体がどうもおかしな事件なのです」

サグデンは二人をホールの左手にある小さな部屋に案内した。電話が一つと書類が山積みされた大きな机があり、壁に沿って本箱がならんでいた。

警察本部長は言った。「サグデン君、この方はエルキュール・ポアロさん。きみもお名前は聞いているだろう。ちょうどたまたま、わたしのところに来ておられたのでね。こちらはサグデン警視」

ポアロは軽く頭をさげてから、相手の人柄をざっと観察した。サグデンは両肩の角張った、軍人式なものごしの背の高い男で、ワシ鼻と好戦的なあごと長い濃い栗色の口ひげをもっていた。サグデン警視のほうも紹介がすむと、エルキュール・ポアロのことをじっと見つめた。ポアロはサグデンの口ひげにじっと見入っていた。その見事な密生ぶりが、彼の心を引きつけたらしかった。

警視は言った。

「もちろん、お噂はかねてからうかがっておりますよ、ポアロさん。もしわたしの記憶にまちがいがなければ、こちらにおいでになったのは、たしか数年前ではございませんでしたか。バーソルミュウ・ストレインジ卿の死。ニコチン毒殺事件。わたしの地区ではありませんが、むろんそれについては、くわしく承知しております」

ジョンスン大佐は、しびれをきらせて言った。

「さあ、サグデン君、事実を聞かせてくれたまえ。明白な事件だと、きみは言ったね」

「そうです。正真正銘の殺人ですよ——疑いの余地はありません。リー氏は喉を突かれ——頸静脈を切断されていました。これは医師から聞いたことですが。しかし、全体として非常に妙なところがあるのです」

「というと——?」

「まず、最初に、わたし自身に関係のある話を聞いていただきましょう。その話というのはこうです。——今日の午後五時ごろ、わたしはアドルスフィールド警察署でとつぜんリー氏からの電話を受けました。氏は電話でちょっとおかしなことを言ってきたのです——わたしに今夜八時に訪ねてきてほしいとの、頼みでしたが——とくに時間の点に力を入れて、まちがわないように、と言っていました。そればかりではありません。来訪の節は、家の執事には何か警察関係の慈善事業の寄付を集めに来たと言ってもらいたい、というのでした」

ジョンスン大佐は、鋭くたずねた。

「きみを家の中に入れるために、何かもっともらしい口実が欲しかったんだね」

「そうなんですよ。もちろん、リー氏は重要な人物ですから、わたしは彼の要求に応じました。そして、わたしは八時少し前にここに来て、執事には警察孤児院のための寄付をお願いに来た、と話しました。執事はちょっと奥へ退いてから、ふたたびもどってきて、リー氏がお目にかかるそうですからと言って、わたしをリー氏の部屋に案内しました。その部屋はちょうど食堂の真上にあたる階上にありました」

サグデン警視はちょっと休んで、息をついてから、多少お役所式な調子でその報告をつづけた。

「リー氏は、暖炉のそばの椅子に座り、部屋着を着ていました。執事が部屋を出てドアをしめると、リー氏はわたしに彼のそばの椅子をすすめました。そして、じつは盗難について折り入ってお話ししたいことがあるのですと、いくぶんためらいながら言いました。わたしは何を盗られたのですか、とききました。すると、リー氏は時価数千ポンドの値打ちのあるダイヤモンド（ただしアンカットのものだと、氏は言ったように記憶しますが）を金庫から盗まれたと信ずべき理由があるのだと、答えました」

「えっ、ダイヤモンド？」と警察本部長は言った。

「そうです。そこでわたしは、こういう場合に誰もがやる、いろいろな質問をしてみましたが、氏の態度はすこぶる不明確で、その返事もかなりあいまいなのです。そして、結局こう言いました、『警視さん、あなたならおわかりになるにちがいないが、わしはこの問題で何か勘ちがいをしているのではないかとも思うのです』と。わたしは言ってやりました、『わたしには全然わかりませんね。いったいダイヤモンドは失くなったのですか、それとも失くなっていないのですか——右ですか、左ですか？』氏は答えました、『ダイヤモンドは確かに失くなったのです。が、ひょっとすると、かなりばからしいいたずらかもしれない、という可能性もあるのです』あんまり妙な話なので黙っていますと、氏はつづけて言いました、『こまかく説明することは、わしには困難ですが、つまるところ、こうなのです。わしが知るかぎりでは、そのダイヤモンドを持っていると思えるのは、二人の人間のどちらかですが、そのうちの一人の方だったら、おそらく冗談にやったにちがいありません。しかし、他の一人の方が盗ったのだとすると、その場合はダイヤモンドははっきり盗まれたのです』『では、いったい、わたしに何をしてくれと、お望みになるのですか？』『わしがお願いしたいのは、警視さん、あと一時間ばかりしたら——いや、もう少しのばして——九時十五分になったら、もう一度ここにもどってきていただきたい、ということです。そのときには、そのダイヤが盗まれたのか、そうでなかったのかを、はっきり申し上げられると思います』わたしはちょっと狐につままれたような気がしましたが、とにかく承知してここを辞去しました」

ジョンスン大佐は言った。

「奇妙だ――じつに奇妙だね。ポアロ君、きみはどう考えるかね？」

エルキュール・ポアロは言った。

「警視さん、あなた自身は、どういう結論を引きだしましたか？」

警視はあごをなでながら、注意ぶかく答えた。

「さあ、いろいろな考えがうかびましたが、全体から見て、わたしはこんなふうに想像しました。いたずらにやったなどというのは、問題になりません。ダイヤモンドはまさしく盗まれたのです。しかし、この老紳士は誰が盗んだのか確信がない。わたしの考えでは、氏がそれを盗ったのは二人の人間のうちの一人に相違ないと言い――そしてその一人は召使で、他の一人は家族の一員だとほのめかしたのは、彼としては真実を語ったのだと思うのです」

ポアロは、感心したようにうなずいた。

「けっこうです《トレ・ビアン》！　それで彼の態度はよくわかります」

「それで、氏としてはわたしに後刻もどってきてもらいたかったのだと思います。その間に、氏は問題の人物と会見するつもりだったにちがいありません。氏は彼らにこう言うつもりだったのでしょう。自分はすでにこの問題を警察に話してしまった、しかしすぐダイヤモンドが返れば、警察の方はもみ消すことができる、と」

ジョンスン大佐は言った。

「もし容疑者が応じなかったら？」

「その場合は、われわれの手に調査を依頼するつもりだったのでしょう」

大佐は眉をひそめて、口ひげをひねった。そして異議をとなえた。

「なぜ、きみを呼ぶ前に、そういう方法をとらなかったのだろう？」

「いや、それはまずいですよ」と警視は頭を振った。「おわかりでしょう。もしそんなことをしたら、おそらくこけおどしだととられ、相手を半分も承知させられなかったでしょう。彼らはこう思うにちがいありません、『老人は、たとえどんなに疑っても、警察を呼ぶようなことはしないだろう！』と。しかし、もし老紳士が彼らに『わしはすでに警察に話してしまった。警視が今帰ったばかりだ』と言ったら、どうでしょう。犯人はきっと執事にたずねるにちがいありません。すると、執事は言うでしょう、『そのとおり、警視さんは夕食前にここに来られた』と。そこで、犯人は老紳士の言うことを信じて、しぶしぶダイヤモンドを吐き出す、ということになるわけです」

「ふむ、なるほど」とジョンスン大佐は言った。「サグデン、その〝家族の一員〟というのは誰か――心あたりはないかね？」

「全然ありませんね」

「何か形跡もないだろうか？」

「ありません」

ジョンスンは頭を振った。そして言った。

「さあ、そのあとをつづけてくれ」

サグデン警視はそのお役所的な態度を取りもどした。

「わたしは、九時十五分きっかりに、ここにもどってきました。そして、まさに玄関のベルを鳴らそうとしたときです。家の中から鋭い絶叫が聞こえ、つづいて混乱した叫び声と騒音とが、ひびいてきました。わたしは立てつづけにベルを鳴らし、それからノッカーを打ち鳴らしました。それでもドアがあくまでに、三、四分はかかりました。やっと給仕がドアをあけてくれましたが、そのとき初めて、わたしは、何か容易ならぬ事件が起こったのだな、と感づきました。その給仕が全身をブルブルふるわせ、今にも気絶しそうに見えたからです。彼はリー氏が殺されたということを、あえぎながら告げました。わたしはあわてて二階にかけ上がりました。見ると、リー氏の部屋は修羅場のような混乱を呈しているではありませんか。それはひと目ではげしい格闘が行なわれたことを示していました。そして、リー氏は喉を突かれて、血まみれになって、暖炉の前に横たわっていました」

警察本部長は鋭く言った。

「彼が自分でやったのではなかろうね？」

サグデンは頭を振った。

「不可能です。一例をあげますと、椅子やテーブルはひっくり返され、陶器や装飾品の類はこわされていましたし、犯行に使ったナイフも剃刀も影さえ見あたりませんでした」

警察本部長は、じっと考えながら言った。

「なるほど。他殺は決定的らしいな。誰か部屋の中にいたかね？」

「家族の大部分が、そこに集まって死体のまわりにつっ立っていました」

ジョンスン大佐はふたたび鋭く言った。

「君の考えは、サグデン？」

警視はゆっくり言った。

「ひどい事件ですね。ただ、わたしにはどうも、彼らの一人がやったにちがいないように思えます。外から入ってきた人間が、どうして短時間の間に、あれだけの犯行をやってのけ、立ち去ることができるでしょうか？　わたしには納得できませんね」

「窓はどうなっていたかね？　しまっていたか、あいていたか――」

「あの部屋には、窓が二つありますが、一つはしまっていて、錠がおりていました。もう一つは、下のほうが六、七センチあいていましたが――それは盗難除けのネジ釘でしっかりと固定されていました。念のためためしてみましたけれど、固くさしこんであって――数年間あけたことがないそうです。また、外側の壁は一面に滑らかで、こわれたところなどなく――ツタの葉一枚、虫一匹ついていませんでした。どんな人間でもここから出ていけたとは思えません」

「その部屋には、いくつドアがあるのかね？」

「一つきりです。その部屋は廊下のつきあたりにあるのです。ドアは内側から鍵がかかっていました。ですから、家の者が格闘の音と老人の断末魔の叫びを聞いて、二階にかけ上がったときも、みんなはドアをたたきこわして、中に入らなければなりませんでした」

ジョンスン大佐は、鋭く言った。

「そのとき、室内にいた者は？」

サグデン警視は、落ち着いて答えた。

「誰もいなかったそうです。ほんの数分前に殺された老人のほかには」

7

ジョンスン大佐は数分間サグデンを見つめてから、つばをとばして言った。

「それじゃ、警視、きみはこの事件が、探偵小説によく出てくる、あの呪わしい事件——一人の男がある種の一見超自然的な働きによって、鍵のかかった密室で殺されるという事件——の一つだというのだね？」

警視は、その口ひげをかすかな微笑でふるわせながら、落ち着いて答えた。

「わたしはこの事件をそんなやっかいなものだとは思っていませんが」

ジョンスン大佐が言った。

「自殺。自殺にちがいない！」

「もし、そうだとすると、刃物はどこへ行ったのでしょうか？　いや、絶対に自殺ではありません」

「それなら犯人はどこから逃げたのだ？　窓からか？」

サグデンは頭を振った。

「断じてそうでないことを、わたしは誓ってもよろしいです」

「しかし、ドアは内側から鍵がかかっていたというのだろう？」

警視はうなずいた。そしてポケットから一つの鍵を取り出すと、それをテーブルの上においた。

「指紋はついていません」と彼は言った。「しかし、その鍵をごらんください。そこにある虫めがねでそれをよくごらんになってください」

ポアロは前かがみになって、ジョンスン大佐といっしょにその鍵を調べた。と、警察本部長があっと叫び声をあげた。

「おやおや、みつけたぞ。胴の部分の端についている、このかすかなかすり傷。ポアロ、きみにも見えるだろう？」

「ええ、見えます。だが、これは鍵が外側からまわされたことを意味していやしないでしょうか——ある特殊な道具を使ってそれを鍵穴に通し、鍵の胴部をつかんでまわしたということを。たぶん普通のヤットコが一挺あればできるでしょう」

警視はうなずいた。

「それで結構うまくいくでしょう」

ポアロは言った。「すると、この趣向は、リー氏の死を自殺と思わせようというねらいでしょうか？ ドアには鍵がかかっているし、室内には誰もいないのですから」

「それにちがいありません。疑う余地はないと思います」

ポアロは、疑わしげに、頭を振った。

「しかし、それにしては、室内の乱雑さがおかしい！ あなたも言われるとおり、それによって自殺という考えは一掃されるからです。もしそうなら、犯人は何よりもまず、室内を整頓しておいたでしょう」

サグデン警視は言った。「でも、犯人にはその暇がなかったにちがいありません。ポアロさん、そこが重要な点ですよ。彼には時間の余裕がなかった。彼は最初気づかれずに老紳士を襲うつもりでいたにちがいありません。ところが、それがうまくいかなかった。そこで格闘になり――階下の部屋にまでその騒ぎを聞かれることになった。その上、老紳士は救いを求めた。みんながいっせいにかけ上がってきた。ですから、犯人は部屋をとび出し、外から鍵をまわすのが、やっとだったにちがいありません」

「なるほど」とポアロはうなずいた。「あなたのいわれるその犯人は、へまをやったのかもしれませんね。しかし、それにしても――どうして彼は凶器を残していかなかったのでしょう？ 凶器がなければ、自殺ということにはなり得ないでしょう！ それは彼の最大のエラーだったですね」

　サグデン警視は無神経に言った。

「犯人というものは、たいてい過失をおかすものです。それはわれわれの経験から言えることです」

　ポアロは軽いため息をついた。そしてつぶやいた。

「しかし同時に、その過失にもかかわらず、彼はのがれた――その犯人は」

「わたしは、彼が確実にのがれおおせたとは思いませんね」

「では、彼はまだこの家の中にいると言われるのですね？」

「ほかのどこにいるはずがありましょう？　これは内部の者の仕業ですよ」

「しかし、それでも《トゥー・ド・メーム》」と、ポアロはおだやかに指摘した。「彼はこの程度までは――つまり、あなたにはまだ彼の正体がわからない、というところまでは――のがれたわけですよ」

　サグデン警視は、しずかに、しかしきっぱりと言った。

「それも、まもなくわれわれの手で明らかにされるでしょう。なにしろ、まだこの家の者を一度も調べていないのですから」

　ジョンスン大佐が口をはさんだ。

「おい、サグデン君、一つだけわかったよ。誰が外から鍵をかけたにしても、それはこの種の仕事に多少知識を持ったやつにちがいない。言いかえれば、おそらく犯罪の経験を持ったやつだろう。この種の道具はそう簡単には取り扱えないはずだからね」

「つまり、玄人の仕事だとおっしゃるのですね？」

「そうなんだ」

「そうらしくも思えます」と、サグデンは譲歩した。「でも、それを追及していくと、召使たちの中に専門の泥棒が混ざってでもいたようなことになりますね。もっとも、それならば、ダイヤモンドが盗られたことも説明がつきますし、こんどの殺人についても論理的解釈がなり立つのですが——」

「すると、この理論には何かまちがいがあるのか？」

「じつは、わたし自身も、はじめはそう考えたのです。が、それは困難なのです。この家には、八人の召使がいますが、そのうち六人が女でして、その六人のうち五人は四年以上もここにつとめているのです。ほかに、執事と給仕がいますが、この執事は四十年近くもこの家にいるという、ちょっと記録的な存在です。給仕のほうは、庭師の息子でここで育った男です。この男が職業的な泥棒とは、どうしても思えません。そうそう、もう一人、リー氏の側仕えの従僕がおります。この男は比較的新しい召使ですが、彼は外出していて、まだ帰ってきていません——八時少し前に出ていったそうです」

ジョンスン大佐は言った。

「現在この家にいる者のリストは、できているだろうか？」

「ええ、執事から聞いて、つくっておきました」彼はノートを取り出した。「お読みしましょうか？」

「どうぞ、読んでくれたまえ」

「アルフレッド・リー氏夫妻、国会議員ジョージ・リー氏夫妻、ヘンリー・リー氏、デヴィッド・リー氏夫妻、それから」と、警視はそこでちょっと休んでから、「ピラー」と、建物の柱《ピラー》と同じように発音し、「エストラバドス、スティーヴン・ファー氏。次に使用人では、執事のエドワード・トレッシリアン、給仕のウォルター・チャンピオン、料理人のエミリー・リーヴス、台所女中のクィーニー・ジョーンズ、女中頭のグラディス・スペント、次席女中のグレース・ベスト、第三女中のビアトリス・モスコーム、メイド見習いのジョーン・ケンチ、付添従僕のシドニー・ホーベリー」

「それで全部だね？」

「これで全部です」

「殺人の行なわれた時刻に、みんなはどこにいたか、わからないだろうか？」

「ほんの概略でよろしかったら。さっきもお話ししましたように、わたしはまだ誰のことも訊問しておりませんので。トレッシリアンの話によりますと、紳士たちはまだ食堂にいましたが、婦人たちは客間に移っていたので、コーヒーを持っていったそうです。彼が二階の騒音を聞いたのは、ちょうど食器室にもどったばかりのときで、つづいて悲鳴が聞こえた、ということです。彼はすぐホールにとび出し、ほかの連中のあとを追って二階へかけ上がったそうです」

ジョンスン大佐は言った。

「この家には、今いく人家族が住んでいるのかね、そして滞在客は誰と誰かね？」

「ここに住んでいるのは、アルフレッド・リー夫妻でして、ほかの者はちょうど訪ねてきた客たちです」

ジョンスンはうなずいた。

「みんなは今どこにいるのだ？」

「彼らはわたしが訊《き》き取りの用意をするまで、客間に集まっていてくれるように頼んでおきました」

「わかった。二階へ行って現場を見せてもらうことにしよう」

サグデン警視は広い階段を上がり、廊下を通って二人を案内した。

犯罪が行なわれた部屋に一歩ふみ入れると同時に、ジョンスン大佐は深いため息をもらした。

「こりゃひどい！」彼は言った。

彼はちょっとの間、その場に立って、ひっくり返っている椅子や粉々に割れた陶器や血のはねかかった破壊物の破片に眼を注いだ。

一人のやせた、かなりの年配の男が、死体のそばにひざをついて何かしていたが、立ち上がって目礼した。

「こんばんは、ジョンスン本部長」と彼は言った。「ちょっとした修羅場でしょう？」

「わたしがきみだったら、やっぱりそう言うだろうね。ところで、われわれに役立つようなことが、何か発見されただろうか、ドクター？」

医者は肩をすくめ、にやっと笑った。

「検屍における科学的術語をあなたにお教えしておきましょう。死因は簡単明瞭。喉をブタのように突かれ、一分以内で出血死している。凶器については何の証跡もなし」

ポアロは部屋を横切って、窓のところへ行った。警視が言ったように一つはしまって閂《かんぬき》でとめられていた。もう一つは、下の方が十センチばかりあいていたが、昔から盗難予防用ネジ釘として知られている、特許をとった一種の太いネジで固定されていた。

サグデンが言った。「執事の話によりますと、その窓は降っても照っても、しめたことがなかったそうです。そこには雨が降りこむ場合のことを考え、リノリュームのマットが敷いてありましたが、突き出た屋根のひさしにまもられていたので、あまりぬれたことがないそうです」

ポアロはうなずいた。

彼は死体のそばに引きかえして、老人をじっと見おろした。

その唇はまくれ返って、歯をむきだしてうなっているかのように血の気を失った歯ぐきが現れていた。手の指は動物のカギ爪のように曲がっていた。

ポアロは言った。

「老人は強い男には見えないですね」

医者は言った。

「でも、かなりタフだったと思います。たいていの人間が一命を失うような、いくつものかなり重い病気にかかりながら、生きつづけてきたのだから」

ポアロは言った。「わたしの言った意味はそうじゃないんです。彼は肉体的に大きくもなければ、強くもなさそうだと言ったんですよ」

「そう、その意味ならとても弱い男ですね」

ポアロは死体から離れた。彼はかがんで、ひっくり返っているマホガニーの大椅子を調べた。そのそばには、マホガニーの円テーブルと、大きなチャイナランプの破片があった。ほかにも、二脚の小さな椅子が、すぐ近くに横だおしになっていたし、またそこら一面に、割れたガラスびんやコップの破片、重いガラスの文鎮、本、粉々にくだけた日本の花びん、こわれた裸体少女のブロンズの彫像などが散らばっていた。

ポアロは、これらの品物の上にかがみこんで、熱心に調べていたが、手をふれることはしなかった。そのうちに、いかにも当惑したように、立ち上がって、眉をひそめた。

ジョンスン大佐が言った。

「何か気づいたことでもあったかね、ポアロ？」

ポアロはため息をついてつぶやいた。

「あんな弱々しいしなびた老人が――それにもかかわらず――こんな……」

ジョンスンは途方にくれたようだった。顔をそむけると、忙しげに働いている部長刑事に言った。

「指紋はどうだった？」

「たくさんとりました。部屋全体にわたってとりました」

「金庫はどうした？」

「だめです。金庫では老紳士のものしかとれませんでした」

ジョンスンは医師のほうを向いた。

「血痕はどうだろう?」と彼はたずねた。「誰が殺したにしても、そいつはきっと血をあびているにちがいないと思うが」

医師は疑わしげに言った。

「さあ、必ずしもそうとは保証できませんね。これはほとんど全部、頸静脈からの出血ですから、動脈のようにはふき出さなかったでしょう」

「いや、いや、それでも、ずいぶんたくさんの血が流されたようだぞ」

ポアロが言った。

「そう、ずいぶんたくさんの血です――おかしいのはそれですよ。たくさんの血!」

サグデン警視がいんぎんに言った。

「ポアロさん、あなたは――いや――そのことはあなたに何かを暗示するのですか?」

ポアロは彼を見た。そして、当惑したように頭を振った。

彼は言った。

「ここには何かがあります――何か強暴なものが……」彼はちょっと言葉を切ってから、ふたたびつづけた。「そうだ、あれがそれだ――暴力……血――血へのこだわり……そここには――なんと言ったらいいか――あまりに血が多すぎる。椅子の上の血、テーブルの上の血、カーペットの上の血……血の祭典？　いけにえの血？　はたしてそうだろうか？　たぶん、そうかもしれない。あんなにやせ、あんなにしなび、あんなにひからびた、弱々しい老人が――しかも――その死に――あんなにたくさんの血を……」

ポアロの声はとぎれた。サグデン警視は、まるいびっくりした眼で彼を見つめていたが、おそろしげな声で言った。

「不思議だ――彼女が言ったのもそれだった――あの夫人は……」

ポアロが鋭く言った。

「誰です、その夫人というのは？　どんなことを彼女は言ったのですか？」

サグデンは答えた。「リー夫人――アルフレッド夫人です。あそこの窓ぎわに立って、なかばつぶやくように言ったのです。わたしにはよく意味がとれませんでしたが」

「彼女はなんと言ったのです？」

「あの老紳士がこんなにたくさんの血をもっていたと、誰が考えたろう、とかなんとかいう言葉でしたが……」

ポアロはしずかに言った。

「〝あの年寄りが、あんなにたくさんの血をもっていたと、誰が考えただろう？〟マクベス夫人の言葉だ。それを彼女が言ったとは……ああ、これは興味がありますぞ……」

8

アルフレッド・リー夫妻は、ポアロ、サグデン、州警察本部長の三人が立って待っている、その小さな書斎に入ってきた。ジョンスン大佐が進み出て言った。

「はじめまして、リーさん。これまでお目にかかる機会を得ませんでしたが、ご承知のように、わたしはこの州の警察本部長です。ジョンスンと申します。このたびのことでわたしがどんなに心を痛めているか、申し上げる言葉もありません」

アルフレッドは傷ついた犬のような眼をしながら、しゃがれ声で言った。

「ありがとうございます。おそろしいことです——まったくおそろしいことです。あ、これはわたしの家内です」

リディアが、しずかな声で言った。

「今夜の事件は主人にはおそろしいショックでございました——もちろん、わたくしたち一同にとりましてもそうですが——でも、主人にはとくにそうでございました」

彼女は片手を夫の肩においた。

ジョンスン大佐は言った。

「おかけください、奥さん。エルキュール・ポアロ氏をご紹介いたしましょう」

エルキュール・ポアロはおじぎをした。彼の眼は夫からその妻のほうへ興味ぶかげに移された。

リディアの手がやさしくアルフレッドの肩を押した。

「お座りになったら、アルフレッド」

アルフレッドは座った。そしてつぶやいた。

「エルキュール・ポアロ。はて誰か——誰だろうか——？」

彼はめまいを感じたかのように、手を額にあてた。

リディアが言った。

「ジョンスン大佐があなたに少しおたずねしたいことがあるんですって、アルフレッド」

警察本部長は満足げに彼女をながめた。彼は、アルフレッド・リー夫人がこんなにも分別のある、有能な女であることを知って感謝した。

アルフレッドが言った。

「もちろんだよ。もちろん……」

ジョンスンはつぶやいた。

「ショックが完全に彼をノックアウトしたらしい。少し元気を出してくれるといいが」

彼は声を高めて言った。

「今夜この家におられた人々のリストがここにありますが、リーさん、それがまちがっていないかどうか、おっしゃってくださいませんか」

ジョンスンはサグデンに眼くばせした。サグデンはノートを取り出すと、もう一度そのリストを読みはじめた。

この事務的な手続きが、アルフレッドをいくぶん正気に返らせたようだった。彼は自制心をとりもどし、その眼はもはや放心したように一つところを見つめているようなことはなかった。サグデンが読み終わると、彼は同意するようにうなずいた。

「まちがいありません」と彼は言った。

「では、お宅のお客さまについて、少しお話しくださいませんか？ジョージ・リー氏夫妻、デヴィッド・リー氏夫妻はご親戚ですね？」

「わたしの二人の弟と、その妻たちです」

「みなさんは、一時ここに滞在しておられるのですか？」

「そうです。クリスマスのために訪ねてまいったのです」

「ヘンリー・リー氏も弟さんですか?」

「そうです」

「それから、もう二人のお客さんは? エストラバドス嬢とファー氏は?」

「エストラバドス嬢はわたしの姪で、ファー氏は父の南アフリカ時代の仲間の息子です」

「ああ、昔のお友達で」

リディアが割って入った。

「いいえ、実際はわたくしたち、今まで一度もあの方にお会いしたことがないのでございます」

「わかりました。しかし、あなた方はファー氏をクリスマスにお招きになったのでしょう?」

アルフレッドは躊躇して、妻のほうを見た。彼女ははっきり言った。

「ファーさんは、昨日まったくとつぜんに、おいでになったのです。たまたまこの近所までこられたので、義父《ちち》を訪問されたのでした。義父《ちち》は、あの方が旧友の息子であることを知って、ぜひここに泊まっていっしょにクリスマスをすごすように、おすすめしたのです」

ジョンスン大佐は言った。

「ご家族のことはよくわかりました。使用人については、奥さん、全員信用できるとお考えですか？」

リディアはちょっとの間考えてから、答えた。

「ええ、みんな信頼できると思います。召使の大部分は、長い間わたくしたちといっしょに暮らしてきたものばかりで、執事のトレッシリアンなどは、主人が子供のころからのなじみでございます。新しくまいった召使は、メイド見習いのジョーンと、義父《ちち》の側につかえておりました付添従僕の二人だけでございます」

「その新来の召使たちは、どうですか？」

「ジョーンはどちらかといいますと少し足りないほうで、欠点といったらそれだけでございます。ホーベリーについてはあまり存じません。この家にまいってから、ちょうど一年あまりになりますが、仕事にかけてはたいへん有能で、義父《ちち》も満足しておったようです」

ポアロが鋭い調子で言った。

「しかし、奥さん、あなたはそれほど満足しておられなかったのですか？」

リディアは、かすかに肩をすくめた。

「それは、わたくしにはまったく関係のないことでしたから」

「でも、あなたはこの家の主婦でいらっしゃる。使用人のことはあなたの関与事項でしょう?」

「ええ、もちろんでございますわ。でも、ホーベリーは義父《ちち》の個人的な付添人でした。彼だけは、わたくしの管轄下にありませんでした」

「なるほど」

ジョンスン大佐が言った。

「ところで、今夜の出来事ですが、リーさん、これはあなたにはお辛いでしょうけれど、われわれは起こったことについて、あなたのお話をききたいのです」

アルフレッドは、小声で言った。「ごもっともです」

ジョンスン大佐は、うながすように言った。

「あなたが、最後にお父上にお会いになったのは、いつでしたか?」

苦痛のかすかなけいれんが、アルフレッドの顔を横切った。

「お茶のあとでした。わたしはしばらく父といっしょにいました。最後に、父におやすみを言って、別れたのは——ええと——六時十五分前ごろでした」

ポアロが言った。「あなたはお父上におやすみをおっしゃったのですね？　すると、その晩はもうお会いにならないつもりだったのですね？」

「ええ、父の夕食は軽い食事で、いつも七時に部屋へ持っていくことになっているのです。そのあとで、父は早く寝床に入ることもあれば、ときには椅子に座ったままで起きていることもありますが、特別に呼ばないかぎり、家族の誰とも会おうとしませんでした」

「お父上は、たびたび、誰かを呼びによこしましたか？」

「ときたまです。自分がそうしたいと思ったときだけ――」

「しかし、きまった慣わしではなかったのですね？」

「ええ」

「どうぞ、進めてください、リーさん」

アルフレッドはつづけた。

「わたしたちは、八時に夕食をとりました。食事がすむと、家内とほかの婦人たちは客間へ行きました」彼の声はどもりがちになり、その眼はふたたび空間を見つめはじめた。「わたしたちはそこに――テーブルについたままでいました……すると、とつぜん、胆をひやすような騒ぎが、頭の上で起こったのです。椅子のひっくり返る音、家具類のこわれる音、ガラスや陶器の割れる音、それから——おお、神さま」——彼はブルブルと全身をふるわせた——「わたしにはまだそれが聞こえるような気がする——父のギャーッという悲鳴——身の毛もよだつような、長く尾を引いた叫び——人間の断末魔の苦悶を表わした絶叫……」

アルフレッドは、ふるえる両手を上げて顔を覆った。リディアは片手をのばして、彼の服の袖にふれた。ジョンスン大佐はやさしく言った。

「それから？」

アルフレッドはとぎれがちな声で言った。

「ちょっとの間、わたしたちはあっけにとられていた——と思います。それからすぐ、とび上がり、部屋を走り出て、二階の父の居間へかけつけました。が、ドアには鍵がかかっていて、入ることができませんでした。破って入るほかありません。そして、やっと中に入ったとき、わたしたちが見たのは——」

彼の声はとぎれた。

ジョンスンはいそいで言った。

「そこの部分は、もう結構です、リーさん。それよりも、少しあとにもどって、あなたがたが食堂におられたときのことを、うかがいましょう。あなたがその悲鳴を聞かれたとき、誰がいっしょにいましたか？」

「誰がいたかって、みんないましたが——いや、ええと——弟がいました——弟のハリーが」

「ほかには誰も？」

「そうだ、ほかには誰もいませんでした」

「ほかの紳士方たちは、どこにいたんですか？」

アルフレッドはため息をつき、思い出そうと努力して顔をしかめた。

「ええと——だいぶ昔のような——何年も前のことのような気がするが——どんなことがあったかな？　ああ、そうだ、ジョージは電話をかけに行った。それから、わたしたちは家庭問題について話しはじめました。すると、スティーヴン・ファーは、わたしたちが討議したがっている問題があるものと見て、何か言って部屋を出ていきました。彼は気転を利かせて、出ていったのです」

「もう一人の弟さんのデヴィッド氏は？」

アルフレッドはふたたび顔をしかめた。

「デヴィッドですか？　さあ、あれはそこにいなかったかしら？　いや、もちろん、いなかった。わたしは、彼がいつ抜け出したのか、全然知りません」

ポアロがしずかに言った。

「すると、あなたがたには家庭問題で討議することがあったのですね？」

「ええ――そうです」

「つまり、あなたはご自分の家族の一人と討議しなければならぬ問題をお持ちだったのですね？」

リディアが言った。

「それはどういう意味でございましょうか、ポアロさん？」

ポアロはすぐ彼女のほうを向いた。

「奥さん、ファー氏はご主人たちの間に討議すべき家庭問題があると見て、部屋を出ていったと、ご主人はおっしゃるのです。しかし、それが親族会議《コンセイユ・ド・ファミーユ》でなかったことは、デヴィッド氏もジョージ氏もそこにおられなかったことで、わかります。そこで、それは家族二人の間だけで行なわれた討議ということになりますね」

リディアは言った。

「義弟のハリーは、長いこと外国に行っておりました。ですから、彼と主人とがいろいろ話し合うのは、自然ではないでしょうか」

「なるほど。それはそうです」

彼女はちらっと彼をにらんでから、眼をそらせた。

ジョンスンが言った。

「さあ、それで、そのことははっきりしたようです。ところで、あなたはお父上の部屋へ上がっていかれたとき、ほかの誰かに気がつきましたか？」

「それがわたしには——本当にわたしには、わからないのです。なんでもいろんな方向から、みんなが集まってきたようですが、わたしは気がつきませんでした——それほどわたしは驚愕していたのです。あのおそろしい悲鳴……」

ジョンスン大佐は、いそいで他の問題に話を移した。

「ありがとう、リーさん。次にもう一つの点ですが、お父上はかなりの価格のダイヤモンドを所有しておられたそうですね？」

アルフレッドは、かなりびっくりしたようだった。

「そうです」と彼は言った。「そのとおりです」

「どこに保管しておられましたか？」

「自分の部屋の金庫の中です」

「それについて説明していただけませんか？」

「それは未加工のダイヤモンド——まだ磨いてない石でした」

「なぜお父上はそんなところに置いておかれたのでしょうか？」

「父の酔狂からです。それは父が南アフリカから持ち帰ったものですが、決して磨かせませんでした。父はただそれを所有していたかったのです。今も言ったとおり、それは父の酔狂からです」

「なるほど」とジョンスンは言った。

その口調から考えて、彼がそれをわかっていないことは明らかだった。彼はつづけて言った。

「それはよほどの値打ちのものですか？」

「父はそれらの値打ちをだいたい一万ポンドと評価していました」

「実際、それほど価値のあるものでしたか？」

「ええ」

「それほどの宝石を、寝室の金庫に入れておくなんて、奇妙な考えのように思えますね？」

リディアが口をはさんだ。

「義父《ちち》はいくぶん変わった人でした。で、その考えも、世間普通の人の持っているようなものではありませんでした。きっと、それらの石をいじることに、喜びを感じていたにちがいありません」

「それらの石が、もしかすると、彼に過去を思い出させたのかもしれませんね」と、ポアロが言った。

リディアはすばやく感謝の一瞥を彼に投げた。

「ええ」と彼女は言った。「わたくしもそうだったと思いますわ」

「それらの石には、保険はついていましたか？」と、ジョンスンがきいた。

「つけてなかったと思います」

ジョンスンは前かがみになって、しずかにたずねた。

「あなたはご存じですか、リーさん、そのダイヤモンドが盗まれたことを？」

「なんですって？」アルフレッド・リーは相手を見つめた。

「お父上は、ダイヤモンドの紛失したことを、あなたには何も言われなかったのですか？」

「ひとことも」

「お父上がサグデン警視をここに呼んで、ダイヤの紛失を報告されたのを、あなたはご存じなかったのですね？」

「わたしは、そんなことは夢にも考えていませんでした！」

警察本部長はその視線を隣に移した。

「あなたはどうですか、奥さん？」

リディアは頭を振った。

「わたくしも、何も聞いておりません」

「あなたがご存じになっていたかぎりでは、それらの宝石はまだ金庫にあったのですね」

「そうでございます」

彼女はちょっとためらってから、たずねた。

「義父《ちち》が殺されたのは、そのためでございますか？　そのダイヤモンドのためでございますか？」

ジョンスンは言った。

「われわれがいま調べようとしていることも、それですよ！」

彼はつづけた。

「奥さん、誰がそんな盗みをたくらんだか、少しでも心あたりはありませんか？」

彼女は頭を振った。

「ございません。召使たちはみんな正直だと信じております。それに、その金庫に近づくことは、彼らには至難の業でございます。と申しますのは、義父はいつも部屋にとじこもっていて、階下におりてまいったことは、一度もございませんから」

「誰がその部屋の用事を受け持っておりましたか？」

「ホーベリーでございます。寝床の始末も掃除も、彼がいたしました。二番女中が毎朝暖炉に火を入れにまいりましたが、その他の用事は全部、ホーベリーがいたしました」

ポアロが言った。

「すると、ホーベリーがいちばん機会に恵まれていた人間だということになりますね？」

「ええ」

「では、ダイヤモンドを盗んだのは彼だと、お思いになりますか？」

「そうかもしれません。わたくし……彼がいちばん機会を持っていたと思います。でも、ああ！　どう考えていいのか、わたくしにはわかりませんわ」

ジョンスン大佐が言った。

「ご主人は今夜のことについて話してくださいました。あなたにも同じことをお願いしたいのですが、奥さん？　あなたがお父上に最後に会われたのは、いつでしたか？」

「わたくしたちはみんな、今日の午後——お茶の前に、義父《ちち》の部屋にまいりました。それが義父に会った最後でした」

「あなたは、そのあとでおやすみを言いに、彼のところへ行かれなかったのですか？」

「行きませんでした」

ポアロが言った。

「あなたは、ふだんはいつも、お父上のところへおやすみを言いに行かれるのですか？」

リディアは鋭く言った。

「いいえ」

ジョンスンが言った。

「事件が起きたとき、あなたはどこにおられましたか？」

「客間におりました」

「格闘の騒ぎは聞きましたね？」

「何かがドシンと落ちた音を聞いたように思います。もちろん、義父《ちち》の部屋は食堂の真上で、客間の上ではありませんから、そんなにひどくは聞こえませんでしたが」

「でも、叫び声はお聞きになったのでしょう？」

リディアは身ぶるいした。

「ええ、それは聞きました……それは――まるで――まるで地獄の魂の声でも聞いたような――おそろしさでした。わたくしはすぐ、何かたいへんなことが起こったにちがいないと思いました。そしていそいで部屋をとび出し、主人とハリーのあとについて階段をかけ上がりました」

「そのとき、客間にはほかに誰がいましたか？」

リディアは眉をひそめた。

「本当のところ――わたくしにははっきり思い出せません。デヴィッドが隣の音楽室でメンデルスゾーンを弾いておりました。ヒルダはデヴィッドのところへ行っていたのではないかと思います」

「そのほかの二人のご婦人は？」

リディアはゆっくり言った。

「マグダリーンは電話をかけにいきました。彼女がもどってきたかどうか、思い出せません。ピラールはどこにいたか存じません」

ポアロがしずかに言った。

「すると、実際は、客間にいたのはあなた一人だったのかもしれませんね？」

「そうです――そうです――実際は、わたしだけだったのでしょう」

ジョンスン大佐が言った。

「さて、ダイヤモンドのことですが。われわれはこれについては、とことんまで突きとめなければならないと思っています。リーさん、あなたはあの金庫の組合せ文字《コンビネーション》をご存じですか？　見たところ、やや旧式の型のもののようですが」

「父がいつも部屋着のポケットに入れて持っていた小型のノートに、書きとめてあると思います。お調べになってください」

「よろしい、あとで行って調べてみましょう。その前に、こんどのハウスパーティーに参加されたほかの方々にお会いしておいたほうがいいでしょう。ご婦人がたは、そろそろお休みになりたいでしょうから」

リディアが立ち上がった。

「アルフレッド、まいりましょう」彼女は一同のほうに向かった。「みなさんにここへ来るように申しましょうか？」

「おさしつかえなかったら、一人ずつおいでくださるように、リー夫人」

「承知いたしました」

彼女は戸口のほうへ行った。アルフレッドもそのあとにしたがった。

と、とつぜん最後の瞬間に、アルフレッドがくるりとうしろを振り向いた。

「なるほど」と、彼は言いながら、いそいでポアロのところにもどってきた。「あなたはエルキュール・ポアロさんですね！　わたしはどうもうっかりしていました。すぐわかるべきでしたのに」

彼は低いながら興奮した声で、口ばやに言った。

「あなたがここに来られたということは、まったく天の助けです！　あなたはきっと真実を見つけてくださる、ポアロさん。経費を惜しまないでください！　いくらかかっても、わたしが責任を持ちます。しかし、必ず見つけてください……気の毒な父——何者かの手にかかって殺された——じつに残忍非道なやり方で殺された——気の毒な父！　ポアロさん、必ず見つけてください。わたしの父の仇を討ってください」

ポアロは、しずかに答えた。

「大丈夫ですよ、リーさん。わたしはジョンスン大佐とサグデン警視を助けて、全力をつくすつもりでいますから」

アルフレッドは言った。

「どうかわたしのために力をかしてください。父の仇を討ってください」

彼ははげしくふるえだした。リディアがもどってきて、彼の腕をとった。

「まいりましょう、アルフレッド」と彼女は言った。「ほかの人たちを来させなければなりませんから」

彼女の眼がポアロの眼と合った。その眼はおのれの秘密を決して明かさない眼だった。それはゆらめいていなかった。

ポアロは小声で言った。

「誰が考えただろう、あの年寄りが――」

彼女は、それをさえぎった。

「おやめになって！　それをおっしゃらないで！」

ポアロはささやいた。

「あなたがそれをおっしゃったのですね、奥さん」

彼女はほっと息をついた。

「わかっていますわ……おぼえていますわ……あれは――本当におそろしいことでした」

そう言うと、いそいで彼女は夫につき添って、部屋から出ていった。

9

ジョージ・リーは、謹厳で礼儀正しかった。

「おそろしいことです」と、彼は頭を振りながら言った。「おそろしい、まったくおそろしいことです。わたしは、狂人の仕業としか、信じられません！」

ジョンスン大佐はいんぎんに言った。

「それがあなたのご意見ですね？」

「そうです。本当にそうです。殺人狂。たぶん、どこかこの近くの精神病院から脱走してきた——」

サグデン警視が口をはさんだ。

「では、リーさん、あなたはその——ええと——殺人狂が、どうやってこの家にしのびこんだとお考えになるのですか？　また、どうやってのがれ出たとお考えになるのですか？」

ジョージは頭を振った。

「それは」と、彼はきっぱり言った。「警察が発見しなければならぬことですよ」

「われわれは、すぐこの家のまわりを調べました。窓は全部しまっていて、閂《かんぬき》がかかっていました。横の出入口も錠がおりていましたし、正面の出入口も同様です。あとは台所口ですが、どんな人間だって、台所係の連中に姿を見られずにここからのがれ出ることはできないはずです」

ジョージ・リーは叫んだ。

「しかし、それはおかしいでしょう！　この次は、あなたはわたしの父が殺害されたことも嘘だ、と言うつもりなのでしょう！」

「お父上はたしかに殺害されました」とサグデン警視は言った。「それについては疑う余地がありません」

ジョンスン大佐は咳ばらいして、質問にとりかかった。

「犯罪が行なわれた時刻に、あなたはどこにおいででしたか？」

「食堂にいました。ちょうど食事がすんだばかりのときでした。いや待てよ、そうだ、わたしはこの部屋にいたのでした。ちょうど電話をかけ終えたところでした」

「それまで電話をかけておられたのですね？」

「そうです。選挙区のウェスタリンガムの——保守党代理人に電話をかけていたのです。ある火急の用事で」

「あなたが悲鳴を聞かれたのは、そのあとだったのですね？」

ジョージ・リーは、かすかに身ぶるいした。

「そうです。じつに気味の悪い——さあ、なんと言ったらいいか——骨の髄まで凍らせるような叫びでした。それはまもなく、息が詰まるような、喉がゴロゴロ鳴るような音に変わったかと思うと、そのまま途絶えてしまいました」

彼はハンカチーフを取り出して、汗のふき出た額を拭った。

「おそろしいことだ」と彼はつぶやいた。

「そこで、あなたは二階へとんでいかれたわけですね?」

「そうです」

「ご兄弟のアルフレッド氏やハリー氏を見かけられましたか?」

「いや、二人はわたしよりも先に上がっていた、と思います」

「お父上に最後に会われたのは、いつでしたか?」

「今日の午後。みんなといっしょでした」

「その後では、お会いにならなかったのですね?」

「ええ、会いませんでした」

ジョンスン大佐はちょっと休んでから、言った。

「あなたは、お父上が高価なダイヤモンドを寝室の金庫に保管しておられたのを知っておいでですか?」

ジョージ・リーはうなずいた。

「最も無分別な方法ですよ」と彼は大げさに言った。「わたしはたびたび父にそう言ったのです。父はそのために殺されたのかもしれません——わたしの言う意味は——つまり——」

ジョンスン大佐が口をはさんだ。「あなたはそれらの宝石が紛失したことをご存じですか?」

ジョージのあごがガクリとさがった。彼の突き出た眼が、じっとすわった。

「すると、父はそのために殺されたのですね?」

ジョンスンはゆっくりと言った。

「お父上はその紛失に気づき、死の数時間前に、警察にそのことを知らせておられるのです」

ジョージが言った。

「しかし、それなら——どうもわたしには、わからない——わたしには——」

エルキュール・ポアロがしずかに言った。

「われわれにも、わからないのです……」

10

ハリー・リーは、威勢よくつかつかと部屋に入ってきた。ちょっとの間、ポアロは眉をひそめながら、彼を見つめた。ポアロは以前どこかでこの男を見たことがあるような気がした。で、彼はそれとなくその容貌に注目した――梁の高い鼻、傲慢《ごうまん》な面構え、特徴のあるあごの線。ポアロはすぐさとった――ハリーは大男だし、父親のシメオンは中背の老人だけれど、この二人の間には多分に類似点がある。

ポアロはまたほかにも気づいたことがあった。それは、表面いばった歩きかたをしているけれども、ハリー・リーは神経過敏になっているということだった。彼はそれをからだを揺することでごまかしてはいたが、内心の心配はかくせなかった。

「やあ、みなさん」と彼は言った。「何をお話しすればいいんですか？」

ジョンスン大佐が言った。

「今夜の事件について少しでも解決の光明を投じていただければ、ありがたいのです」

ハリー・リーは頭を振った。

りです」

「ぼくには全然見当もつきませんね。すべて、おそろしいまったく予期しないことばか
ポアロが言った。

「あなたは、最近外国から帰られたのだそうですね、リーさん？」
ハリーはすばやく、彼のほうを向いた。

「そうです。一週間前にイギリスに上陸したばかりです」
ポアロは言った。

「長い間、留守にされていたのですね？」
ハリー・リーは、あごを上げて、笑った。

「すぐにわかりますよ――誰かがすぐ、あなたがたにしゃべるでしょうからね！　みなさん、ぼくはいわゆる放蕩息子ですよ。この家を出てから、もう二十年近くになるのです」

「でも、あなたは――今帰ってこられた。なぜ帰ってこられたのか、そのわけを話していただけますか？」とポアロは言った。
同じような率直な態度で、ハリーも快く応じた。

「あの結構な昔の寓話（新約聖書『ルカ伝』第十五章に出てくる話）そっくりですよ。じつはぼくもブタの食う――

──いや、ブタも食わないのか、どっちだったか忘れてしまったが、イナゴマメの莢《さや》にはあきあきしてきたのです。で、そろそろ家に帰って、肥った仔牛のご馳走にでもあずかろうかな、とひとりで考えていたところへ、父から帰ってこいという手紙をもらったのです。そこで、さっそくお召しに応じて帰ってきたというわけで、理由といってはそれだけです」

ポアロは言った。

「こんどのご滞在は短いのですか──それとも長くなるご予定ですか？」

ハリーは言った。

「ぼくは帰宅したのですよ──永久に！」

「お父上は喜んだでしょうね？」

「老人は喜びましたよ」と言って、彼はまた笑った。眼じりに愛想のよいしわがよった。「アルフレッドといっしょにここで暮していることが、老人には退屈でならなかったのですよ！　アルフレッドは正直いって、のろまなやつですからね。そこへいくと、おやじはなかなかの道楽者でしたから、ぼくという相手のできることを楽しみにしていたようです」

「あなたの兄さん夫妻は、あなたがここに住むようになったことを、喜ばれましたか？」

ポアロは、眉をかすかに上げながらたずねた。

「アルフレッド？　アルフレッドは怒りで顔色を変えましたよ。リディアの気持ちはわかりません。彼女はたぶんアルフレッドのために悩んだでしょう。しかし、結局喜んだことは疑いないと思いますね。ぼくはリディアが好きです。彼女はすばらしい女です。ぼくはリディアとならうまく折り合っていけるでしょう。しかし、アルフレッドは、まったく別問題ですよ」彼はふたたび声をあげて笑った。「アルフレッドは昔から常に、ぼくをねたんだものでした。彼は終始一貫、従順で、出不精な、堅物《かたぶつ》な息子でした。が、結局、彼はそのために何を得たか？　この善良な家庭人がいつも得たものは――みじめな敗北でした。みなさん、ぼくの言うことを信じてください。〝徳は報いられず〟、ですよ」

彼は三人の顔を見まわした。

「みなさん、ぼくの率直さにおどろかないでください。結局、それはあなたがたの求めている真実でもあるのですから。どうせこの家のボロは、あなたがたの手で明るみへ引きずり出されるにきまっているのだから、ぼくも自分というものをあからさまにさらけ出してしまったほうがいいでしょう。ぼくはおやじの死を特別に嘆き悲しんではいませんが――これはぼくが若いころから、ずっとおやじに会っていなかったせいでしょうけれど――しかし、それだからといって、彼はやはりぼくの父親です、そして彼は殺害されたのです。ぼくはこの殺害者への復讐に全力をつくそうと思っています」彼は三人の顔を見つめながら、そのあごをなでた。「ぼくたちリー家の者は、家庭内でも復讐ということには、かなり熱中する傾向を持っているのです。リー家の人間は容易には忘れるということをしません。ぼくは、おやじを殺した犯人が捕えられ、絞首刑に処されるまでは、決してあきらめないつもりです」

「リーさん、われわれもまたその線に沿ってベストをつくしていることを、信じていただきたいと思います」と、サグデンが言った。

「あなたがたがなさらなければ、ぼくは自分の手で勝手に成敗しますよ」と、ハリー・リーは言った。

ジョンスン大佐が鋭く言った。

「犯人の正体という問題について何かご意見はありませんか、リーさん？」

ハリーは頭を振った。

「いや」と彼はゆっくり言った。「いや、ありません。というよりもまだ見当がつかないのです。ぼくも考えてみたのですが――外部の者の仕業だとは、思えないし……」

「ああ」と、サグデンがうなずきながら言った。

「しかし、もしそうだとすれば」とハリーはつづけた。「この家の中にいる誰かが父を殺したことになります……しかし、いったい誰がそれをなし得たでしょう？　使用人たちを疑うことはできません。トレッシリアンは昔からここで暮らしてきた人間です。では、あのまぬけな給仕か？　誓って、あの男にはそんなことはできません。次はホーベリーですが、あいつは図々しいやつですけれど、トレッシリアンの話では問題外だということでした。そうすると、どういうことになるでしょう？　スティーヴン・ファーははずすとして（というのは、あの男がどんな悪魔でも、はるばる南アフリカから、全然見ず知らずの人間を殺しにやってくる道理はないでしょうからね）残るものは家族だけということになります。が、生命にかけてもぼくは、われわれの誰かがそんなことをしたとは、考えられませんね。アルフレッドはどうか？　彼は父を心から崇拝していました。ジョージは？　あの男にはそんな胆っ玉はありません。デヴィッドは？　彼はいつもとりとめのない夢想家で自分の指先に血を見ただけで気絶するでしょう。その妻たちは？　女はまさか平気で出かけていって、男の喉を突きさすようなことはしないでしょう。じゃ、いったい誰がやったのか？　いまいましいが、ぼくにはわかりません」

ジョンスン大佐は――あらたまったときのくせである――咳ばらいをして言った。

「今夕あなたが、最後にお父上に会われたのは、いつでしたか?」

「お茶の後です。そのちょっと前に、おやじはぼくのことで、アルフレッドとひと口論やったばかりでした。老人はいつもごたごたを引き起こすのが好きでした。ぼくの見るところでは、おやじがぼくの来ることを秘密にしておいたのも、そのためだと思いますね。ぼくの不意の帰宅が巻き起こす大騒ぎを見たかったのですよ。おやじが遺書を書き変えることを、われわれの前で話したのも、やっぱりそのためですよ」

ポアロはしずかに彼を見つめていたが、小声で言った。

「すると、お父上は遺書のことにふれたのですね?」

「そうですよ――われわれ全部のいる前で、われわれがそれに対してどんな反応を示すかを見るために、猫のようにわれわれのほうを見まもりながらね。弁護士に電話をかけて、クリスマスがすんだらその件でおいで願いたいと言っていました」

ポアロはたずねた。

「お父上は、どんなふうに書き変えるつもりだったのでしょうか?」

ハリー・リーは、にやっと笑った。

「むろん、おやじはそんなことを、ぼくらには話しませんでしたよ! でも、ぼくは想像――というよりも希望しましたね――それは当然、ぼくの利益になるにちがいない、と。なぜなら、これまでのどの遺書からもぼくの名はけずられていただろうと考えたからです。ぼくは、やっぱり帰ってきてよかったと思いました。ほかの者には手痛い打撃になったでしょうがね。ピラールも同じです――おやじは彼女がすっかり気に入ってしまいました。で、彼女もここに腰をおちつけることになったようです。みなさんはまだ彼女に会っていませんね？　ぼくのスペイン人の姪です。とにかく美人ですよ。南国の快い暖かさと――冷酷さとを身につけたピラール。ぼくがほんとの叔父でなかったらなあ、と思いますよ！」

「お父上は彼女を気に入った、というのですね？」

ハリーはうなずいた。

「彼女は老人を籠絡《ろうらく》するすべを、心得ていました。よくおやじといっしょにあそこで夜ふかししていましたよ。彼女は自分が何を求めているかをちゃんと知っていたにちがいありません。でも、おやじはもう死んでしまったのです。もはやピラールのためにも――ぼくのためにも――遺書を書き変えることは、絶対に不可能になったのです」

彼は顔をしかめ、ちょっと休んでから、調子を変えてふたたびつづけた。

「話が脇道にそれてしまいましたが、あなたがたは、ぼくが最後におやじに会ったときのことをお知りになりたかったのでしたね？　いまお話ししたように、それはお茶のあと六時ちょっと過ぎだったかもしれません。老人はそのとき、少し疲れてはいたようですが、上機嫌でした。ぼくはホーベリーを父のそばに残して引き上げました。それっきり、ぼくはおやじに会っていません」

「お父上の亡くなったとき、あなたは、どこにおいででしたか？」

「兄のアルフレッドといっしょに、食堂にいました。あまりなごやかな食後のひとときではありませんでした。ぼくらが頭上にあの騒ぎを聞いたのは、ぼくら二人がちょうど激論の真っ最中でした。それはまるで、十人もの人間がレスリングをやってでもいるような音でしたよ。そのうちに、あわれなおやじの悲鳴が聞こえました。それは豚が締め殺されるような声でした。この叫び声は、アルフレッドをすっかり無力にしてしまいました。彼はあごを落として、その場にへたばってしまいました。ぼくは彼の背中をゆすぶって、やっとわれに返らせると、二人で二階へかけ上がりました。ドアには鍵がかかっていたので、たたき破ってあけなければなりませんでした。が、いったいどうして、あのドアに鍵がかけられたのか、ぼくには想像もつかないのですよ。室内には、おやじのほかに誰もいなかったのですからね。じゃ、窓から逃げたんだろうと言う人間がいるかもしれませんが、そんなことは、断じてできませんよ」

サグデン警視が言った。

「ドアは外側から鍵をかけたのですよ」

「なんですって？」と、ハリーは眼をまるくした。「しかし、ぼくは断言しますが、鍵は内側についていましたよ」

ポアロがささやいた。

「よくそんなことに気がつきましたね？」

ハリー・リーは鋭く言った。

「ぼくはいろんなことに注意をひかれるのです。──それはぼくのくせでしてね」

彼は鋭く三人の顔を見まわした。

「もっとおききになりたいことがおありですか、みなさん？」

ジョンスンが頭を振った。

「ありがとう、リーさん、今はありません。ご家族の次の方にここに来るようにお伝えくださいませんか？」

「承知しました」

ハリーは戸口のほうへ歩いていき、振り返りもしないで出ていった。

三人は顔を見合わせた。

ジョンスン大佐が言った。

「どうだね、サグデン?」

警視は疑いぶかそうに頭を振って言った。

「あの男は何かをおそれていますね。なぜでしょうか?……」

11

マグダリーン・リーは、戸口でちょっと効果的に立ちどまって、その長い華奢な手をキラキラ光るプラチナ色の髪にあてた。明るいグリーンのビロードのドレスをデリケートなからだの線にぴったり合うように着た彼女は、おどろくほど若く見えた。

三人の視線は、ちょっとの間、彼女にひきつけられた。が、ジョンスン大佐の眼が、びっくりしたような賛美の表情をあらわしたのに対して、サグデン警視の眼は、早く仕事を進めたがっている人間のもどかしさを見せているだけで、なんの興奮も示さなかった。それらにくらべると、エルキュール・ポアロの眼は(彼女の見るところによると)ずっと鑑賞的であったが、それは彼女の美しさに対してだけでなく、その美しさを彼女が効果的に利用していることに対する鑑賞でもあった。彼女は、ポアロが心の中で、

「可愛らしい、美しいモデル《ジョリ・マヌカン、ラ・プティット》。だが、彼女は冷酷な眼を持っている《メ・エ・ラ・レ・ジュー・デュール》」と考えているなどとは、もちろん知らなかった。

ジョンスン大佐は考えていた。

「ひどくきれいなだけの女だ。ジョージ・リーも気をつけないと、この女には苦労するぞ」

サグデン警視は考えていた。

「頭のからっぽな、見かけ倒しの女。こんな女は早く片づけてしまいたいものだ」

「さあ、どうぞ、おかけください、奥さん。ええと、あなたは――?」

「ジョージ・リー夫人です」

彼女は、にこやかな感謝の微笑をたたえて椅子についた。「あなたがたは、男で警察官だけれど、そんなにこわくはないわ」

「結局――」とその眼は言っているようだった。

微笑の一部はポアロにも向けられた。外国人は女のこととなると敏感だからであった。サグデン警視については、彼女は全然気にかけなかった。

彼女はいかにも悲嘆にくれたように、その両手をよじり合わせて、ささやいた。

「ほんとにおそろしいことですわ。ほんとにぞっといたしますわ」

「さあ、さあ、奥さん」と、ジョンスン大佐はやさしく、しかしきびきびと言った。「ショックを受けられたのですよ。でも、もう大丈夫です。ところで、われわれは今夜起こった出来事について、あなたからお話をうかがいたいと思っているのですが」

彼女は叫んだ。

「でも、それについては、わたし何も知りませんわ――ほんとに何も知りませんわ」

ちょっとの間、ジョンスン大佐の眼が細まった。彼はやさしく言った。「そうでしょう。もちろんご存じないでしょう」

「わたしたちは昨日着いたばかりですもの。ジョージが、わたしをここへつれてきたのですわ。来なければよかったのです。わたし、もう二度とこんなところへ来る気持ちになれませんわ！」

「なるほど――だいぶ取り乱している……」

「わたし、本当のことを言うと、ジョージの家族はよく知らないのです。お父さまのリー氏にもほんの一度か二度会ったきりで――わたしたちの結婚のときと、その後一回だけですわ。もちろん、アルフレッドとリディアにはもう少しは会いましたけれど、あの二人はほんとのところ、わたしにはまったくの赤の他人ですもの」

ふたたび眼をまるくした子供の表情。ふたたびエルキュール・ポアロの眼は鑑賞的となった──そして、ふたたび彼は心の中で考えた。

「彼女はなかなか上手に芝居をやっている《エル・ジュー・トレ・ビアン・ラ・コメディ》、この可愛い女《セ・プティット》は……」

「なるほど、なるほど」とジョンスン大佐は言った。「ところで、あなたがお父上のリー氏──生前の──に最後にお会いになったときのことを、お話ししてくださいませんか」

「おお、それは──それは今日の午後でした。とてもいやでしたわ！」

ジョンスンがすばやく言った。

「いやでしたって？　なぜですか？」

「みんな、たいへん怒っていました！」

「誰が怒ったのです？」

「みんなですわ……ジョージは別です。ジョージには義父《ちち》は何も言いませんでしたから。でもほかの人はみんな──」

「正確には、どんなことが起こったのですか？」

「わたしたちが部屋に入っていきますと──それは義父《ちち》がみんなを呼んだからですが──義父《ちち》は電話をかけていました──遺書のことで顧問弁護士に。それから、義父《ちち》はアルフレッドに向かって、ひどくむずかしい顔をしているじゃないか、と言いました。それはハリーがこの家に帰ってきたからだ、と思いますわ。アルフレッドはそのことで、ひどく気をくさらせていたようでしたから。ご存じだろうと思いますが、ハリーはとてもひどいことをしたんですってね。それから義父《ちち》は――ずっと前に亡くなった自分の妻のことも何か言っていましたが――彼女はシラミの脳みそを持っていた、と言いますと、デヴィッドがパッととび上り、今にも義父《ちち》を殺しでもするような剣幕を示しましたわ――あっ！」彼女はとつぜん口をつぐみ、警戒の色を眼にうかべた。

「わたし、そんなことを言うつもりじゃなかったのに――まったく、そんなつもりじゃなかったのですわ！」

ジョンスン大佐は、なだめるように言った。

「そうでしょう――そうでしょう。まったく言葉のあやにすぎませんよ」

「それを見てヒルダが――彼女はデヴィッドの奥さんですが――デヴィッドをなだめました――そう、それで、そのことはすんだと思いますわ。義父《ちち》は今夜はもう誰にも会いたくないと申しました。で、わたしたちはみんな引きさがりました」

「そして、それがリー氏に会われた最後だったのですね？」

「そうですわ。それから、あのときまでは――あのときまでは――」

彼女はブルブルと全身をふるわせた。

ジョンスン大佐は言った。

「わかりました。ところで、あの犯行のあったときは、あなたはどこにおいでてしたか?」

「ええと、わたし、客間にいたように思いますわ」

「まちがいありませんね?」

マグダリーンの眼がちらっとふるえたかと思うと、まぶたがその上に垂れさがった。

彼女は言った。

「もちろんですわ! あら、わたしなんてばかなんでしょう……そういえば、あのとき、電話をかけに行っていたのですわ。わたしすっかり頭が混乱してしまっているんで……」

「電話をかけていたとおっしゃるんですね。この部屋でですか?」

「ええ、義父《ちち》の部屋にある二階の電話をのぞくと、この家にはそれだけしかないのです」

サグデン警視が言った。

「この部屋にはほかに誰かおられましたか?」

彼女の目が大きくなった。

「いいえ、わたし一人でしたわ」

「ここに長くおいでてでしたか？」

「さあ——しばらくいました。夕方は電話が通じるのに少し時間がかかるものですから」

「すると、長距離電話ですね？」

「ええ——ウェスタリンガムへ」

「なるほど」

「それから？」

「それから、あのおそろしい叫び声が聞こえたのです——誰もかれもかけつけました——が、ドアに鍵がかかっていたので、みんなで打ち破らなければなりませんでした。おお！　そのときの悪夢のような光景！　わたし、いつまでも、いつまでもそれを覚えていることでしょう」

「いや、いや」ジョンスン大佐は機械的に親切な調子でそう言ってからつづけた。

「あなたは、お父さんが高価なダイヤモンドを金庫の中に持っておられたのをご存じでしたか？」

「いいえ、義父《ちち》がそんなものを持っていたのですか？」彼女の声はあからさまにふるえていた。

「ほんとのダイヤモンドですか？」

エルキュール・ポアロが言った。

「約一万ポンドの値打ちのあるダイヤモンドですよ」

「まあ！」それはほっとあえぐような声だったが――そのひびきには、女の貪欲の本質がこもっていた。

「では」とジョンスン大佐が言った。「さしあたり、これで結構だと思います。これ以上あなたをわずらわすことはありますまい」

「おお、ありがとうございます」

彼女は立ち上がり――まずジョンスンに、それからポアロへ微笑を投げかけた――うれしそうな少女の微笑を。それから彼女は頭を高く上げ、手のひらをちょっと外側に向けて、戸口のほうへ歩いていった。

ジョンスン大佐がうしろから呼びかけた。

「すみませんが、義理の弟さんのデヴィッド・リー氏にここへ来るように、お伝えくださいませんか？」彼女を送り出してドアをしめると、ジョンスンはテーブルにもどって、言った。

「さて、諸君はどう思うかね？　何かつかめそうじゃないか！　気がついたろうが、ジョージ・リーも悲鳴を聞いたとき、電話をかけていた！　細君のほうもそれを聞いたとき、電話をかけていた！　これは理屈に合わんよ――全然合わんよ！……きみはどう思うかね、サグデン？」

警視はゆっくり言った。

「わたしは、あの夫人をとくに問題にする気にはなれませんね。彼女は紳士から金を引き出すことにかけては第一級の女でしょうけれど、紳士の喉を突きさすような女じゃありませんよ。それは、どう考えても彼女の柄じゃありません」

「いや、それがそうともいえませんよ、きみ《モン・ヴュー》」と、ポアロがつぶやいた。

「では、ポアロ、きみはどう思うね？」と、ジョンスンは彼のほうを向いた。

エルキュール・ポアロは上体を前にかがめた。そして自分の前にある吸取紙をまっすぐになおし、燭台から埃のかすかな一片を払い落とした。

彼は答えた。

「わたしが言いたいのは、死んだシメオン・リーの性格がやっと明らかになりはじめたということですよ。わたしの考えでは、ここにこそ事件の最も重要な点が横たわっていると思われます……故人の性格にね」

サグデン警視が当惑した顔をポアロのほうに向けた。

「わたしにはあなたの言われたことがどうもわかりませんが、ポアロさん」と彼は言った。「故人の性格が、厳密にいって、その殺害とどんな関係があるんですか？」

ポアロは夢見るように言った。

「被害者の性格はいつも、彼または彼女の殺害と何らかの関係を持っているものです。デスデモナ（シェークスピアの『オセロ』の女主人公。主人公オセロの若い妻）の死は、彼女の淡泊で人を疑わぬ心がその直接の原因だった。彼女がもっと疑りぶかい女だったなら、もっと早くイアゴーの陰謀を見ぬき、彼らの裏をかいたでしょう。また、マラー（フランス大革命の際の革命党の首領の一人。入浴中にシャロット・コルデーに暗殺される）の浴場における死を直接招いたのは、彼の淫猥な心だったし、マキューシオ（シェークスピアの『ロミオとジュリエット』中の一人物。ロミオの友人。ティボルトに殺される）を剣の露と消えさせたのも、彼の短気な性質でした」

ジョンスン大佐はひげを引っぱった。

「いったい、きみは何をつきとめようとしているんだね、ポアロ？」

「シメオン・リーはある種の男だったから、ある種の力をふるった。その力が、結局彼の死をもたらした、と申し上げたいのです」

「すると、きみはあのダイヤモンドが彼の死に何らかの関係があるとは、考えないのだね？」

ポアロは、正直に当惑を表わしているジョンスンの顔にほほ笑みかけた。

「ねえきみ《モン・シェール》」と彼は言った。「シメオン・リーが一万ポンドもするダイヤモンドを自分の部屋の金庫にしまっておいたことも、彼の特殊な性格のせいですよ！　普通の人間のやることじゃありません」

「それは本当です、ポアロさん」と、サグデン警視は言いながら、相手の言う意味がやっとわかったというようにうなずいてみせた。「あの人は変人でした。それで、彼はいつでもそれを手にとって過ぎ去った昔を思い出すことができるように、それらの宝石を手もとに保管しておいたのですね。彼が決してそれを磨かせなかったのも、たしかにそのためだと思いますよ」

ポアロは熱心にうなずいた。

「そのとおり――まったくそのとおり。あなたはじつに鋭い眼識を持っておられますね、警視」

サグデン警視は、この賛辞をまともにとっていいかどうか、ちょっと戸惑うような顔つきをしたが、そのときジョンスン大佐が口をはさんだ。

「しかし、ほかにも何かあると思うがね、ポアロ。それがきみの注意をひいたかどうかは、わからないが――」

「そう《メ・ウィ》」とポアロは言った。「きみの言う意味はわかります。現にジョージ・リー夫人は、彼女が知っている以上にいろいろな秘密をもらしてくれましたからね！　あの最後の家族の集まりについても、彼女はなかなかおもしろい印象をわれわれに与えてくれました。また、アルフレッドが父親のことを怒っていたということや――デヴィッドが〝今にも父親を殺しそうに〟見えたということなども、彼女は――じつに無邪気に――示してくれました。この二つの申し立ては、どちらも真実だと思います。しかし、これらの事実から、われわれはわれわれ自身の再解釈を引き出すことができると思います。なんのために、シメオン・リーは彼の家族を集めたか？　なぜ彼らは、老人が弁護士に電話をかけている最中にそこに到着することになったか？　そうだ、これだけは絶対にまちがいない、彼はみんなに電話を聞かせたかったのですよ！　この哀れな老人――椅子にばかり座っている老人は、すでに若い時代の楽しみや気晴らしを失ってしまった。そこで彼は、自分のために新しい気晴らしを考案した。それは、人間性の一つとして人々の心にひそむ貪欲や強欲をもてあそぶことによって――いや、そればかりではない、その感動や熱情をもてあそぶことによって自分を楽しませようとしたことです。彼はそれを実行しました。だが、このことからさらに一つの推論が可能となります。すなわち、彼はその子供たちの貪欲や感動を刺戟する遊戯《ゲーム》において、おそらく誰のことも除外《オミット》しなかっただろう。言いかえれば、論理的にも必然的にも、彼は他の者を小突いたと同様、ジョージ・リーのことも小突いたにちがいない！　彼の細君は注意ぶかくそのことにはふれませんでしたがね。いや、彼女自身だって、たぶん、彼から一、二本の毒矢を射かけられたはずです。わたしたちは、シメオン・リーがジョージ・リー夫妻に対してどんなことを言ったかを、いずれほかの連中の口から知らされるでしょうが――」

彼はしゃべるのを中止した。ドアがあいて、デヴィッド・リーが入ってきたからだった。

12

デヴィッド・リーは、自分をよく制御していた。彼の態度はものしずかだった――ほとんど不自然なくらいに。彼は三人の前まで来ると、椅子を引きよせて座り、いぶかしげにジョンスン大佐の顔を見た。

電灯の光が、額の上を蔽った髪の毛のきれいな頂を照らし、その頬骨の繊細な影を浮き彫りにしていた。彼はあの二階に横たわっている、しわだらけな老人の息子とは思えないほど若々しく見えた。

「さあ、みなさん」と彼は言った。「何をお話しすればいいのですか？」

ジョンスン大佐が言った。

「リーさん、今日の午後、あなたのお父上の部屋で一種の家族集会のようなものがあったそうですね？」

「ありました。しかし、まったく非公式なもので、ぼくの考えでは家族会議とかまたはそれに類するようなものではなかった、と思います」

「そこでは、どんなことがあったのですか？」

デヴィッド・リーは、落ちついて答えた。

「父は不機嫌でした。もちろん、年寄りで病人のことですから、大目に見てやらなければなりませんが。父はぼくたちに意地悪をするために、みんなを集めたらしいのです」

「お父上がどんなことを言ったか、おぼえておいでですか」

デヴィッドはしずかに言った。

「それは実際、ばからしいことでしたよ。父はぼくら兄弟のことを――誰も彼も――まったく役に立たない者ばかりだ――家族中に一人として男らしい男はいない、と言いました。父はピラール（ぼくのスペイン人の姪ですが）のことを、ぼくたちの誰もの二倍ぐらいの値打ちがある、とも言いました。父はまた――」デヴィッドは不意に話すのをやめた。

ポアロが言った。

「どうぞ、おっしゃってください、リーさん、なるべく正確な言葉で」

デヴィッドは、しぶしぶ言った。

「父はかなり下品なことを口にしました――おれには、この世界のどこかに――たとえ私生児であろうと――お前たちよりも、もっとましな息子がいるはずだ、と言ったのです……」

彼の感じやすい顔には自分が口にしている言葉に対する嫌悪が表われていた。サグデン警視は、とつぜん警戒するように、彼を見つめたが、すぐ前かがみになって言った。

「お父上は、ご兄弟のジョージ・リー氏に特別に何か言われましたか？」

「ジョージにですか？　おぼえていませんね。ああ、そうそう、父はジョージに手当を減らさなければならなくなったから、これからは経費を切りつめるようにと話していました。ジョージはそれを聞くと、ひどく狼狽して真っ赤になりました。そしてつばをとばしながら、経費をこれ以上切りつめることなど、とうてい不可能だと言いました。すると、父は、どうしてもそうしなければならなくなったのだ、と冷たく答え、自分の妻に協力してもらって節約を計ったらいいだろう、と言いました。それはかなり意地の悪いあてこすりでした。というのは、ジョージは元来が倹約家で――一ペニーも出しおしむのに反して、妻のマグダリーンのほうは少々浪費家で――ぼくの見るところでは、相当ぜいたくな趣味の持ち主だったからです」

ポアロが言った。

「では、ジョージ夫人も困ったでしょうね？」

「ええ。その上、父はかなり露骨な言いかたで、ほかのことにもふれたのです。それは、彼女がある海軍将校といっしょに暮らしていたというようなことでした。もちろん、父としては、彼女の父親のことを言ったつもりなのでしょうが、聞く者の耳にはそれが変にひびきました。それで、マグダリーンは真っ赤になってしまいました。ぼくは彼女を責めませんよ」

ポアロは言った。

「お父さんは、亡くなられた奥さん、つまりあなたのお母さんのことも何か言われたそうじゃありませんか？」

血がデヴィッドのこめかみを波うって走った。テーブルの上で固くにぎりしめられた彼の両手がかすかにふるえていた。

彼は低い息づまるような声で言った。

「ええ、言いました、父は母を侮辱しました」

ジョンスン大佐が言った。

「お父上は、なんと言ったのですか？」

デヴィッドはぶっきらぼうに言った。

「おぼえていません。何かとるに足らないことでした」

ポアロがやさしく言った。

「お母さんは何年も前に亡くなられたのですね？」

デヴィッドは短く言った。

「母はぼくが子供のときに死んだのです」

「お母さんは――たぶん――ここでの生活はあまり幸福ではなかったのでしょうね？」

デヴィッドはあざけるように笑った。

「父のような男といっしょに暮らして、幸福になれる人間がいるでしょうか？　母は聖女でした。彼女は悲嘆にくれて世を去ったのです」

ポアロはつづけた。

「では、お父さんもたぶんお母さんの死には苦悩されたでしょうね?」

デヴィッドは、吐きすてるように言った。

「知りません。ぼくは家を出てしまいましたから」

彼はちょっと休んでから、言った。

「たぶん、あなたがたはご存じないでしょうが、ぼくはこんど訪ねるまで、二十年近くも父に会っていないのですよ。そのため、おわかりでしょうけれど、ぼくは父の習慣や敵のこと、また父がここでどんなふうに暮らしていたかということなどについて、あまりくわしいお話ができないのです」

ジョンスン大佐がきいた。

「あなたは、お父上がかなりたくさんの高価なダイヤモンドを寝室の金庫の中に保管しておられたことをご存じですか?」

デヴィッドは無頓着に答えた。

「父がですか? ばからしいことをしたもんですね」

ジョンスンは言った。

「昨夜のあなたの行動を、簡単に話してくださいませんか?」

「ぼくの行動ですって? ああ、ぼくは食後すぐ食卓から離れましたよ。ポートワインを前にテーブルをかこんで座っていることにうんざりしたからです。その上、アルフレッドとハリーが口論をはじめて、二人とも興奮しているのを見ました。ぼくは喧嘩が嫌いです。それで、ぼくはぬけ出して音楽室に行ってピアノを弾いていました」

ポアロがたずねた。

「音楽室は客間の隣でしたね？」

「そうです。ぼくはそこでしばらく弾いていました——あの——あのことが、起こるまで——」

「あなたは正確にどんな音を聞きましたか？」

「おお！　階上のどこかで家具類のひっくり返る遠い騒音。つづいて、身の毛のよだつような叫び声！」彼はふたたび両手をにぎりしめた。「地獄の魂のような声だった。おお、なんておそろしいことだったか！」

ジョンスンが言った。

「あなたは、音楽室では一人でしたか？」

「えっ？　いや、妻のヒルダもいました。彼女は客間からやってきたのです。ぼくらは——ぼくらは、ほかの者といっしょに二階へかけ上がりました」

彼はいそいで神経質につけ加えた。

「どうかぼくにそこで見たことを――見たことを、きかないでください」

ジョンスン大佐は言った。

「全然必要ありません。ありがとうございました、リーさん。もう何もうかがうことはありませんが、最後に一つだけ――あなたは、お父上を殺したいと思っていそうな人間について、お心あたりはないでしょうね？」

デヴィッド・リーは無頓着に言った。

「そういう人間は――とてもたくさんいる、と思いますね。でもぼくには、それがはっきり誰かということは、見当がつきませんが」

彼は、ドアを音高くしめて、いそいで去っていった。

13

ジョンスン大佐が例の咳ばらいをするかしないうちに、ドアがまた開いて、ヒルダ・リーが入ってきた。

エルキュール・ポアロは、興味をもって彼女をながめた。というのは、リー兄弟らが結婚した夫人たちは、彼にとって一つの興味ある研究題目であることを、ひそかに認めざるを得なかったからである。リディアのすばらしい理解力とグレイハウンドのような優美さ、マグダリーンの娼婦的な態度と美しさ、そしてこのヒルダの充実した、気持ちのよい力強さ。ヒルダは、そのどちらかというと野暮な髪かたちと流行おくれの服装のために、幾分ふけて見えたけれど、実際はもっと若いのであろう。彼女のねずみがかった茶色の髪には少しも灰色が混ざっていなかったし、その少しずんぐりした顔についている、落ちついた淡褐色の眼は、優しい灯火のようにかがやいていた。彼女は素晴らしい女だ、とポアロは思った。

ジョンスン大佐が、やさしい調子で話していた。

「……みなさん、ご緊張のことでしょう」と彼は言っていた。「ご主人からお聞きしましたが、奥さん、あなたはこのゴーストン館《ホール》は初めてだそうですね？」

彼女は頭をちょっと下げた。

「あなたは前から、お父さんのリー氏とはご存じの間柄でしたか？」

ヒルダはその快い声で答えた。

「いいえ、わたくしたちはデヴィッドが家を出てからまもなく結婚いたしました。それ以来ずっと、デヴィッドは自分の家族と交流を持とうともしませんでした。そのため、わたくしたちは今まで家族の誰とも会ったことがないのでございます」

「では、どうしてこんどの訪問が実現したのですか？」

「義父《ちち》がデヴィッドに手紙をよこしたのです。義父《ちち》はその中で、自分が年をとったことと、今年のクリスマスは子供たちみんなといっしょに迎えたいという希望を強調してまいりました」

「それで、あなたのご主人は要請に応じられたというわけですね？」

ヒルダは言った。

「デヴィッドの承諾はまったくわたくしのせいではなかったかと、それが気にかかります。わたくし――事情を誤解していたものですから」

ポアロが口をはさんだ。

「もう少しはっきり、説明していただけませんでしょうか？　あなたのお話しくださることは、たいへん価値があるように思いますので」

彼女はすぐポアロのほうにからだを向け、そして言った。

「今も申し上げたように、そのときまで、わたくしは義父《ちち》に会ったことがありませんでした。ですから、義父《ちち》のほんとの動機が何であるか夢にも知りませんでした。それで、義父《ちち》は年老いてさびしくなり、子供たちと本当に和解したがっているのだ、と推測したのです」

「では、あなたのお考えでは、お父さんの本当の動機は何だったのです、奥さん？」

ヒルダはちょっと躊躇した。が、やがてゆっくり言った。

「義父《ちち》のほんとうの目的は、平和を促進することではなく、不和を喚起することだったのは、疑いを容れません――それだけは疑いを容れません」

「どんなふうにしてですか？」

ヒルダは小声で言った。

「義父《ちち》をおもしろがらせたのは――人間性の中の最悪の本能に訴えることでした。義父《ちち》には――どう言ったらいいのでしょうか――一種の悪魔的な茶目っけがあったのですね。家族一同を互いに争わせておきたかったのですわ」

ジョンスンが鋭く言った。「そして、お父さんは成功しましたか？」

「ええ」と、ヒルダ・リーは言った。「成功しました」

ポアロが言った。

「今日の午後演じられた一幕については、われわれも聞きましたが、だいぶ険悪な場面だったようですね」

彼女はうなずいた。

「あなたにも、どうか、それについて——できるだけ本当のことを——話していただきたいのですが？」

彼女はちょっと考えてから、言った。

「わたくしたちが、義父《ちち》のところにまいりましたとき、義父《ちち》は電話をかけておりました」

「顧問弁護士へですね？」

「そうです。義父《ちち》はたしか——チャールトンさんといいましたか？——はっきり名前をおぼえていませんが——その方に電話で、新しい遺書をつくりたいから来てくれるようにと話していました。古い遺書はもう時勢おくれだから、というのでした」

ポアロは言った。

「奥さん、よくお考えになってください。あなたのご意見では——リー氏はその電話を、わざとあなたがたに聞かせるように仕組んだのでしょうか、それとも、あなたがたがそれを聞いたのはまったく偶然だったのでしょうか？」

ヒルダは言った。

「おおかたわたくしたちに聞かせるつもりだったのだと思いますわ」

「あなたがたの間に、疑惑と猜疑をかもし出すためにですか？」

「ええ」

「そうだとすると、実際には遺書を書きなおすつもりはなかったのかもしれませんね?」

彼女は異議を申し立てた。

「いいえ、そのことは本当だったと思います。義父《ちち》はおそらく、本当に新しい遺書をつくりたかったのでしょうが、その事実をいっそう強調することを楽しんだのだと思います」

「奥さん」とポアロは言った。「わたしは公けの立場にいるものではありませんから、わたしの質問は、あるいはイギリスの司法官吏がたずねるようなものではないかもしれません。が、わたしが今ぜひ知りたいと思っているのは、新しい遺書がつくられた場合、その内容をあなたはどんなふうにお考えになるか、ということです。おわかりでしょうが、わたしがお聞きしているのは、あなたの知識ではなく、あなたのご意見で結構なのです。さいわい、ご婦人は意見を立てるのが早い、ということですから、ひとつ聞かせてください」

ヒルダ・リーはちょっとほほ笑んだ。

「わたくしが考えていることを申し上げるのはかまわないでしょう。夫の妹のジェニファーは、スペイン人のファン・エストラバドスと結婚しました。そのジェニファーの残した娘のピラールが、やはりこの家に着いたばかりですが、彼女はたいへん可愛らしい娘で——もちろん、この家族の中でのたった一人の孫娘です。年とった義父《ちち》は彼女がとても気に入ったようでした。わたくしの考えでは、老人はその新しい遺書でこの娘に相当の額の遺産を残そうとしていたと思います。たぶん古い遺書の中では、彼女にはごくわずかなものか、あるいは全然何も残されないことになっていたのでしょう」

「あなたは、その義理の妹さんをご存じですか？」

「いいえ、一度も会ったことはありません。彼女の夫のスペイン人は結婚後まもなく、悲境のうちに死んだと聞いております。ジェニファー自身も一年前に世を去りました。それで、ピラールは孤児となったわけです。老人がピラールを呼びにやり、イギリスで彼女といっしょに暮らそうと考えたのも、そのためです」

「家族のほかの人たちは、彼女の来訪を歓迎しましたか？」

ヒルダはしずかに言った。

「みんな彼女を気に入ったと思います。家の中に誰か若い元気なものがいるということは、楽しいことですから」

「ところで彼女のほうは——ここにいることを喜んでいるようでしたか？」

ヒルダはゆっくり言った。

「わかりません。南国のスペインで育った少女にはここは寒くて、なじみにくい土地に思われたかもしれませんね」

ジョンスンが言った。

「昨今は、スペインにいることもあまり楽しくはないでしょう。ところで、奥さん、今日の午後のことをもっとお話し願いたいのですが」

ポアロがつぶやいた。

「すみません。話をそらせてしまいましたね」

ヒルダ・リーは言った。

「義父《ちち》は電話をかけ終えますと、わたしたちを見まわして、笑いながら、みんなひどく渋い顔をしているじゃないか、と言いました。それから、今日は疲れたから、早く寝るつもりだ。だから今夜は誰も上がってこないように——あすのクリスマスを元気で迎えたいと思うから、と申しました。だいたいそんなことを申したようです」

「それから——」と、彼女は思い出そうとして眉をひそめた。「義父《ちち》は、クリスマスというものの真価を理解するためには、大家族の一員であることが必要だ、というようなことも述べました。それから、お金の話にもふれました。今後はこの家の経費もよりふえることになるだろう、と申しました。そしてジョージとマグダリーンにもっと節約するようにと言い、マグダリーンには自分の着るものは自分で作るべきだ、と申しました。でも、これはずいぶん旧式な考えではないか、と思います。彼女が不快に思ったのも当然だと思いますわ。義父《ちち》は、亡くなった義母《はは》の話を持ち出し、彼女は針仕事が上手だったと申しました」

ポアロはしずかに言った。

「リー氏が自分の妻について言ったことは、それだけでしたか?」

ヒルダは、ぱっと顔を赤らめた。

「義父《ちち》は彼女の頭のことにもちょっとふれました。わたくしの夫はたいへん母想いの人ですから、義父《ちち》の言葉は夫を非常に取り乱させました。そのうちに、とつぜん義父《ちち》は、みんなに向かってどなりはじめました。そしてひとりで興奮してしゃべりつづけました。義父《ちち》がそのとき何を感じたのか——もちろん、わたくしにはわかりますけれど——」

ポアロは彼女をさえぎりながら、しずかに言った。

「彼はどう感じたのでしょうか?」

ヒルダはその澄んだ眼をポアロに向けた。

「義父《ちち》はもちろん、失望していたのです」と彼女は言った。「なぜなら、義父《ちち》には孫が

――男の子の孫が――リー家のあとを継ぐ男の子が――一人もいなかったからです。そのことは長い間義父《ちち》の悩みのたねだったにちがいありません。そしてとつぜん、もうそれ以上こらえていられなくなって、息子たちの上に怒りを爆発させ――みんなのことを、愚痴っぽい弱虫ばかりだとか、何とか言い出したのだと思います。わたくしはそのとき、義父《ちち》が気の毒になりました。というのは、そのためにどんなに義父《ちち》の誇りが傷つけられたかをはっきり感じることができたからです」

「それから？」

「それから」とヒルダはゆっくり言った。「みんなは部屋を出ていきました」

「それがお父さまに会われた最後だったのですね？」

彼女はうなずいた。

「あの犯罪が行なわれたとき、あなたはどこにおいででしたか？」

「夫といっしょに、音楽室におりました。夫はわたくしにピアノを弾いてくれていました」

「それから？」

「そのとき、わたくしたちは聞いたのでした。二階で椅子やテーブルがひっくり返され、陶器が割れとび――誰かがおそろしい格闘を演じている音を。つづいて、喉を切り裂かれたときの、あのおそろしい叫び声を……」

ポアロは言った。

「それは、そんなにおそろしい叫び声でしたか？」——彼はそこでちょっと休んでから——「地獄の魂の声みたいでしたか？」

ヒルダ・リーは言った。

「それよりも、もっとおそろしゅうございました！」

「それはどういう意味ですか、奥さん？」

「何か魂をもたないものの叫びのようでした……けだもののような非人間的な……」

ポアロは真剣に言った。

「そんなふうにあなたは彼を判断されたのですね、奥さん？」

彼女はとつぜん苦悩にたえかねるように片手を上げた。そして眼を落として床の上をじっと見つめた。

14

ピラールは罠を警戒する動物の用心ぶかさで部屋に入ってきた。彼女はすばやく四方に眼をくばった。が、疑りぶかいわりに、それほどおそれてはいなかった。

ジョンスン大佐が立って、椅子をすすめた。それから彼は言った。

「英語はおわかりでしょうね、ミス・エストラバドス？」

ピラールの眼は大きく見ひらかれた。彼女は言った。

「もちろんですわ。あたしの母はイギリス人だったのですもの、あたしだってほんとに完全なイギリス人ですわ」

ジョンスン大佐の眼が、彼女の黒いつやつやした髪、誇らかな黒い瞳、ちょっとゆがめられた赤い唇をとらえたとき、大佐の口にはかすかな微笑がうかび上った。ほんとのイギリス人！　ピラール・エストラバドスに適用するには、およそ不釣り合いな言葉だった。

彼は言った。

「リー氏はあなたのおじいさんで、あなたをスペインから呼びよせた。そしてあなたは二、三日前にここに到着した。それでまちがいありませんか？」

ピラールはうなずいた。

「まちがいありません。あたし――スペインから脱け出すのに、ずいぶん冒険しましたわ――爆弾が空から落ちてきて、あの自動車の運転手は殺され――彼の頭のあったところは血の海になってしまったのですもの。それからは、車に乗れなかったので、長い長い道を歩かなければなりませんでしたわ――あたし、歩くのはきらいで、今まで歩いたことはなかったのだけれど、しかたがないので歩きましたわ。足の皮がすりむけて――すっかりすりむけてしまって――」

ジョンスン大佐は微笑して言った。

「とにかく、あなたはここに着いた。あなたのお母さんは、おじいさんのことをあなたによく話しましたか？」

ピラールはうれしそうにうなずいた。

「ええ、母は、おじいさんのことを年とった鬼だと言っていましたわ」

エルキュール・ポアロが微笑した。彼は言った。

「ここに着いたとき、あなたはおじいさんのことをどう思いましたか、お嬢さん？」

ピラールは言った。

「もちろん、とても、とても年とっていました。椅子に座ったままで――顔もすっかり干からびていました。でも、やっぱりあたし、ひと目見ておじいさんが好きになりましたわ。若かったころは、きっとハンサムだったにちがいないと思いますの――あなたのように」ピラールはサグデン警視に言った。彼女の眼は無邪気な喜びをたたえて、サグデンの美しい顔《ハンサムフェイス》に注がれた。サグデンの顔はこの思いがけないお世辞に赤煉瓦色に変わった。

ジョンスン大佐はくすくす笑いをかみ殺した。このしっかり者の警視が不意打ちをくって度を失うなんて、めずらしいことだった。

「でも、もちろん」と、ピラールは残念そうに言った。「おじいさんは、あなたほど大きかったことはないにちがいないわ」

エルキュール・ポアロはため息をついた。

「では、あなたは大きな男が好きなんですね、お嬢さん《セニョリータ》？」と彼はたずねた。

ピラールは熱心に同意した。

「そうよ、あたし、大きくて背の高い、そして肩幅の広い、とてもとても強い男が好きだわ」

ジョンスン大佐が鋭く言った。

「あなたはここに着いてから、何度もおじいさんに会いましたか？」

ピラールは言った。

「ええ、ええ、あたし何度もおじいさんの部屋に座りに行ったわ。おじいさんはいろんなことをあたしに話してくれましたわ――自分はとても悪い人間だったということや、南アフリカでやったいろんなことを」

「リー氏は自分の部屋の金庫にたくさんのダイヤモンドをしまっていることを、あなたに話したことがありましたか？」

「ええ、おじいさんはそれをあたしに見せましたわ。でも、ちっともダイヤモンドらしくなくって――小石そっくりでしたわ――とてもきたならしい――ほんとにきたならしい石でしたわ」

サグデン警視がぶっきらぼうに言った。

「すると、彼はそれをあなたに見せたのですね？」

「そうよ」

「彼はその中のどれかをあなたにくれませんでしたか？」

ピラールは頭を振った。

「いいえ、くれなかったわ。でも、たぶんいつかはくれるだろう、と思いましたわ――もしあたしが親切にして、たびたびそばにいてあげれば。なぜって、年とった紳士は若い娘が大好きですもの」

ジョンスン大佐が言った。

「あなたは、そのダイヤモンドが盗まれたことを知っていますか？」

ピラールは、眼を大きく見張った。

「盗まれたですって？」

「そう。誰が盗ったか、心あたりはないですか？」

ピラールはうなずいた。

「ああ、そうだわ」と彼女は言った。「きっとホーベリーだわ」

「ホーベリー？　あの従僕の？」

「ええ」

「なぜそう思うんですか？」

「なぜって、あの男の顔は泥棒の顔ですもの。しじゅう眼をきょろきょろさせて、こそこそ歩きまわり、戸口で聞き耳を立てているわ。まるで猫みたいよ。猫はみんな泥棒でしょう」

「ふーむ」とジョンスン大佐は言った。「その問題は、ひとまずそのままにしておこう。さて、今日の午後、おじいさんの部屋に家族全員が集まったとき、多少――口論めいたことがあったそうですね？」

ピラールはうなずいて微笑した。

「そうよ」と彼女は言った。「とてもおもしろかったわ。おじいさんがみんなを、そりゃ怒らせたんですの！」

「ほう、あなたはそれを、おもしろく思ったんですね？」

「ええ。あたし、人々が腹を立てるのを見るの、大好きなんですもの。でも、イギリス人の腹の立てかたは、スペイン人とはちがいますわね。スペインではすぐナイフを取り出して、大声で罵ったり、どなったりするけれど、イギリスでは何もしないで、ただ顔を真っ赤にして歯をくいしばっているわ」

「どんなことが言われたか、おぼえていますか？」

ピラールは、自信がなさそうに見えた。

「はっきりしないんですけれど。おじいさんは、みんなのことを、ろくでなしばかりだ——子供一人つくれないなんて、と言ってましたわ。そして、あたしのことを誰よりもましだ、と言ったわ。おじいさんはあたしが大好きらしかったわ」

「リー氏は、お金か遺書のことを何か言いましたか？」

「遺書——いいえ。そんなこと言わなかったように思うけれど。おぼえていません」

「それから、どんなことが起こりました？」

「みんな出ていきました——ヒルダのほかは。ヒルダってあの肥ったひと、デヴィッドの奥さんで、彼女だけあとに残ってましたわ」

「ほう、彼女は残ったのですね？」

「ええ。デヴィッドはとても変な顔つきをしていましたわ。からだ中ふるわせて真っ青でした。まるで病気じゃないかと思うみたいでしたわ」

「それから、何か？」

「それから、あたしは下に行って、スティーヴンを見つけ、二人で蓄音機をかけて踊りましたわ」

「スティーヴン・ファーですか？」

「そうよ。彼は南アフリカから来たんですって——おじいさんの昔の仲間の息子ですわ。彼もとてもハンサムなんですの。褐色の肌をした大男で、とてもいい眼をしているんです」

ジョンスンがたずねた。

「あの事件が起こったときは、どこにいましたか？」

「あたしがどこにいたかというんですか？」

「そうです」

「リディアといっしょに客間に行きましたが、それから自分の部屋へ上がっていって、身づくろいをしました。もう一度スティーヴンと踊ろうと思ったのです。すると、そのとき、遠くのほうで叫び声が聞こえ、みんながかけ出したので、あたしも走っていきました。見ると、みんなはおじいさんの部屋のドアをこわそうとしていました。ハリーがスティーヴンといっしょに、それを引き受けていました。どっちも大きな強い男なので――」

「それで？」

「そのうちに――ガシャンと戸がこわれて――倒れたので――あたしたちは中をのぞきこみました。おお、そのときの光景――何もかもめちゃめちゃにこわれ、放り出されて、おじいさんは血まみれになって倒れていました。そして、その喉はこんなふうに切られていました」――彼女は自分の首に手をやって、あざやかな芝居がかった身ぶりをしてみせた――「ちょうど耳の真下のところを――」

彼女は明らかに自分の話に興じながら、そこでちょっと休んだ。

ジョンスンは言った。

「血を見ても、気持ちが悪くならなかったですか？」

彼女は、ジョンスンの顔を見つめた。

「いいえ、どうしてですの？　人が殺されれば、血が流れるのはあたりまえじゃありませんか。それにしても、なんてまあ、どこもかしこも、あんなに血だらけだったんでしょう！」

　ポアロが言った。

「誰か何か言いませんでしたか？」

　ピラールは言った。

「デヴィッドが、おかしなことを言いましたわ——なんだったかな？　ええと、そうだわ。神の臼——彼が言ったのはそうだったわ」——彼女はそれを一つ一つの言葉に力を入れて、くり返した——「神——の——ウス——どういう意味かしら？　臼《うす》って、粉をひくもんでしょう？」

　ジョンスン大佐が言った。

「よろしい、では、ミス・エストラバドス、今のところ、おたずねすることはこれだけで、ほかにはないようです」

　ピラールはおとなしく立ち上がった。そして、すばやいチャーミングな微笑を三人の顔にちらちらと送った。

「じゃ、あたし、行きますわ」彼女は出て行った。

　ジョンスン大佐が言った。

「〝神のひき臼はまわるのがのろいが、どんな小さな粒もひきのがさない〟しかも、デヴィッド・リーがそれを言ったのだ！」

15

ドアがふたたびあいたので、ジョンスン大佐は眼を上げた。瞬間、彼は入ってきた人物がハリー・リーかと思ったが、よく見るとスティーヴン・ファーだったので、自分のまちがいに気がついた。

「おかけなさい、ファーさん」と彼は言った。

スティーヴンは腰をおろした。彼の眼が――冷静で理性的な眼が、三人の顔を次々とながめた。彼は言った。

「ぼくはあまりお役に立たないのじゃないか、と思っています。しかし、何かの足しになるかもしれないとお考えになることがあったら、何でもきいてください。まずぼくがどんな人間かということを説明しておいたほうがいいでしょう。ぼくの父、エビニザー・ファーはシメオン・リーの南アフリカ時代の仲間《パートナー》でした。四十年以上も昔の話です」

彼はちょっと休んでから、またつづけた。

「ぼくの父は、シメオン・リーのことをいろいろぼくに話してくれました。彼と父は相当長い間組んで金をもうけたようでした。やがてシメオン・リーは一財産つくって国へ帰りましたが、父は運悪くそのどっちにも失敗しました。父はいつもぼくに、将来イギリスへ行くようなことがあったら、リー氏をたずねるようにと言っていました。いつでしたかぼくが、古いことだからたぶんリー氏はぼくが誰だかわからないだろう、と言いますと、父はぼくの考えをあざ笑って、『シメオンとおれは生死を共にしてきた仲だ、忘れるものか』と言いました。その父も数年前に死んでしまいましたが、こんど初めてイギリスにやってきたのを機会に、ぼくは父の忠告を思い出し、リー氏をたずねることを思い立ったのです」

かすかな微笑をうかべながら、スティーヴンはつづけた。

「ここに来たときは少し気おくれしていましたが、心配することはありませんでした。リー氏はぼくを温かく歓迎してくれたばかりでなく、ここに滞在して家族の者といっしょにクリスマスを迎えるようにと言って、ききませんでした。それではあんまりぶしつけすぎると思いましたが、リー氏はぼくの辞退をきき入れませんでした」

彼はちょっとはにかんでつづけた。

「みなさんは、ぼくにたいへん親切にしてくれました——アルフレッド・リー氏夫妻などは、これ以上できないほど親切なもてなしをしてくれました。そのみなさんにこんなことが起こるなんて、ぼくはお気の毒でたまりません」

「ここに来られてからどのくらいになりますか？」

「昨日からおります」

「今日リー氏に会いましたか？」

「ええ、今朝少し雑談をしました。そのとき氏は上機嫌で、しきりにいろいろな人や場所のことを聞きたがりました」

「それが、彼に会われた最後ですね？」

「そうです」

「リー氏は、そのとき、たくさんのダイヤモンドを自室の金庫内に保管していることをあなたに話しましたか？」

「いいえ」

スティーヴンは相手の言葉を待たずに、つけ加えた。

「すると、この事件は殺人と強盗を兼ねた事件だったとおっしゃるのですか？」

「まだはっきりしないのです」とジョンスンは言った。「ところで、今夜の事件に入ることにして、あのときあなたは何をしておられたか、ご本人の口から話していただきたいのですが？」

「承知しました。婦人たちが食堂を去ったあと、ぼくは残ってポートワインを一杯もらいました。それから、リー家の人々が何か家庭問題で討議したい様子だったので、ぼくがいては邪魔になるだろうと考え、ことわって彼らのそばを離れました」

「それからどうなさったのですか？」

スティーヴン・ファーは椅子によりかかって、人差し指であごをなでた。それから、いくぶん固くなって言った。

「ぼくは——ええと、あの寄木細工の床の——一種の舞踏室と思える——大きな部屋に行きました。そこには蓄音機とダンス・レコードがあったので、ぼくはその何枚かをかけました」

ポアロが言った。

「ことによると、その部屋で誰かがあなたといっしょになったかもしれないということは、ありそうですね？」

ごくかすかな微笑がスティーヴン・ファーの口をゆがめた。彼は答えた。

「ありそうなことですね。誰でも望むことですから」

そして、彼は無遠慮ににやにや笑った。

ポアロが言った。

「セニョリータ・エストラバドスはなかなか美人ですね」

スティーヴンは答えた。

「彼女は、ぼくがイギリスに来て会った女のうちで、確かに第一等の美人ですよ」

「エストラバドス嬢はあなたといっしょでしたか？」と、ジョンスン大佐がたずねた。

スティーヴンは頭を振った。

「ぼくは、あの騒ぎを聞いたとき、まだその部屋にいました。ぼくはホールにとび出すと、何事が起こったかを確かめるために宙をとぶようにして二階へかけつけました。そして、ハリー・リーに力をかしてドアをたたき破りました」

「あなたがわれわれにお話しになることは、それですべてですか？」

「おっしゃるとおり、すべてだ、と思いますが」

エルキュール・ポアロは上体を前にかがめて、しずかに言った。

「しかし、ファーさん、あなたはもっとたくさん、その気になれば、わたしたちに話してくださることができるはずです」

スティーヴンは鋭く言った。

「それはどういう意味ですか？」

「あなたは、この事件できわめて重要なこと——つまりリー氏の性格について話してくださることができるはずです。あなたのお父さんは、彼のことをあなたにいろいろ話してくれたと今言われましたね。それはどんなことだったのですか？」

スティーヴン・ファーは、ゆっくり言った。

「あなたが知りたいと思っておられることが何かぼくにもわかったような気がします。シメオン・リーが若いころどんなふうだったか？　あなたはぼくがざっくばらんに話すことを望んでおられるのだと思います。そうでしょう？」

「ぜひ」

「そうですね、まずぼくは、シメオン・リーが社会の一員として非常に道徳的な人間だったとは、思いません。こう言ったからといって、彼が厳密な意味で悪党だったというのではありませんよ。しかし、彼はかなりきわどい世渡りをやったようです。とにかく素行の点では、自慢できるようなものは何も持ち合わせなかったようです。それでいながら、彼はたくさんの魅力を持っていました。そして不思議なほど気前のいい男でした。不運に見舞われた人間が、彼に援助を求めて無駄だったためしは、一度もなかったということです。酒は少し飲みましたが、飲みすぎることはなく、女には魅力的で、ユーモアのセンスも持っていました。それでいて、彼には奇妙に執念ぶかい一面があったそうです。父はそれについてもいくつかの例を話してくれましたが、シメオン・リーは彼にひどい仕打ちをした男に仕返しをするために、数年間も辛抱づよく待った、ということです」

サグデン警視が言った。

「それは、例の勝負事の争いかもしれませんが、ファーさん、あなたは向こうでシメオン・リーに酷《ひど》い仕返しをされた男のことは、何もご存じないでしょうね？　そうだとすると、今夜ここで行なわれた犯罪を説明するような過去の事実は、皆無というわけですか？」

スティーヴン・ファーは頭を振った。

「もちろん、彼にも敵はあったでしょう。いや、男であるからには、きっとあったにちがいありません。しかし、とくにこれといったケースについては、何も聞いていません。それに——」と、彼は眼を細めた。「今夜この家の中、または近くには（ぼくがトレッシリアンから聞いたところによりますと、事実上）他人は一人もいなかったように思うんですが——」

エルキュール・ポアロが言った。

「あなた自身をのぞいてはね、ファーさん」

スティーヴン・ファーは、彼のほうにくるりと向きを変えた。

「おお、そうでしたね？　門内に入りこんだ怪しげなよそ者か！　でも、そんなものでないことは、あなたにもおわかりになるはずです。これまでシメオン・リーがエビニザー・ファーと仲たがいした歴史は一度もないのに、エビニザーの息子がはるばるおやじの仇を討ちにやってくるなんてことがあり得るでしょうか！　絶対にない！」彼は頭を振った。「シメオンとエビニザーは、一度も反目したことはないのです。ぼくがここへ来たのは、さっきも言ったとおり、まったくの好奇心からです。それに、蓄音機が何よりもいいアリバイだと思います。ぼくはレコードをかけつづけていたのだから――誰かが聞いていたにちがいありません。一枚のレコードをかけている間に、二階にかけ上がり――その距離は一キロもあるでしょう――老人の喉を切り裂いて、血を洗い落とし、ほかの者がかけつける前にもとの部屋にもどってくるなんて、そんな余裕はありませんよ。そんな考えはまるで茶番です！」

ジョンスン大佐が言った。

「われわれはなにも、あなたのことを怪しいなどと言ってるのではありませんよ」

スティーヴンは言った。

「ぼくだって、エルキュール・ポアロ氏の声の調子なんか、たいして気にかけやしませんがね」

「それは」とエルキュール・ポアロが言った。「あいにくでしたな!」

ポアロは、スティーヴンにおだやかにほほ笑みかけた。

が、スティーヴンはポアロに腹を立てたようだった。

ジョンスン大佐がすばやく口をはさんだ。

「ありがとう、ファーさん。今のところ、それで充分でしょう。いうまでもないことですが、この家から離れないでいてください」

スティーヴン・ファーはうなずいた。彼は立ち上がると、自由に大手を振って大股に歩きながら、部屋を出ていった。

彼のうしろでドアがしまると、ジョンスンは言った。

「あれこそ未知数Xだよ。彼の身の上話はいかにも率直のように思える。が、それでいながら、やっぱり、あの男はダーク・ホースだよ。ダイヤモンドを盗んだのは、あの男かもしれないぞ——ここへ来るにも、入場許可を得るためあらかじめ偽の物語を仕立ててやってきたのかもしれない。とにかく、指紋をとっておいたほうがいいよ、サグデン。そして、名の知れたやつかどうかを調べてみるんだな」

「もうとりましたよ」と、警視は乾いた微笑をもらしながら言った。

「ほう、さすがだね。なるべく見落とさんようにたのむよ。きみにはもう、はっきりした捜査方針が、だいたい立っているのだろう？」

サグデン警視は、自分のとった指紋の上に引き合わせの印をつけながら言った。

「彼らがかけたという電話の件を調べること――時間、その他。ホーベリーを調べること――何時に彼が家を出たか、誰がそれを見たか、等。出入りした者を調べること。使用人を調べること。家族の経済状態を調べること。弁護士のところに行って、遺書を調べること。凶器と血痕の付着した衣類と――できればダイヤモンドの隠匿場所を発見するため家探しをすること」

「うん、それで、あますところないようだ」ジョンスン大佐は満足げに言った。「ところで、何か気づいたことはないだろうか、ポアロ？」

ポアロは頭を振った。そして言った。

「わたしも警視の方針を非のうちどころのないものだと思いますよ」

サグデン警視が憂鬱そうに言った。

「この家の中から失くなったダイヤモンドを探し出そうとするのは、生やさしいことではないでしょう。こんなにたくさんの装飾品や小道具をわたしは見たことがありませんよ」

「まったく、隠し場所が多すぎますね」と、ポアロが相づちを打った。

「ほんとに、何も意見はないのかね、ポアロ」

警察本部長はちょっと失望したようだった――飼い犬が芸当をこばんだときの主人のように。

ポアロは言った。

「きみは、わたしが自分の方針どおりやることを許してくれますね？」

「ああ、いいとも――いいとも」と、ジョンスンは言ったが、同時に、サグデン警視がいくぶん疑わしげに言った。

「どんな方針ですか？」

「わたしとしては」と、エルキュール・ポアロは言った。「この家族の連中と――もっとたびたび――頻繁に――話し合ってみたいのですよ」

「すると、きみは、もう一度あらためて彼らを訊問してみたい、と言うのだね？」大佐はちょっと当惑したようにきき返した。

「いや、いや、訊問じゃありません――会話です！」

「なぜですか？」と、サグデンがたずねた。

エルキュール・ポアロは、片手を力強く振った。

「会話の中からいろいろな問題が生まれてくるんです！　人間はたびたび談話をとり交わしていると、真実を言わざるを得なくなるものなんですよ！」

サグデンが言った。

「では、あなたは、誰かが嘘をついている、と思っておられるんですね？」

ポアロはため息をついた。

「きみ《モン・シエール》、人間は誰でも嘘をつくものですよ——イギリスでいう〝牧師の卵〟（ある牧師が教区民から古い卵をおくられたが、半分傷んでいたという故事から出た言葉で、玉石混淆のものを意味する）のように、いろんな種類の嘘をね。だから、重大な嘘から無害な嘘をえり分けることは、有益ですよ」

ジョンスン大佐が鋭く言った。

「しかし、そいつはやっぱり、信用できんね。わたしの考えはこうだ。ここに特別残忍非道な殺人が行なわれた——われわれは誰を容疑者とみなすべきか？　アルフレッド・リーとその妻はどうか——二人とも魅力に富んだ、育ちのいいしずかな人間だ。ジョージ・リーは——彼は国会議員で、品行方正な君子だ。彼の妻は？　彼女は単なる普通の近代的な美人にすぎない。デヴィッド・リーは——彼は一見しておだやかな男であるばかりでなく、その兄弟のハリーの言葉からも、彼が血を見るにたえない人間であることは明らかである。彼の妻は教養ある、分別に富んだ――きわめて平凡な女だ。あと残っているのは、スペイン人の姪と、南アフリカから来た男だが――スペイン美人のほうは、気性は激しそうだけれど、まさか老人の首を平気で切り裂くような、そんな娘には思えない。それに、今までわかったところから考えても、彼女は当然、老人が新しい遺書にサインするまでは彼を生かしておきたかったにちがいない。これに反して、スティーヴン・ファーには可能性がある――つまり、この男は職業的な泥棒であって、ダイヤモンドを追ってここにやってきたのかもしれない。そして、老人がダイヤの紛失に気がついたので、老人を黙らせるためにその喉を切り裂いた。だいたい、そんなところだと思うね――あの蓄音機のアリバイは、たいしたものじゃないよ」

ポアロは頭を振った。

「ねえ、きみ」と彼は言った。「スティーヴン・ファーと老シメオン・リーとの体格をくらべてごらんなさい。もしファーが老人を殺そうと決心したなら、一分間でそれをやってのけることができたでしょう――シメオン・リーはとうてい、彼を相手にあんな格闘を演ずることはできなかったはずです。あのか弱い老人とあの堂々たる人間の標本のような若者とが、椅子をひっくり返したり、陶器やガラスをこわしたりしながら、数分間も組み打ちをつづけるなんて、誰が信ずることができましょう？　そんなことを想像するのは、それこそ荒唐無稽ですよ！」

ジョンスン大佐の眼が細まった。

「きみのいう意味は」と彼は言った。「シメオン・リーを殺したのは、弱い男だというのだね？」

「または女だ！」と警視が言った。

16

ジョンスン大佐は、自分の時計を見た。

「さしあたって、わたしのやることは、もうなさそうだな。きみも必要なものはだいたい手に入れただろう、サグデン。ああ、まだ一つだけあった。あの執事に会っておいたほうがいいだろう。きみはもう彼を訊問したそうだが、われわれはもう少しいろいろなことについて知りたいし、第一、あの殺人が行なわれたときに、みんなが言う場所にそれぞれいたかどうかを確かめることが大事だからね」

トレッシリアンがのろのろと入ってきた。ジョンスン大佐は彼に座るように言った。

「ありがとうございます。お差しつかえなければ、ごめんこうむってかけさせていただきます。気分がとても変で、めまいがするものですから——はい、とても変なのです。脚も、それから頭のほうも——」

ポアロがやさしく言った。

「きっとショックを受けたんですよ。そうですよ」

トレッシリアンは身ぶるいした。

「あんな——あんな、おそろしいことが起こるなんて。このお家で！　ここではいつもたいへんしずかに、万事が行なわれておりました」

ポアロは言った。

「とても秩序ある家だったのですね？　でも、幸福な家ではなかったのでしょう？」

「わたくしとしては、そのようなことを申し上げたくございません」

「では、以前、家族全部がそろっていたころは、幸福でしたか？」

トレッシリアンはゆっくり言った。

「そうでございますね、人さまからたいへん睦まじいと言われるような家ではございませんでした」

「亡くなったリー夫人はいささか病弱だったのでしょう？」

「はい、お気の毒に、奥さまはひどくお弱い方でした」

「子供たちはリー夫人を好いていたでしょうか？」

「デヴィッドさまが——あの方がいちばんお母さま思いでした。坊っちゃまというよりも、お嬢さまのようでした。そして、奥さまが亡くなられるとまもなく、あの方は家を出ておしまいになりました。もうこの家で暮らしていく元気をなくされてしまったのでしょうね」

ポアロは言った。「それからハリー氏は？　あの人はどんなふうでした？」

「どちらかというと、野育ちの若紳士でいらっしゃいました。でも、親切な、思いやりのある方でした。おお、あのときは、ほんとにびっくりいたしましたよ。ベルが鳴ったので——それもつづけざまにせっかちに鳴りわたったので、わたくしがドアをあけますと、そこに見知らぬ男が立っていたのです。そしてその男がいきなりハリーさまの声で『やあトレッシリアンじゃないか、まだここにいたのか？』って言われたのです。前とちっとも変わっておられませんでした」

ポアロは共鳴するように言った。

「うん、妙な気持ちがしたでしょうね、ほんとに」

トレッシリアンは頬をかすかに染めながら言った。

「人間には、ときどき、まるで過去が過去でないように思われるときが、あるものでございますね！　以前ロンドンで、たしか、そんなふうなすじの芝居をやったことがありましたが、そういうことは、理外の理と申しますか、本当にございますね。そんなときは、まるで何もかも以前やったことがあるような気持ちにおそわれるのでございます。たとえば、ベルが鳴り、それに応えて出ていきますと、そこにハリーさまが立ってでもいるように、わたくしには思われるのです――たとえそれがファーさまであっても、どなたかほかの方であっても、そういう錯覚におそわれるのです――そして内心では『はて、自分は前にこれと同じことをやったことがあるぞ』と考えながら……」

ポアロは言った。

「それはおもしろい――非常におもしろいですね」

トレッシリアンは、うれしげにポアロを見た。

ジョンスン大佐が少しいらいらしながら、例の咳ばらいをして、会話を引きとった。

「正確を期するため一応確かめておきたいのだが」と彼は言った。「二階の騒ぎが起こったとき、食堂にいたのは、アルフレッド・リー氏とハリー・リー氏とだけだった、と聞いたけれど、そうかね？」

「わたくしは、確かなことはお話しできません。わたくしがコーヒーを持ってまいったときは、みなさまそこにおられました——でも、それは事件の十五分ばかり前のことでございました」

「ジョージ氏は電話をかけていたそうだが、きみはそれを確認できるかね？」

「どなたかが電話をかけたようでございました。ベルがわたくしのいる食器室まで鳴りひびきましたから。そしてその方が電話をかけるために受話器をはずしましたとき、かすかな音がベルのところでしました。それを聞いたことは、おぼえていますが、べつに注意を払いませんでした」

「それがいつだったか、正確にわからないかね？」

「はっきりは申し上げられません。それはみなさまにコーヒーを出したあとでございました。それだけは、おぼえておりますが」

「いま言った時間に婦人たちがどこにいたか、知らないかね？」

「わたくしがコーヒー盆をとりにまいりましたとき、アルフレッド夫人が客間においでした。それは、わたくしが二階の叫び声を聞くちょうど一、二分前のことでございます」

ポアロがたずねた。

「夫人はそのとき何をしていましたか？」

「奥さまは一番端の窓のそばに立っていらっしゃいました。カーテンを少し引いて外を見ておいででした」

「その部屋にはほかの婦人は誰もいなかったのだね？」

「はい、そうでございます」

「ほかの婦人たちはどこにいたか、わからないだろうか？」

「わたくしはまったく存じません」

「ほかの連中のいたところもわからないかね？」

「デヴィッドさまは客間の隣の音楽室で、ピアノを弾いておられたようでございます」

「デヴィッド氏が弾いていたのを、聞いたのだね？」

「さようでございます」と、老人はまたも身ぶるいした。「それは、あとから考えますと、まるで合図のようでございました。と申すのは、そのとき弾いておられた曲が〈葬送行進曲〉だったからでございます。そのときでさえ、わたくしは何となくぞっといたしましたのを、おぼえております」

「それはたしかに、奇妙ですね」と、ポアロが言った。

「ところで、あの従僕のホーベリーという男のことだが」とジョンスン大佐は言った。

「あの男が八時前にこの家を出ていったと、はっきり証言することができるかね？」

「はい、できます。それはサグデンさまがお見えになったすぐあとでございました。あれがコーヒー茶碗を一個割りましたので、とくによくおぼえております」

ポアロが言った。

「ホーベリーが、コーヒー茶碗を割った？」

「はい――古いウースター焼の茶碗を一個割ったのでございます。十一年間もわたくしが洗ってきまして、今日まで一つも割ったことがございませんのに」

ポアロが言った。

「ホーベリーは、そのコーヒー茶碗で何をしていたのですか？」

「それが、あなた、あの男にはそれに手をふれる必要はありません。その茶碗の一つを鑑賞でもするように、手にとって見ておりましたが、わたくしが何げなく、サグデンさまがお見えになったことを申しますと、あの男はそれを落としたのでございます」

ポアロは言った。

「あなたはそのとき〝サグデンさん〟と言ったか、それとも警察官という言葉をつかったか、どちらでしたか？」

トレッシリアンはちょっとびっくりしたような顔をした。

「いま初めて思い出しましたが、わたくしはたしかに警視さんがお見えになった、と言いました」

「そうしたら、ホーベリーがコーヒー茶碗を落としたんですね」と、ポアロは言った。

「ちょっと暗示的だね、それは」とジョンスンが言った。「ホーベリーは警視の訪問について、何かたずねたかね？」

「はい。何の用で来たのだろう、とききました。それでわたくしは、警察孤児院の寄付金のことで来られたので、リーさまの部屋へ案内したと申しました」

「そうしたら、ホーベリーは、安心したようだったかね？」

「よくご存じで――おっしゃるとおり、あの男はたしかに安心したような顔をしました。そして、すぐその態度を変えて、こんなことを申しました――うちの旦那はいいおやじだ、金には気前がいい――と、かなり無礼な調子で言いました。そして、出ていきました」

「どこを通って？」

「使用人のホールへ通ずる戸口を通って出ていきました」

サグデンが口をはさんだ。

「万事オーケイですよ、本部長。彼は台所を通り抜けて――つまり料理人や台所女中の見ている前を通って、裏口から外へ出たのですよ」

「ところで、いいか、トレッシリアン、よく考えてみてくれよ。ホーベリーが誰にも見られずに、この家にもどってこられる方法が何かないか？」

老人は頭を振った。

「どうしたら彼にそんなことがやれるか、わたくしには見当もつきませんね。戸という戸には、みんな内側から鍵がかかっておりますし——」

「もし彼が鍵を持っていたと仮定したら？」

「戸にはみんな閂《かんぬき》がかかっております」

「じゃ、彼が帰ってきたときは、どうやって入るのかね？」

「彼は裏口の鍵だけを持っております。使用人はみんな、そこから入ることになっております」

「すると、彼はそこからなら、入れるわけだね？」

「台所を通り抜けずには入れません。そして、台所は九時半か九時四十五分ごろまで、必ず誰かがおります」

ジョンスン大佐が言った。

「それで、はっきりしたようだ。ありがとう、トレッシリアン」

老人は立ち上がると、おじぎをして、部屋を出ていった。けれども、一分か二分すると、またもどってきた。

「ホーベリーが、ただ今もどってまいりました。彼にお会いになりますか？」

「ああ、どうかすぐよこしてくれたまえ」

17

シドニー・ホーベリーはあまり人好きのする容貌の持ち主ではなかった。彼は部屋に入ってくると、両手をもみ合わせながら、立ちどまって、すばやく三人の顔を見まわした。その態度は軽薄でへつらうようだった。

ジョンスン大佐が言った。

「シドニー・ホーベリーだね？」

「はい、そうでございます」

「故リー氏に付き添っていた従僕だな？」

「はい、そうでございます。おそろしいことが起きたものでございますね？ グラディスから聞きましたときは、今にも倒れそうになりました。お気の毒な老旦那さま――」

ジョンスンがさえぎった。

「わたしの質問にだけ答えてくれ、いいね」

「はい、かしこまりました」

「お前は今夜何時に家を出て、どこにいたんだね？」

「はい、八時ちょっと前に家を出ました。そしてここから歩いて五分ほどのところにありますシュパーブ座へまいりました。《古都セヴィルの恋》という映画をやっておりました」

「そこで、誰かお前を見たものがあるかね？」

「切符売場の若い娘が、手前を知っております。また、入口の案内人も顔見知りでございます。それから――あの――じつを申しますと、ある若い娘といっしょでございました。約束をして、そこで会ったのでございます」

「ほう、そうか。で、彼女の名前は？」

「ドリス・バックルという娘で――マーカム通り二十三番地の酪農品連合販売店で働いております」

「よし、調べてみよう。お前はまっすぐに家に帰ったのか？」

「まず、娘を家まで送ってやりました。それからまっすぐに家にもどりました。お調べくだされればわかりますが、絶対にまちがいございません。手前は、今夜の事件とは何の関係もございません。手前は――」

ジョンスン大佐は、そっけなく言った。

「誰もお前が関係があったといっているのではないよ」

「それはそうでございましょうが、旦那、家に人殺しがあったとなると、気持ちがよくございませんので」

「だから、誰もそんなことを言ってやしないよ。ところで、リー氏には長く仕えているのか？」

「一年ちょっとになります」

「お前は自分の仕事が気に入っていたかね？」

「はい、まったく満足しておりました。給料も結構でございました。リーさまはときどき気むずかしゅうございましたが、でももちろん、手前は病人の付き添いには慣れておりますので」

「前に経験があったのだね？」

「へえ、さようでございます。ウェスト少佐のところにもおりましたし、ジャスパー・フィンチ閣下のところにもおりました――」

「それらの詳細は、あとでサグデン警視に話してくれ。わたしのききたいのはこれだ──お前が今夜リー氏に最後に会ったのは、何時だったかね？」

「七時半ごろでございました。リーさまは、毎晩七時に、軽い夕食をお部屋に運ばせて召し上がります。それから手前が寝床の仕度をいたします。その後は暖炉の前で寝たいとお思いになる時まで、部屋着のまま座っていらしたはずです」

「普通それは何時ごろかね？」

「いろいろでございました。早いときは、八時ごろおやすみになりましたし──それはお疲れになったときですが──ときには十一時前後まで、座っておられることもございました」

「リー氏が寝たいと思うときは、どうしたのかね？」

「普通、ベルを鳴らして手前をお呼びになりした」

「そして、お前が手をかして、寝かせたのか？」

「はい、さようで」

「しかし、今日はお前、夕方出かけたね。いつも金曜日は休みだったのか？」

「はい、金曜日は手前の定休日でございました」

「リー氏が寝たいと思うときはどうしたのか？」

「ベルを鳴らして、トレッシリアンかウォルターがお部屋にまいったでしょう」

「リー氏は全然からだが利かなかったのではないのだろう？　動くことはできたのだろう？」

「はい。でも、簡単ではございませんでした。リューマチ性関節炎で悩んでおられましたから。日によっては、かなり悪いこともございました」

「老人は、昼間ほかの部屋に行くことはなかっただろうか？」

「ございません。好んで一つ部屋にとじこもっておいでした。趣味の点ではぜいたくではありませんでしたから、お部屋も、空気と光線の豊富な部屋で満足しておられました」

「リー氏は七時に夕食をとったと、今言ったね？」

「はい、そうでございます。手前はお盆をさげますと、シェリー酒とグラスを二個、机の上に出しておきました」

「どうして、そんなことをしたのだ？」

「リーさまのご命令で」

「いつもそうなのか？」

「ときどきでございます。家族のどなたも、夜は呼ばれないかぎり、会いにおいでにならないのが、きまりになっていました。たいていは、ひとりで宵の時間をおすごしになるのを好まれましたが、ときには、夕食後、アルフレッドさまか、アルフレッド夫人か、またはお二人をいっしょにお呼びになりました」

「しかし、お前の知るかぎりでは、今夜はどうだったね？ つまり、家族の誰かを呼ばなかったかね？」

「手前には何のお言いつけもございませんでした」

「そうだとすると、リー氏は家族の誰のことも待っていなかったわけだな？」

「でも、家族のどなたかに、ご自分で、来るようにおっしゃったかもしれません」

「なるほど」

ホーベリーはつづけた。

「すっかり片づけましてから、手前はリーさまにご挨拶を申し上げて、部屋をはなれました」

ポアロがたずねた。

「部屋を出る前に、あなたは暖炉の火の世話もしましたか？」

ホーベリーは、ちょっとためらってから、言った。

「その必要はございませんでした。火はよく燃えておりましたから」

「リー氏が自分でやったのですか？」

「いえ、いえ、ハリーさまがなさったのだと、思います」

「ハリー・リー氏は、夕食前にお前が部屋に入ったとき、老人といっしょにいたのですね？」

「あの方は、手前が部屋に入りますと、出ていかれました」

「あなたが判断したかぎりでは、二人の関係はどんなふうだったね？」

「ハリーさまは、たいへんご機嫌に見えました。頭をそらして大声で笑っておられました」

「そして、リー氏のほうは？」

「しずかに、どちらかというと考えこんでおられました」

「わかりました。ところで、もう少しききたいことがあるのですが、あなたは、リー氏が自分の部屋の金庫に秘蔵していたダイヤモンドについて、何か知ってることがあるでしょう？」

「ダイヤモンドですって、旦那？　ダイヤモンドなんか見たこともありませんよ」

「リー氏はまだ磨いてないダイヤモンドをたくさん持っていたのです。リー氏がそれを手にしていたのを、見たことがあるにちがいありません」

「あのおかしな小石でございますか？　はい、それならリーさまが持っておられたのを、二、三度見たことがあります。でも、それがダイヤモンドだとは存じませんでした。リーさまは、それをつい昨日あの外国の若い婦人に見せていらっしゃいました――いや、一昨日だったでしょうか」

ジョンスン大佐が、だしぬけに言った。

「そのダイヤモンドが盗まれたんだ」

ホーベリーが大声を立てた。

「お願いでございます。どうか、手前がそれに関係があるように、お考えにならないでください」

「なにもお前を責めているんじゃないよ」とジョンスンは言った。「そのかわり、この事件に関して何か知っていることがあるだろう、それを話してくれ」

「ダイヤモンドのことですか？　それとも、人殺しのほうでございますか？」

「両方だ」

ホーベリーはじっと考えこんだ。そして、その青白い唇を舌でなめた。やがて彼はそっと盗み見るような眼つきで見上げた。

「考えてみましたが、何もありません」

ポアロがおだやかに言った。

「仕事をしているときに、何か役に立つようなことを耳にしたことはありませんか？」

ホーベリーの瞼が、ちょっとふるえた。

「いえ、なかったと思います。ただ、リーさまと――家族の一、二の方との間に、少しばかりいざこざがあったようでございます」

「それは誰と誰だ？」

「手前の想像では、ハリー・リーさまの帰宅がその原因ではないかと存じます。アルフレッドさまはそのことを不快に思っておいででした。で、アルフレッドさまと大旦那さまは、そのことで、二こと三こと言い合いをなさったようでしたが――それは一応おさまりました。大旦那さまは、そのときダイヤモンドがなくなったことで、アルフレッドさまをお責めになるようなことはなさいませんでした。手前も、アルフレッドさまがそんなことをなさる方じゃないことは、確かだと思います」

ポアロがすばやく言った。

「リー氏がアルフレッド氏と会ったのは、彼がダイヤモンドの紛失を発見した後だったのですね？」

「はい、そうでございます」

ポアロは前かがみになった。

「ホーベリー」と、彼はしずかに言った。「ダイヤモンドの盗難のことは、われわれがたった今、あなたに話すまでは、あなたは知らなかったものだと思っていましたよ。では、リー氏がその紛失を発見したのは、息子と会う前だったということを、あなたはどうやって知ったのですか？」

ホーベリーの顔が煉瓦色に変わった。

「嘘をつくな」とサグデンが叫んだ。「いつお前は知ったんだ？」

ホーベリーが、ふくれっ面をして言った。

「手前は、リー旦那がそのことで誰かに電話をかけているのを聞いたのですよ」

「お前が部屋にいるときにか？」

「いえ、ドアの外でです。たくさんは聞けませんでした――ほんの一ことか二ことです」

「正確にはどんなことを聞いたのだね？」と、ポアロがおだやかにたずねた。

「泥棒とか、ダイヤモンドとかいう言葉を聞きました。それから『誰を疑っていいかわからない』と言うのが聞こえました――それから、今晩八時にどうとかという声も聞こえました」

サグデン警視はうなずいた。

「じつをいうと、それは、わたしに話していたのだよ。五時十分ごろだっただろう？」

「そのとおりで、旦那」

「そのあと、お前が部屋に入って行ったとき、リー氏は取り乱していたようだったか？」

「ほんの少々でしたが心配事に気をとられて、ぼんやりしておられるようでした」

「お前がどきっとしたほどか――えっ？」

「何をおっしゃいます、サグデンさま、そんなふうに言われるおぼえはございません。ダイヤモンドになど、さわったこともありませんよ。証拠を見せてください。見せられないでしょう。手前は泥棒じゃありませんよ」

サグデン警視は無感動な調子で言った。

「それはいずれわかることだ」彼は警察本部長の顔をちらっと見た。そして相手がうなずいたのを見ると、ふたたびつづけた。「もうよろしい。今夜はこれだけにしておく」

ホーベリーはうれしそうにいそいで出ていった。

サグデンは自信ありげに言った。

「かなりな収穫でしたね、ポアロさん。あなたはわたしが今まで見たことがないほど、じつに巧妙に、やつを罠にかけましたね。あいつが泥棒であるかどうかは、まだわかりませんが、第一級の嘘つきであることは確かですよ！」

「感じの悪い男ですね」と、ポアロは言った。

「いやなやつだ」と、ジョンスン大佐も同意した。「問題は、あいつの証言から何が考えられるか、ということだよ」

サグデンが要点を巧みに要約した。

「わたしには、三つの可能性があるように思えます。（1）ホーベリーは泥棒で、かつ殺人犯人である。（2）ホーベリーは泥棒ではあるが、殺人犯人ではない。（3）ホーベリーは潔白である。このうち（1）に対しては相当量の証拠があります。彼は電話を立ち聞きして、盗みが発覚したのを知った。老人の態度から自分が疑われていると推察し、そこで計画を立てた。彼はわざと大っぴらに、八時に家を出かけて、アリバイを作っておき、映画館から抜け出すと、誰にも気づかれないようにこっそり家に帰ってきた。もっともこれには、連れの情婦が自分を裏切らないという確信がなければできないはずです。明日、彼女をつかまえて、調べてみましょう」

「それで、彼はどうやって屋内に入ることができたのでしょう？」とポアロがたずねた。

「それはたしかに難問です」と、サグデンは認めた。「しかし、何か手があったのかもしれません。たとえば、女中の一人が彼のために、わざと脇戸の一つに鍵をかけないでおくとか——」

ポアロがからかうようにその眉を上げた。

「すると、彼は自分の生命を、二人の女の掌中にまかせたことになりますね？　一人の女でも、大きな危険をおかすことになるだろうに、二人の女に——さあ、わたしはちょっと異様すぎるように思いますね！」

サグデンは言った。

「あの種の犯罪者は、どんなことでもやりおおせられる、と考えるものですよ」

彼はつづけた。

「（2）に移りましょう。ホーベリーはそれらのダイヤモンドを盗った。彼は今夜それを家から持ち出して、ひょっとすると誰か共犯者の手に渡したのかもしれません。このほうが実行もきわめて容易で、可能性も大きいわけです。この場合には、他の何者かが偶然今夜を選んでリー氏を殺害したものと、見なければなりません。そして、その犯人はダイヤモンドの紛失したことなど全然知らなかったのかもしれません。

次に（3）の可能性——ホーベリーが潔白の場合。この場合は、もちろん他の誰かがダイヤモンドを盗り、あの老紳士を殺害したことになります。さあ、この中から、真実をつきとめることが、われわれに課せられた責任だと思いますね」

ジョンスン大佐はあくびをした。そしてふたたび自分の時計を見て立ち上がった。

「さて」と彼は言った。「今夜はこれで切り上げることにしようじゃないか？　だが、その前に例の金庫を一度調べたほうがいいぞ。もし、そのみすぼらしいダイヤモンドが、ずっとそこにあったとしたら、おかしなことになるからな」

しかし、それらのダイヤモンドは、やはり金庫の中にはなかった。三人はアルフレッド・リーが言ったとおり、死者の部屋着のポケットから取り出した小さなノート・ブックの中に組合せ文字《コンビネーション》を発見した。が、金庫から出てきたのは、空のセーム皮の袋だった。金庫の中に入っていた書類では、一つだけ興味をそそるものがあった。

それは、約十五年前の日付のある一通の遺書だった。各種の遺産や形見の品を列記した後に、その本文はきわめて簡単だった。シメオン・リーの資産の半分はアルフレッド・リーにいくことになっていた。そして残りの半分は、ほかの子供たち、すなわちハリー、ジョージ、デヴィッドおよびジェニファーの間で、平等に分けることになっていた。

第四部　十二月二十五日

1

クリスマスの真昼の明るい日光を浴びて、ポアロはゴーストン館《ホール》の庭内を歩いていた。館そのものは建築学的にいって何の特徴もない建物だったが、大きくて、がっしりしていた。

建物の南側には、刈りこんだイチイの生垣で側面をまもられた、広いテラスがあった。敷石道の割れ目には小さな草が生え、テラスに沿ってとびとびに石の流しにつくられた箱庭がならんでいた。

ポアロはおだやかな鑑賞的な眼差しでそれらをながめながら、心の中でつぶやいた。

「ほう、なかなかよく工夫されている《セ・ビアン・イマジネ・サ》！」

そのとき、はるかかなたに、二つの人影をみとめた。その二人は、二五〇メートルほど離れたところにある、風致に富んだ泉水のほうに向かって歩いていた。その一人がピラールであることはすぐわかった。が、もう一人の方は、最初スティーヴン・ファーかと思ったが、よく見るとハリー・リーだった。ハリーは彼の魅力的な姪にひどく親切なように見えた。ときどき、彼は頭をうしろにそらせて大声で笑い、それからふたたびいんぎんに彼女のほうへ顔を向けた。

「たしかに、悲しんでいない者がいる」と、ポアロはひとりごとを言った。

ふと背後に感じられた柔らかな物音が、彼を振り向かせた。マグダリーン・リーが、そこに立っていた。彼女もまた向こうへ行く男と女のうしろ姿に見入っていた。彼女は顔をこっちへ向けると、ポアロに向かってにこっと魅惑的な微笑をもらした。彼女は言った。

「なんて、すばらしいお天気でしょう！　誰だって、昨夜あんなおそろしい事件があったとは信じられませんわ。そうでしょう、ポアロさん？」

「本当ですな、奥さん」

マグダリーンはため息をついた。

「わたし、これまで一度も悲劇に巻きこまれたことはありませんでした。でも、ほんとに、やっと大人になりましたわ。考えてみると、あんまり長く子供でありすぎたのですわ――それは良くないことだった」

彼女はふたたびため息をついた。そして言った。

「ピラール、とても落ちついていますわね――あれがスペイン人気質というのかしら。とても変だわ、そうお思いになりません？」

「何が変なのです、奥さん？」

「彼女がだしぬけにここに現れたことですわ」

ポアロは言った。

「わたしは、リー氏がしばらく彼女の行方を探していたということを聞きましたよ。彼はマドリードの領事館や彼女の母親が死んだアリカラの副領事とも、そのことで通信をとりかわしていたようです」

「義父《ちち》はそのことをひた隠しにしていたのですわ」とマグダリーンは言った。「アルフレッドはそれについて何も知りませんでしたもの。リディアも知りませんでしたわ」

「ほう！」と、ポアロは言った。

マグダリーンはポアロのほうへ少しからだを近づけた。彼は彼女がつけている上品な香水の匂いをかぐことができた。

「ご存じでしょう、ポアロさん、ジェニファーの夫のエストラバドスに関してある噂があるのを。エストラバドスは結婚後まもなく死にましたが、そこに秘密があるのですわ。アルフレッドとリディアはそれを知っていますわ。わたし、その秘密というのはきっと――不名誉なことだろうと思いますの……」

「それは」とポアロが言った。「ほんとに悲しいことですね」

マグダリーンは言った。

「わたしの夫は――わたしも彼と同意見ですけれど――彼女の身元について家族の者はもっと知っていなければならなかったはずなのにと言っていますわ。結局、彼女の父親が犯罪者だとしたら……」

彼女は口をつぐんだ、が、ポアロは何も言わなかった。彼の心は、この冬のさなかにながめられるゴーストン館《ホーム》の中の美しい自然に強くひきつけられているようだった。

マグダリーンは言った。

「わたし、義父《ちち》の死に方に、何か暗示的なものが感じられてならないのですわ。それは――それは、あんまり非英国的だと思いますの」

エルキュール・ポアロは、ゆっくり振り向いた。彼のまじめな眼が、無邪気で詮索的な彼女の眼とぶつかった。

「ああ」と彼は言った。「あなたは、あのスペイン人が関係している、と考えられるのですね？」

「だって、彼らは残忍な国民でしょう？」と、マグダリーンは子供じみた訴えかたで言った。

「闘牛を見ればわかりますわ」

エルキュール・ポアロは、快活に言った。

「あなたのご意見では、エストラバドス嬢が彼女のおじいさんの喉を切ったと、そう言われるんですね？」

「おお、そうじゃありませんよ、ポアロさん！」と、マグダリーンはあわてて熱心に言った。彼女はショックを受けたらしかった。「わたし、そんなこと何も申しませんわ！ほんとに、何も申しませんわ！」

「そうですか」とポアロは言った。「そう言われれば、おっしゃらなかったかもしれません」

「でも、彼女が――そうね、なんとなく怪しい人間だとは、思っていますわ。たとえば、昨晩《ゆうべ》だって彼女があの部屋の床から何やら拾ったときの、あのコソコソしたやり口は――

―」

ポアロの声に急にちがった調子がしのびこんだ。彼は鋭く言った。

「彼女は、昨夜床から何か拾ったのですか？」

マグダリーンはうなずいた。彼女の子供じみた口が意地悪げに曲がった。

「そうですわ。わたしたちがあの部屋に入ると、すぐでした。彼女は誰かが見ていやしないかと、すばしっこくあたりを見まわしてから、それにとびついたのですわ。でも、警視さんがうまいぐあいに見つけて、彼女からそれを取り上げてしまいました」

「彼女が拾ったのはなんだったか、ご存じありませんか、奥さん？」

「いいえ、それがはっきり見えるほど近くにおりませんでしたから」マグダリーンは残念そうに言った。「何ですか、とても小さなものでした」

ポアロは眉をひそめた。

「それはおもしろい」と彼はつぶやいた。

マグダリーンが、いそいで言った。

「そうですわ。あなたはそれについてお調べになるといいと思いますわ。結局、わたしたちは、ピラールの育ちについても、彼女の生活がどのようだったかも、何も知らないのです。アルフレッドはふだんから疑うということを知らない人ですし、リディアもこういうことになるとのんきな人ですから」そして彼女はつぶやいた。「わたし、これから行って少しでもリディアの手伝いをしてあげたほうがいいかもしれない。書かねばならない手紙だってあるだろうから――」

彼女は陰険な微笑を口もとにうかべながら、彼のそばを離れた。

ポアロはひとりテラスの上に残って、じっと考えにふけっていた。

2

立っているポアロのそばへサグデン警視が近よってきた。警視の顔は憂鬱そうに見えた。彼は言った。

「おはようございます、ポアロさん。メリー・クリスマスを言うには、どうもふさわしくないようですな」

「やあ、親愛なる同僚《モン・シエル・コレーグ》、きみの顔色には喜びのかけらも見られませんね。きみがメリー・クリスマスと言ったとしても、わたしは『おたがいに』とは答えなかったでしょうよ」

「こんなクリスマスはもうこりごりですよ、まったくのところ」と、サグデンは言った。

「どうです、進行しましたか？」

「いろいろと要点を当たってみました。ホーベリーのアリバイは完全無欠ですよ。映画館の案内係は、彼が娘といっしょに入場するのを目撃した上、閉館と同時に彼がふたたび娘といっしょに出ていったのを、見たと言っています。また、途中で彼が映画館を抜け出さなかったことも、ほぼ確実のようです。相手の娘は彼が初めから終わりまでずっと彼女のそばを離れなかったと、はっきり誓言しました」

ポアロの眉が上がった。

「では、もう、言うことはないように思われますが」

「さあ、若い女は誰にもわからないですからね！　男のためにはむきになって嘘をつきますから」

「ほう、それは愛人としてあっぱれじゃないですか」と、エルキュール・ポアロが言った。

サグデンはうなった。

「そういう見方は困りますな。それは裁判の目的を阻害することになると思うのです」

エルキュール・ポアロは言った。

「人を裁くということは、じつに奇妙なものですよ。きみはそれについて考えてみたことがありますか？」

サグデンは相手をじっと見つめていたが、やがて言った。

「ポアロさん、あなたは変わった方ですね」

「いや、とんでもない。わたしはただ、論理的な一つの考え方をのべてみただけですよ。しかしこの問題について今議論するのはやめましょう。そこで、きみの信ずるところでは、その牛乳店にいるとかいう娘さんは真実を話さなかった、というのですね?」

サグデンは頭を振った。

「いや」と彼は言った。「そうではないのです。実際のところ、わたしも彼女は真実を話しているのだと思いますよ、彼女は単純なたちの娘ですから、もし嘘八百を言ったとしたら、すぐわかったはずです」

ポアロは言った。

「そう、きみはその道の経験者ですからね」

「そうですよ、ポアロさん、誰でも生涯のある期間、供述を取る仕事に従事したのちは、多かれ少なかれ、相手が嘘を言っているかそうでないかはわかるものです。わたしは、あの娘の証言は本物だと考えます。もしそうだとすれば、ホーベリーはリー氏の殺害犯人ではありません。そしてそのことは、当然われわれの注意を、ふたたびこの家の家族の上に呼びもどすことになります」

彼は深く息をすった。

「家族の一人がやったのですよ、ポアロさん。家族の一人がやったのですよ。しかし、はたして誰がやったのか？」

「新しいデータは何もないのですか？」

「電話の呼び出しを調べた結果、ちょっとした拾いものをしました。ジョージ・リー氏は、ウェスタリンガムを九時二分前に呼び出し、それから六分間ほど話していることがわかったのです」

「ははあ！」

「そうなんですよ！　その上、ほかには誰も電話をかけた者がないことも、わかりました——ウェスタリンガムへはもちろん、ほかのどこへもね」

「たいへん、おもしろいじゃないですか」とポアロは賛成した。「ジョージ・リー氏は、頭上の騒ぎを聞いたのは、ちょうど電話をかけ終えたところだった、と言いましたね——ところが、実際はその約十分前に通話を終えていた。その十分間、いったいジョージ・リー氏は、どこにいたか？　またジョージ・リー夫人も自分は電話をかけていた、と言う——だが、実際は、彼女は全然電話をかけていなかった。すると、彼女はどこにいたか？　ということになりますね」

サグデンが言った。

「わたしはさっき、あなたが彼女に話しているのを見ましたが、ポアロさん？」

彼の声は質問の調子をおびていたので、ポアロは答えた。

「きみはまちがいをおかしていますよ！」

「えっ？」

「わたしは彼女と話してはいませんよ――彼女がわたしと話していたんです」

「おお――」サグデンはその違いを無視しようとしていらいらしているようだったが、あきらめて言った。

「彼女の方からあなたに話しかけた、とおっしゃるんですね？」

「そのとおり。彼女はその目的でここへやってきたのですよ」

「何を話さなければならなかったのでしょうか？」

「彼女はある点を強調したかったのですよ。すなわち、こんどの犯罪の非イギリス的性格――エストラバドス嬢の父親側に好ましくない素性があるらしいこと――エストラバドス嬢が昨夜床の上からこっそり何かを拾ったということ、などをね」

「彼女がそんなことをあなたに話したのですね？」

「そう。あの娘《セニョリータ》さんが拾ったというのは、何ですか？」

サグデンはため息をついた。

「単なる当て推量なら、いくらでもできるんですがね！　まあ、現物をお見せしましょう。探偵小説ならこいつが全部の謎を解いてくれるのでしょうか。もしあなたがこいつから何かを引き出せたら、わたしは警察をやめてしまいますよ！」

「見せてください」

サグデンは、ポケットから一枚の封筒を取り出すと、そのなかみを自分の手のひらにあけた。彼の顔はにやにや笑っていた。

「これです。あなたはこれをどう考えますか？」

警視の大きな手のひらに、ピンクの小さな三角形のゴムの切れっぱしと小さな木製の釘とがのっていた。

ポアロがそれらをつまみ上げて顔をしかめると、警視のにやにや笑いはいっそうひろがった。

「これらを、なんと考えますか、ポアロさん？」

「この小さなゴム切れは、スポンジ・バッグから切りとったものらしいですね」

「そうなのです。リー氏の部屋の携帯用洗面道具入れから切りとったものですよ。誰かがよく切れるハサミで三角形に切りとったのです。もしかするとリー氏自身がやったのかもしれませんが、ではなぜ、彼がそんなことをやったのかとなると、皆目見当がつきません。ホーベリーにもこの謎はとけませんでした。木釘のほうは、大きさから考えるとクリベイジ（トランプ・ゲームの一つ）の点取りにつかう木の棒のようにも思えますが、クリベイジの棒は普通象牙で作られているのに、これはモミの木をけずってつくったものですね」

「じつに珍しいものだ」と、ポアロはつぶやいた。

「お入用なら、お持ちください」と、サグデンは親切に言った。「わたしはいりませんから」

「きみ《モナミ》、せっかくきみが持ってるものを、取るのはやめましょう」

「あなたにも役に立ちませんか？」

「白状します――何にもならないですね！」

「いや、結構！」と、サグデンは皮肉たっぷりに言って、それらの品を自分のポケットに返した。

「さあ、話をすすめましょう」

ポアロは言った。

「ジョージ・リー夫人は、あの若いレディーがあたりに気をくばりながら、こっそりかがんでそれらの品を拾ったと言っていましたが、ほんとですか？」

サグデンは、ちょっと考えこんでいたが、

「さあ」と、ためらいながら言った。「わたしは、そこまでは考えませんね。彼女は罪を犯しているというふうには見えませんでしたよ——そんなふうには少しも見えませんでした——むしろ彼女は——すばやくではあったが、落ちついて——それをやりました——わたしの言う意味はおわかりでしょうね？　もちろん、彼女はわたしが見ていることは知りませんでした！　それは確かです。ですから、わたしが声をかけたら、彼女はびっくりしましたよ」

ポアロは考えこみながら言った。

「では、理由は？　しかし、考えられる理由が何かあるだろうか？　あの小さなゴム切れは、まだ真新しく、なんの目的にも使われたものでないことは、明らかだ。そんなものになんの意味もあろうとは思えない。しかも——」

サグデンはこらえかねて言った。

「ポアロさん、お望みなら、そのことで頭を悩まされるのも結構ですが——でも、わたしには、ほかにもっと考えなければならないことがたくさんあるのですがね」

ポアロはたずねた。

「事件の見通しは、どうなんです、きみの意見では？」

サグデンは、ノートを取り出した。

「事実を検討してみましょう。まず、犯罪に関係し得なかった者がいます。それをのぞいていきましょう――」

「それは――？」

「まず、アルフレッドとハリー。この二人には、明白なアリバイがあります。またアルフレッド・リー夫人も、あの騒ぎの起きるほんの一分ほど前に、トレッシリアンが客間でその姿を見ていますから問題はありません。この三人ははっきりしています。問題はほかの連中ですが、彼らについては、こんなふうにリストを作ってみました」

彼はそのノートをポアロに渡した。

	犯行時の所在
ジョージ・リー	？
ジョージ・リー夫人	？
デヴィッド・リー	音楽室でピアノを弾いていた（彼の妻により確認）
デヴィッド・リー夫人	音楽室にいた（彼女の夫により確認）
エストラバドス嬢	彼女の寝室にいた（確認なし）

スティーヴン・ファー　舞踏室で蓄音機をかけていた（使用人室でその音を聞いた三人の召使により確認）

ポアロはそのリストを返しながら、言った。

「そこで？」

「そこで」とサグデンは言った。「ジョージ・リー夫人もできたはずです。ピラール・エストラバドスもできたはずです。またデヴィッド夫妻も、どちらか一方がやろうと思えば、あの老人を殺すことができたでしょう。ただし二人いっしょにではなく――」

「すると、きみはこのアリバイは認めないのですね？」

サグデンは、強く頭を振った。

「断じて！　夫と妻は互いに献身的ですからね！　彼らは二人で共謀して罪を犯すかもしれませんし、そうでなくとも、どっちか一方が罪を犯した場合には、他方は進んでそのアリバイをでっち上げるでしょう。わたしはこう見ています――誰かが音楽室でピアノを弾いていた。デヴィッド・リーだったかもしれません。彼は音楽家として知られていますから、たぶんそうだったでしょう。が、彼の妻もそこにいたという証拠は何もないのです――彼ら夫婦の言葉以外には。同様に、ピアノを弾いていたのは、じつはヒルダ・リーのほうで、その間にデヴィッド・リーが二階にしのんでいって父親を殺したのかもしれない、という推定も成り立ちます。これは、食堂にいた二人の兄弟の場合とは絶対にちがったケースですよ。アルフレッドとハリーは、互いに愛し合ってはいなかった。ですから、どちらも相手のために偽証するようなことはしないにちがいありません」

「スティーヴン・ファーについては？」

「彼も容疑者の可能性があります。というのは、あの蓄音機のアリバイは少し薄弱だからです。もっとも、この種のアリバイは十中八、九まで前もって偽造された、鋳鉄のごとく堅固なアリバイよりも、実際は健全なものですがね！」

ポアロは考えぶかく頭を下げた。

「あなたの言う意味はよくわかります。それは、このようなものを準備しておく必要が生じようなどとは、夢にも思わなかった人間のアリバイですね」

「まったくですよ！　とにかく、わたしは、外部の人間がこの事件に関係しているとは信じませんね」

ポアロはすぐ答えた。

「わたしも同意見です。これは家族的事件ですよ。そこには血の中にはたらく毒素――深く根ざした、内在的なものがある。憎悪と熟知があるように思う……」

そう言いかけて、彼は手を振った。

「どうもわからない――むずかしい！」

サグデン警視はいんぎんに、しかしたいして感動も受けずに待っていたが、言った。

「まったくです、ポアロさん。しかし、われわれは、おそれることなく、削除と論理をもって進めば、解決に到達することも困難ではないでしょう。われわれはすでに、いくつかの可能性――機会を持った人々が――わかりました。ジョージ・リー、マグダリーン・リー、デヴィッド・リー、ヒルダ・リー、ピラール・エストラバドス、それに、スティーヴン・ファーも加えていいでしょう。ところで、次は動機です。リー老人をこの世からのぞかなければならぬ動機を持っていたのは誰か？　ここでふたたびわれわれは、ある人々を除外することができます。たとえば、エストラバドス嬢がその一人です。というのは、こんど残された遺書では、彼女の手には一文の遺産もいかないはずだからです。もしシメオン・リーが彼女の母親よりも早く死んでいたら、彼女の母親の分け前は彼女のものになったでしょうが（母親が遺言して他にそれを与えないかぎり）、実際はジェニファー・エストラバドスのほうが、シメオン・リーよりも先に死んでしまったので、彼女の母親に来るはずの遺産は、当然家族の他の人々の手に逆もどりするわけです。そこで、エストラバドス嬢としては、老人を生かしておくことが、決定的に必要だったはずです。老人は彼女がお気に入りでしたから、彼が新しい遺書をつくる場合にはかなりの額の遺産が彼女に残されることは、ほぼ確実だからです。こう見てくると、彼女は老人の死によって、あらゆるものを失い、かつ何の得るところもない人間だということになります。賛成していただけますか？」

「ええ、完全に」

「もちろん、彼女が口論からかっとなって、老人の喉を切るという可能性は残っていますが、しかしわたしには、それはまったくありそうもないことに思えるのです。まず、二人は非常に仲がよかった。そして彼女は、ここに来てからまだいくらもたっていないので、何ごとについても彼に恨みを抱くには至らなかったにちがいありません。したがって、エストラバドス嬢がこの犯罪に多少とも関係があるとは、どう考えても、思えないのです――もっとも、あなたのお友達のジョージ夫人のように、男の喉を切ることが非イギリス人的なやり方だ、とお考えになるなら、別ですが――」

「彼女をわたしの友達だなどと呼ばないでください」と、ポアロはいそいで言った。「さもないと、わたしも、きみのことをとてもハンサムだと言ったエストラバドス嬢を、きみの友達だと言うことにしますよ」

ポアロは、警視がふたたびその役人らしい落ちつきを失って取り乱したのに興をおぼえた。警視はたちまち真っ赤になった。ポアロはそれを意地悪くおもしろそうにながめた。

彼はそれでもまだもの足りないような調子で言った。

「まったく、きみのひげは素晴らしいですよ……教えてください、何か特別のポマードを使っているのですか？」

「ポマード？　とんでもない。そんなもの使ってやしませんよ！」

「何を使っているんです？」

「使う？　何も使ってやしませんよ。これは――これは自然にのびたんです」

ポアロはため息をついた。

「きみは生まれつき恵まれているんですね」彼は自分のみごとな黒いひげをなでてから、ふたたびため息をついた。「調髪剤というやつは、どんな高いものを使っても」と彼はつぶやいた。「どうしても毛の質をそこなうことになるんでね」

サグデン警視は調髪問題には興味がないらしく、無関心な態度で話を進めた。

「こんどの犯罪の動機を考えると、わたしはスティーヴン・ファー氏も除外できそうに思うのです。彼の父親とリー氏との間に何かいざこざがあって、彼の父親のほうがひどい目に遭ったというようなこともあり得ないことではありませんが、わたしはそうは思いません。というのは、彼がこの問題について述べたときの態度はじつに自由闊達で確信にみちていたからですよ。わたしは、彼がやったと思いませんね。いや、われわれがそこから何か発見できるとは、思いませんよ」

「わたしも、きみが発見できるだろうとは思いませんよ」とポアロは言った。

「なお、老人を生かしておきたいという動機を持った人間が、もう一人ここにいます――リー氏の息子のハリーです。彼は現在の遺書によっても利益を受けますが、彼がそのことに気づいていたとは、考えられません。少なくとも、その確信はなかったにちがいありません！　みんなの受けた印象も、ハリーは家出したとき、確実にその遺産の分け前を失ったものと見ていたからです。けれども、こんど帰ってきた彼は、ふたたび昔の寵愛を取りもどそうとしていました！　彼の父親が新しい遺書をつくろうとしていたことも、彼には非常に有利だったわけです。その彼が、今父親を殺すなどというばかなことをやるはずはありません。もっとも、われわれが知っているとおり、彼は殺そうとしても、事実できなかったですがね。では、先に進みましょう。道をふさいでいるたくさんの人間を次々とのぞいていきましょう」

「なるほど。そうすると、まもなく一人も残らなくなりますよ！」

サグデンはにやっと笑った。

「そんなに早くは進みませんよ！　われわれはすでにジョージ・リー夫妻とデヴィッド・リー夫妻を容疑者にしました。彼らはいずれも父親の死によって利益を受ける連中ですが、このうちジョージ・リーは、金銭に対して貪欲である上に、父親が彼への手当の額を切り下げるといっておどかした事実があります。したがって、ジョージ・リーには動機と機会とを二つながら持っているわけです！」

「つづけてください」とポアロは言った。

「次はジョージ夫人ですが、彼女の金をほしがること、猫のクリームをほしがるがごとし。わたしは賭けてもいいですが、彼女はいま多額の借金を背負いこんで苦しんでいるにちがいありません！　彼女はあのスペイン娘をそねみました。彼女はほかの者が老人を支配しようとしていることをすばやくかぎつけたのです。おりもおり、彼女は老人が弁護士に電話をかけているのを聞きました。そこですばやく老人をやっつけた。あり得ることでしょう」

「ひょっとしたらね」

「次にデヴィッド・リー夫妻がいます。彼らも現在の遺書で遺産の分け前にあずかることができますが、しかし彼らには、こうした金銭的動機が強くはたらいているとは、信じられません」

「そうじゃない、というんですか？」

「ええ。デヴィッド・リーは、どちらかというと夢想家タイプの男で――金銭欲の強いタイプではありません。彼は――そうですね、少し変人のほうです。わたしの見るところでは、こんどの殺人には、三つの可能な動機があると思います。第一はダイヤモンドにまつわるいざこざ、第二は遺書、それから第三は――明白な憎悪です」

「ほう、きみもそう見ているんですね？」

「当然です。それは初めからわたしの頭にあったことです。ですから、もしデヴィッドが父親を殺したとしても、それは金のためではないと思います。そして、彼が犯人だとすれば、それは――あの流血の謎を説明することになるかもしれません！」

ポアロは、感心したように警視をながめた。

「そう。わたしはきみがいつそれを考慮に入れるだろうか、と思っていたのですよ。あんなにたくさんの血――これはアルフレッド夫人の言った言葉ですが――まったくそれは、古代の儀式を――血の犠牲《いけにえ》を――思い起こさせずにはおかないですよ……」

サグデンは、眉をひそめて言った。

「すると、狂人の仕業だとおっしゃるのですか？」

「ねえ、きみ《モン・シエール》——人間には自分では気づかないけれど、あらゆる種類の本能がひそんでいるものです。血に対する渇望——犠牲に対する要求！」

サグデンは、疑わしげに言った。

「デヴィッド・リーは、しずかな、害意のない人間のように見えますがね」

ポアロは言った。

「きみは心理学を理解していませんね。デヴィッド・リーは過去に生きる男——今でも心の中に母親の記憶がまざまざと生きている男です。彼は、母親に対する父親の仕打ちを許すことができずに、長年父親から離れていた。こんどそれを許すために、ここに帰ってきたものと、仮定しましょう。しかし、彼はおそらく許すことができなかった！……われわれは、次の一事を知っています——デヴィッド・リーが父親の死体のそばに立ったとき、彼の心のある部分は、慰めと満足を感じた。〝神のひき臼はまわるのがのろいけれども、どんな小さな粒ものがさない〟天罰！　応報！　悪はその罪を償うことによってはじめて拭い去られる！」

サグデンは、とつぜん身ぶるいをして言った。

「そんなふうに言わないでください、ポアロさん。混乱しますから。そりゃあなたのおっしゃるとおりかもしれません。しかし、もしそうなら、デヴィッド夫人は知ってるでしょうから――あらゆる手段を講じて彼をかばおうとするでしょう。しかし、彼女がそんなことをしているとは思えませんね。といって、彼女が殺人を犯したともちろん想像できません。彼女はあんなに気持ちのいい、平凡なタイプの女ですからね」

ポアロは不思議そうに警視をながめた。

「きみには、彼女がそんなふうに見えるのですね？」と、彼はつぶやいた。

「ええ、そうです――わたしのいう意味は、地味なありふれた女だ、ということですよ！」

「おお、それならよくわかります」

サグデンは彼を見た。

「さあ、ポアロさん、あなたにも、事件について何かお考えがあるでしょう。それを聞かせてください」

ポアロはゆっくり言った。「ええ、わたしにも考えはあります。でも、まだはっきりしないのです。で、まず、きみの要約した事件の概要を聞かせてくれませんか」

「それは今も言ったとおり――これには三つの可能な動機が存在します。憎悪と、利欲と、ダイヤモンドに関するいざこざ。ひとつ時間的に順序を追って事実を考えてみましょう。

三時三十分。家族集合。リー老人と弁護士との通話を家族全員が漏れ聞く。それから、老人は家族たちに勝手なことを言った上、一同に出ていくように告げる。みんなはおびえた兎のようにこそこそと引きさがる」

「ヒルダ・リーだけがあとに残った」とポアロが言った。

「そう、彼女だけが残った。が、それも長くはなかった。六時ごろ、アルフレッド、父親と会見する——不愉快な会見。ハリーが家に帰ることになったのをアルフレッドは喜ばない。この点で、アルフレッドは主要な容疑者たる資格がある。というのは、彼には最強の動機があったからです。けれども、ことなくすんで、次にハリーがやってくる。粗暴な気質の男だが、自分の思うとおりに老人の心をつかんでしまう。ところで、これら二人の人物と会見する前に、シメオン・リーはダイヤモンドの紛失を発見し、そのことをわたしに電話で知らせてきました。だが、彼はこのダイヤモンド紛失の一件を二人の息子のどちらにも話していません。なぜか？　わたしの考えでは、老人はこの二人のどちらも、この事件には関係がないと確信したからでしょう。つまり、二人ともまったく嫌疑の外におかれていたわけです。わたしは、初めから言っているように、老人が疑いをかけていたのは、ホーベリーともう一人の人物だった、と信じます。またわたしには、老人が何をしようとしていたかも、はっきりわかります。その晩、老人は誰にも部屋へ来ないようにと言い渡しました。なぜか？　彼は二つのことを予定していたからです。第一は、わたしの訪問。第二は、例のもう一人の被疑者の訪問。彼は家族のうちのある人物に、夕食後ただちに彼の部屋へ来るように言ったにちがいありません。ところで、その人物とは誰だったか？　ジョージ・リーだったかもしれません。あるいは、彼の妻だったかもしれません。それからここに、もう一人われわれの心にうかび上がってくる人物があります——ピラール・エストラバドスです。老人は彼女にそれらのダイヤモンドを見せた。またその価値についても話した。彼女が窃盗犯人でないと、どうして断言できましょう？　彼女の父親の恥ずべき行為に関するあの不可解な風聞を思い出していただきたい。ひょっとすると彼女の父親は職業的な泥棒で、最後には刑務所入りをしたのかもしれませんよ」

　ポアロはゆっくり言った。

「そういえば、なるほど、ピラール・エストラバドスがうかび上がってきますね……」

「そうですよ——窃盗犯人として。彼女はそれを看破されたとき、かっとなって祖父にとびかかり、彼を打ちのめしたのかもしれません」

　ポアロはふたたびゆっくりと言った。

「ありそうなことですね――なるほど……」

サグデン警視は鋭くポアロを見た。

「しかし、あなたの考えはちがうんでしょう？　さあ、ポアロさん、あなたの考えはどうなんです？」

ポアロは言った。

「わたしはいつも同じことにもどっていきます――死者の性格。つまりシメオン・リーは、どんなふうな男だったか？　ということに」

「それについてはたいしてなぞはないでしょう」と、サグデンはじっと見つめながら言った。

「では、話してください。つまり、あの男についてわかっていることを、地元的な見地から話してみてくれませんか」

サグデン警視はあいまいに指先であごをなでた。彼はちょっと当惑したようだったが、やがて言った。

「わたし自身地元の人間じゃありませんのでね。じつをいうと、隣の州の――リーヴシャーから来たものですから。でも、もちろんリー老人はこの地方の名士の一人ですから、噂を通じてたいていのことは知っています」

「そうですか？　で、その噂というのは――どんなことですか？」

　サグデンは言った。

「彼は抜け目のない鋭い男で、彼の上手《うわて》に出られる人間は、少なかったようです。しかし、金には大まかでもの惜しみしませんでした。彼の息子でありながら、ジョージ・リー氏がどうして、あんなに正反対な性質であるのか、わたしには不思議でなりません」

「ああ！　でも、この一家には二つのちがった血統が流れているのですよ。アルフレッドとジョージとデヴィッドは似ています――少なくとも表面上は――そして彼らは家族のうちでも母方に属するのです。わたしは今朝、この家の画廊《ギャラリー》で何枚かの肖像画を見て、知りました」

「彼は短気でした」とサグデン警視はつづけた。「それに女の問題では評判がよくありませんでした――むろん、それは若いころの話で、最近はずっと病床についていましたから、問題はありません。しかし、そのころでも、彼は常に気前よくふるまい、トラブルが起きた場合には、いつもきれいに金を支払って女と手を切りました。彼は悪い男だったかもしれませんが、けちな男ではなかったようです。彼はその細君を虐待し、いつもほかの女ばかりを追いまわして、彼女のことを顧みませんでした。彼の細君は、世間の噂では、悲嘆のあまり死んだのだといわれています。いずれにしても、彼女がたいへん不幸な、気の毒な女だったことは事実のようです。そして、リー氏が奇妙な性格だったことも疑いを容れません。また彼には、執念ぶかい一面があって、もし誰かからひどい仕打ちを受けた場合には必ず仕返しをし、そのためにはどんなに長い年月でも辛抱強く待った、ということです」

「〃神のひき臼《うす》はまわるのがのろいけれども、どんな小さな粒ものがさない〃」と、ポアロはつぶやいた。

サグデン警視は重々しく言った。

「地獄のひき臼《うす》も、たぶんそうでしょう！　シメオン・リーには聖人らしいところは爪の垢《あか》ほどもありませんでした。あなたは言われるかもしれません。彼のような男こそは、その魂を悪魔に売り、その取引を楽しんだ男だ、と。しかも、彼はそういう自分に誇りを持っていました、魔王のごとき誇りを」

「魔王のごとき誇り！」とポアロは言った。「きみの言うことは暗示に富んでいますね……」

サグデン警視は困ったような顔をして言った。

「あなたは、彼が誇りを持っていたために殺された、とおっしゃるんではないでしょうね？」

「わたしのいう意味は」とポアロは言った。「遺伝のようなものがあるということです。シメオン・リーは、その誇りを息子たちに伝えたのです——」

彼はそこでぷつっと言葉を切った。ヒルダ・リーが家から出てきて、テラスを見まわしながら立っていた。

3

「ポアロさん、あなたをお探ししていたところです」

サグデン警視が失礼、と断って、家の中へ引き返していくのを見送りながら、ヒルダは言った。

「あの人があなたといっしょだったとは、存じませんでしたわ。あの人はピラールといっしょだとばかり思っていました。たいへん思いやりのある、親切な方らしいですね」

彼女の声は低いなめらかな調子で、気持ちがよかった。

ポアロはたずねた。

「わたしを探していたと、おっしゃいましたね？」

彼女はうなずいた。

「ええ、助けていただきたいと思いまして」

「喜んでいたしましょう、奥さん」

彼女は言った。

「あなたはたいへん理解力のある方でいらっしゃいます、ポアロさん。昨晩わたしはそれを知りました。あなたならたやすく答えを見つけてくださるだろうと思うことがあるのです。ひと口で申せば、わたくしの夫を理解していただきたいのですわ」

「それで、奥さん？」

「わたくし、サグデン警視には、こんなことを話したくありませんでした。あの人は理解してくれないでしょう。でも、あなたなら、わかってくださるにちがいありません」

ポアロは頭を下げた。「光栄です、奥さん」

ヒルダは、落ちついてつづけた。

「わたくしの夫は、結婚以来長い間、精神的障害とでも申すほかはないような状態をつづけてきました」

「ほう！」

「人が何か肉体的に大きな傷害を受けますと、それはショックと苦痛を引き起こしますが、しかしだんだんそれは快方に向かい、肉も癒え、骨も癒着します。そしてたぶん、多少の肉体的な弱りとかすかな傷あとは残るかもしれませんが、ほとんど回復するにちがいありません。ところが、ポアロさん、わたくしの夫は、最も感じやすい年ごろに精神的に大きな傷害を受けました。彼は敬慕していた母親の死に出会ったのです。この母の死に対しては父に道徳上の責任があると、夫は信じました。そしてそのショックから彼はとうとう回復することができませんでした。同時に父に対する彼の憤りもついに消えませんでした。そのデヴィッドを説いて、父と和解させるためにここへつれてまいったのは、わたくしでした。わたくしは——夫のために——それをほっしたのです。つまり、夫の精神上の傷をなおしたかったのです。けれども、すぐわたくしはここへ来たことがまちがいだったことをさとりました。シメオン・リーはその古傷をえぐることによって、自分を楽しませようとしたのです。それは——たいへん危険なことではなかったでしょうか……」

ポアロは言った。「奥さん、あなたは、あなたのご主人が自分の父親を殺した、とおっしゃりたいのですか？」

「わたくしは、ポアロさん、夫は容易にそれをやったかもしれない、と申しておるのです……同時に、これこそあなたに申し上げておきたいのですが——夫はやらなかったのです！　シメオン・リーが殺されましたとき、夫は〈葬送行進曲〉を弾いておりました。殺したいという希望が彼の心にあったことは、たしかです。けれども、それは彼の指の間から抜け出し、音の波の中に消え去ってしまいました――それが真相でございます」

ポアロは一、二分間、黙っていた。それから彼は言った。

「ところで、奥さん、その過去のドラマについて、あなたはどんな評決をくだしますか？」

「シメオン・リーの妻の死のことをおっしゃっているのですか？」

「そうです」

ヒルダはゆっくりと言った。

「わたくしも多少人生を見てまいりましたので、あなたがどんな事件に対してもその表面的な理非曲直だけで判断をおくだしにならないということはわかります。外観的には、どこから見ても、シメオン・リーは責を負うべきであり、彼の妻に対する仕打ちは言語道断だと申してよろしいでしょう。けれども、それと同時に、世の中には殉教癖というべき従順の一種が存在し、それがかえってあるタイプの男たちの中に最悪の本能を呼びおこすものだということも、信じないわけにはいきません。わたくしの考えでは、シメオン・リーは精神と性格の力を賛美したにちがいありません。そして彼は、単に忍耐と涙にじりじりさせられたのだと思います」

ポアロはうなずいた。そして言った。

「あなたのご主人は、昨夜、『母は決して不平を言わなかった』と言われましたが、それはほんとですか？」

ヒルダ・リーは、もどかしげに言った。

「もちろん、そんなことありませんわ！　義母《はは》は始終デヴィッドに不満を訴えました！　義母《はは》は、自分の不幸の重荷を、デヴィッドの両肩に負わせたのです。でも、デヴィッドは幼なすぎました――彼女が彼に負わせる全部にたえるには、あまりに幼なすぎました！」

ポアロは考えぶかく彼女を見つめた。ヒルダは彼の凝視にぱっと顔を赤らめ、唇をかんだ。

ポアロは言った。

「わかります」

彼女は鋭く言った。

「何がおわかりになったのですか？」

ポアロは答えた。

「あなたは妻でありたいと思われるときも、ご自分の夫に対し母親でなければならなかった——わたしにはそのことがよくわかったのです」

彼女は顔をそむけた。

そのとき、デヴィッド・リーが家から出てきて、テラスを二人のほうへ近づいてきた。彼は遠くから言葉をかけた。その声は明るい喜びの調子をふくんでいた。

「ヒルダ、すばらしい日じゃないか？　冬というのにまるで春のようだね」

彼はだんだん近づいてきた。頭をそらし、美しいまき毛を額に垂らし、その青い眼もかがやいていた。彼はおどろくほど若々しく、まるで子供のように見えた。その様子には、青年らしい熱気と屈託のない明るさがあった。エルキュール・ポアロは思わず息をのんだ……。

デヴィッドは言った。「あの湖のほうへおりていってみようじゃないか、ヒルダ」

ヒルダは微笑して、その腕を彼の腕にからめ、二人いっしょに歩きだした。ポアロが二人のうしろ姿を見送っていると、彼女は振り返ってちらっと彼のほうを見た。ポアロは、瞬間その眼差しに不安の影が——あるいは恐怖だったのだろうか？——ひらめいたのを見のがさなかった。

エルキュール・ポアロはゆっくりとテラスのもう一方の端へ歩いていった。彼はひとりごとを言った。

「いつも言ってるように、わたしは聴罪師に見えるらしい！　ところで、女は男よりもひんぱんに告白に来るものと見え、今朝もわたしのところにやってきたのは、女ばかりだ。まもなくまた、別のが現れるのではないかな？」

彼がテラスの端で向きを変え、ふたたびもとの方向へ歩きだしたとき、彼は今つぶやいたばかりの疑問にもう答えが出ているのを知った。リディア・リーが彼のほうへ近づいてきていた。

4

リディアは言った。

「おはようございます、ポアロさん。トレッシリアンから、あなたはハリーとごいっしょだと聞きましたが、おひとりで何よりでしたわ。夫があなたのことをお噂しておりました。夫はあなたに、何かお話ししたがっているようでした」

「ほう！　そうですか？　ではさっそくまいりましょうか？」

「今すぐではないほうがよろしいのです。夫は昨夜一睡もいたしませんでしたので、とうとうさっき強い睡眠薬を飲ませたのです。まだよく眠っておりますから、なるべくなら起こしたくないのでございます」

「よくわかりました。それはたいへん賢いご処置でした。昨夜はずいぶんショックが大きかったようでしたからね」

彼女は真剣な調子で言った。

「おわかりくださると思いますが、ポアロさん、夫は本当にほかの誰よりも心を痛めているのでございます」

「わかります」

彼女はたずねた。

「あなたにしても——警視さんにしても——誰がいったいこんなおそろしいことをやったのか、それについて見当がつきましたか？」

ポアロは慎重に言った。

「奥さん、われわれは、誰がやらなかったかということについてはある意見を持っています」

リディアは、もどかしげに言った。

「まるで悪夢のような気がいたしますわ――なんて奇怪な――とても本当にあったことは、信じられませんわ！」

彼女はつけ加えた。

「ホーベリーはどうなんでしょうか？　彼が申しますように、ほんとに映画館にいたのでございましょうか？」

「そうなんです、奥さん。彼の申し立てはいちいち実際にあたって調べてみましたが、言っていることは本当でした」

リディアは立ちどまって、イチイの葉を少しむしり取った。その顔はいくぶん蒼ざめていた。彼女は言った。

「でも、それはおそろしいことですわ！　残るのは――家族だけ、ということになりますね！」

「確かに――」

「ポアロさん、わたくし、そんなこと信じられませんわ」

「奥さん、あなたはそれを信じることができるはずですし、また信じていらっしゃるはずです！」

彼女はそれに抗議しようとしたらしかったが、とつぜん、悲しげに微笑して言った。

「人間てなんて偽善者なんでしょう！」

ポアロはうなずいた。

「もしあなたが率直に打ち明けてくださるなら、奥さん」と彼は言った。「あなたは、あなたのお義父《とう》さんを殺したのがその家族の一人にちがいないということが、きわめて自然に思われることをお認めになるはずですが」

リディアは鋭く言った。

「それはほんとに、異様なことではないでしょうか、ポアロさん！」

「そうです。しかし、すでに、あなたのお義父《とう》さんが異様な方でした！」

リディアは言った。

「かわいそう老人！　わたくしはいま初めて、義父《ちち》のことを気の毒に感ずることができますわ。あの人は、生きていたときは、言葉に言いつくせないほどわたくしを悩ましたものですが！」

ポアロは言った。

「お察しします！」

彼は石の流しにつくられた小庭園の一つにかがみこんだ。

「ほう、これはとても精巧なものですな。とてもおもしろい」

「あなたのお気に召してうれしいですわ。これはわたくしの道楽の一つですの。この、ペンギンと氷をあしらった北極風景がお気に入りましたか？」

「じつにチャーミングですね。それから、これは何ですか？」

「ああ、それは死海ですの——まだ製作途中なのです。完成しておりませんから、ごらんになってはいけません。それから、これはコルシカのピアナのつもりです。そこの岩はピンクで、それが青い海の中に半分姿を没しているところが、とてもかわいらしいでしょう。この砂漠風景は少し変ですわね？」

彼女はポアロをつれて歩いた。二人が向こうの端に着いたとき、リディアは腕時計をちらっとながめた。

「アルフレッドが眼をさましたかどうか、ちょっと見てまいります」

彼女が行ってしまうと、ポアロはふたたび死海を表した箱庭のところへゆっくりと引き返した。彼は非常な興味を持って、それをながめた。それから、そこの小石を少し手ですくって、指の間からサラサラと落とした。

とつぜん、彼の顔色が変わった。彼はそれらの小石をもう一度拾い上げると、顔に近づけた。

「ううん！」と彼はうなった。「こりゃ意外だ！　いったい、これはどういうことなんだろう?」

第五部　十二月二十六日

1

ジョンスン警察本部長とサグデン警視は、ポアロを疑わしげに見つめた。ポアロはそれらの小石をふたたび小さなボール箱に注意して流しこむと、それをジョンスン大佐の前に押しやった。

「そうなんです」と彼は言った。「まさしく、問題のダイヤモンドなんです」

「どこで見つけたって？　庭園？」

「アルフレッド・リー夫人がつくった小庭園の一つでです」

「アルフレッド・リー夫人ですって？」サグデンが頭を振った。「そんなふうには思えませんがね」

ポアロは言った。

「きみのいう意味は、アルフレッド夫人が老人の喉を切ったとは思えない、というのでしょう?」

サグデンはいそいで言った。

「彼女がそれをやらなかったことは、すでにわかっています。わたしの言うのは、彼女がこれらのダイヤモンドを盗んだとは思えない、ということです」

ポアロは言った。

「誰だって、まさか彼女が泥棒だとは簡単に信じないでしょうよ」

サグデンは言った。

「誰でもそこへかくそうと思えば、かくせますからね」

「それは本当です。ことに、その小庭園――死海を表した箱庭――に、たまたま形も外観もそっくりな小石があったのは、好つごうだったわけです」

サグデンは言った。

「すると、彼女は前もってそういうふうに、それをつくっていた、と言われるんですね? 準備していたのだろうか?」

ジョンスン大佐が熱心に言った。

「そんなこと、すぐには信じられんね、すぐには。それにまず第一に、なぜ彼女はダイヤモンドを盗ったのだろう?」

「そうですね、それについては――」と、サグデンがゆっくり言いはじめた。

と、ポアロがすばやく口をはさんだ。

「それには、こういう答えも成り立つでしょう。彼女はわざと殺人の動機をほのめかすために、ダイヤモンドを盗んだ。つまり、彼女は積極的には犯行に関係しなかったけれど、殺人が行なわれようとしていることを、知っていた――」

ジョンスンは眉をしかめた。

「それはちょっと、理屈に合わんよ。きみは彼女を共犯者に仕立てようとしているらしいが――いったい誰の共犯者だと言うのかね? 彼女の夫の共犯者かね? しかし、すでにわかっているように、アルフレッドはこの殺人にはまったく関係がないのだから、その理論は全然失敗だね」

サグデンは反射的にあごをなでた。

「それはそうです」と彼は言った。「もしアルフレッド夫人がダイヤモンドを盗ったとすれば――それは大いに疑問ですが、仮りに盗ったとすれば――それは明らかに盗みが目的だったにちがいありません。そして、犯人の追跡が一段落するまで、それをかくしておく場所として、あらかじめその小庭園をこしらえておいたのかもしれない、ということも考えられるでしょう。もう一つの可能性は、偶然の一致ということです。つまり、ダイヤモンドに似た小石のあるその小庭園が、たまたま宝石泥棒に――それが彼であろうと彼女であろうと――理想的なかくし場所を提供した、ということです」

ポアロが言った。

「それは確かに可能なことです。わたしもつねに一つだけは偶然の一致を認めることにしているのです」

サグデン警視は、しかし、疑わしげに頭を振った。

ポアロは言った。

「では、きみの意見はどうなんです、警視？」

警視は用心ぶかく言った。

「リー夫人は立派な夫人です。彼女がいかがわしい仕事にかかわり合うなどとは考えられません。しかし、もちろん、誰にもわからんことですが」

ジョンスン大佐が怒ったような調子で言った。

「いずれにせよ――ダイヤモンドに関する真相がどうであろうと――彼女が殺人にかかわり合いがあるなどということは、問題外だよ。あの執事のじいさんが、事実上犯罪が行なわれた時間に、彼女が客間にいるのを見ているのだ。それをおぼえているだろうね、ポアロ？」

ポアロは言った。

「忘れてはいませんよ」

警察本部長は彼の部下のほうに向いた。

「先へ進むことにしよう。何か報告はないかね？　新鮮なやつが？」

「ええ、いくらか新しい情報が手に入りました。まず、ホーベリーですが、彼が警察と聞いておびえた理由が、わかりましたよ」

「泥棒か？　え？」

「いや。おどして金をゆすり取ったのです。一種の恐喝ですよ。この事件は証拠不充分で刑罰をのがれましたが、ほかにも一、二回同じようなことを、こっそりやってるのじゃないかと思いますね。罪の意識があるもんだから、昨夜トレッシリアンから警察官が来たと聞くと、どきっとしたのです」

ジョンスン大佐は言った。

「ふむ！　ホーベリーについてはそれだけだね。ほかに何か？」

警視は咳ばらいした。

「ええ――ジョージ・リー夫人ですが、彼女の結婚前のことがわかりました。ジョーンズ海軍中佐と同棲していたんです。彼の娘ということになっていますが——彼女は彼の娘じゃありません……わたしが聞いたところから考えると、リー老人はかなり正確に彼女の正体をつかんでいたようです。女にかけてはぬけ目のない彼ですから、ひとめ見て相手をしたたか者だと見抜いてしまったのですね——それとなく当てこすって、おもしろがっていたらしいのです。そんなわけで、彼女も老人には弱点をにぎられていたわけですね」

ジョンスン大佐は考えぶかげに言った。

「そのことは、彼女にいま一つの——金銭的動機とは別の——動機を与えたことになるな。おそらく彼女は老人がはっきりしたことを知っていて、夫に自分のことをばらしはしないかと、考えたのだろう。あの電話の話なんか怪しいものさ。彼女は電話などかけてやしないよ」

サグデンはすすめた。

「なぜ二人をいっしょに呼んで、電話の問題をはっきりさせておしまいにならないのですか？　何かつかめると思うのですが」

ジョンスン大佐は言った。

「いい考えだ」

彼はベルを鳴らした。トレッシリアンがそれに応えて、入ってきた。

「ジョージ・リー夫妻にここへ来るように言ってくれ」

「かしこまりました」

老人が立ち去ろうとすると、ポアロが声をかけた。

「あそこの壁にかかっているカレンダーの日付ですがね、あれは殺人事件のあったときから、ああなっていましたか？」

トレッシリアンが振り向いた。

「どのカレンダーでございますか？」

「向こうの壁にかかっているやつだよ」

三人はその日も、アルフレッド・リーの小さな書斎に座っていた。問題のカレンダーは、一枚一枚に肉太の字体で日付をあらわした、はぎとり式の大きなカレンダーだった。

トレッシリアンは部屋のこちら側からじっと眼をこらしていたが、それから部屋を横切って、のろのろとカレンダーのほうへ歩いていき、五〇センチ離れたところで立ちどまった。

彼は言った。

「失礼でございますが、あれはもうはぎとられております。今日は二十六日でございますから」

「ああ、それはすまなかった。いつも誰がそれをはぎとるんですか？」

「アルフレッドさまが毎朝おはがしになります。アルフレッドさまはたいへんきちょうめんなお方ですから」

「わかりました、ありがとう」

トレッシリアンは出ていった。サグデンが困惑した様子で言った。

「あのカレンダーに何か怪しいことでもあるんですか、ポアロさん？　わたしに何か見落としがあったでしょうか？」

肩をすくめながら、ポアロが言った。

「あのカレンダーには何の重要性もないのですよ。わたしはただちょっとした実験をやってみただけなのです」

ジョンスン大佐が言った。

「検屍は明日だね。もちろん、延期になるだろうが」

サグデンが言った。

「ええ、検屍官に会いましたが、すっかり手はずができてるそうです」

2

ジョージ・リーが夫人を伴って、部屋に入ってきた。

ジョンスン大佐が言った。

「おはようございます。おかけになりませんか？　お二人にちょっとおたずねしたいことができたのです。ある点がどうもはっきりしませんので」

「わたしにできることでしたら、喜んでお手伝いいたしましょう」と、ジョージ・リーが幾分もったいぶって言った。

マグダリーンが弱々しく言った。「もちろんですわ！」

ジョンスンはサグデンのほうに、ちょっとうなずいて見せた。サグデンは言った。

「犯罪の行なわれた晩に電話をおかけになったことについてですが、あなたはウェスタリンガムに電話をかけた、とおっしゃいましたね、リーさん？」

ジョージは落ちついて言った。

「ええ、かけました。選挙区のわたしの代理人に。彼に照会してみてくださってもよろしいですよ」

サグデンは手を上げて、それを制した。

「たしかにそのとおりです──そのとおりです、リーさん。わたしたちもその点を論議しているのではありません。あなたの電話は、ちょうど八時五十九分に通じましたね」

「さあ──わたしは──正確な時間については言うことができませんが」

「ああ」とサグデンは言った。「しかし、わたしたちにはできるのです！　いつもこの種のことは念入りに照合《チェック》することになっていますので。通話は八時五十九分につながり、九時四分に終わりました。ところで、あなたのお父上のリー氏が殺されたのは、九時十五分ごろです。わたしがもう一度あなたにおうかがいしたいのは、その十分間のあなたの行動なのですが」

「お話ししたとおり──わたしは電話をかけていました！」

「いや、リーさん、あなたは電話をかけていらっしゃらなかったはずです」

「ばかばかしい──きみは何かまちがいをおかしたにちがいない！　ええと、そうだ、たぶんわたしは、通話を終わって──もう一件電話をかけようかと思案したように思う──かける価値があるかどうか──料金はいくらか──などと考えていた。ちょうどそのときに、二階のあの騒ぎを聞いたのです」

「電話をかけようかどうしようかと思案するのに、十分間もかかるはずはないでしょう」

ジョージは紫色になった。彼はつばをとばしながら言った。

「それはどういう意味だ？ いったいきみは何を言うつもりなんだ？ くそいまいましい！ きみはわたしの言葉を疑うのか？ 地位のある人間の言葉を疑うのか？ わたしは——なぜ、自分の時間の一分一分について説明しなければならないのだ？」

サグデン警視は、ポアロが思わず感心したような無神経さで、言った。

「それは普通のことです」

ジョージはかんかんになって、警察本部長のほうに向きなおった。

「ジョンスン大佐、あなたは、この——この先例を見ないような無礼な態度を是認するんですか？」

警察本部長は歯切れのいい調子で言った。「リーさん、殺人事件では、この程度の質問はしなければなりませんし、また答えてもらわなければなりません」

「わたしは質問には答えた！ わたしは電話を終わって——あの——もう一件かけようかどうしようか、と思案していたのです」

「すると、あなたは、あの騒ぎが二階に起こったとき、この部屋におられたのですね？」

「いました――そうです、いました」

ジョンスンはマグダリーンのほうに向いた。

「奥さん」と彼は言った。「あなたは、あの騒ぎが突発したとき、あなたは電話をかけておられた、そしてそのときこの部屋にいたのはあなた一人だった、と言われましたね？」

マグダリーンはあわてた。彼女は息をのみ、横眼でジョージを――サグデンを――それから何か訴えるようにジョンスン大佐を盗み見た。そして言った。

「おお、ほんとに――わたしわかりませんわ――何を言ったのかおぼえがありませんわ……すっかり気が動転していましたので……」

サグデンが言った。

「ご承知のように、われわれはみんな書きとめてあるのですよ」

彼女は攻撃の方向を彼に転じた――大きくみはった、訴えるような眼――ふるえる唇。だが、彼女はその返礼として、彼女のようなタイプを認めない、責任観念の強い男のきびしい無関心に出会った。

彼女はあいまいな調子で言った。

「わたし――わたし――もちろん、電話をかけました。でも、それが何時だったか、はっきりいたしませんの――」

彼女はしゃべるのをやめた。

ジョージが言った。

「いったい、どうしたというんだ？　お前、どこから電話をかけたんだ？　ここではないのだろう」

サグデン警視が言った。

「奥さん、わたしが思い出させてあげましょう。あなたは電話なんかおかけになりませんでした。それなら、いったいあなたはどこにいらして、何をしておられたのですか？」

マグダリーンは茫然とあたりを見まわしていたが、わっと泣き出した。

彼女はすすり泣きながら言った。

「ジョージ、わたしをいじめさせないでよ！　誰かにおどかされたり、大声でものをきかれたりすると、わたしなんにも思い出せないのを知っているでしょう！　わたし――わたし、あの晩何を言ってるのか、自分でもわからなかったのですわ――とてもおそろしくて――すっかり取り乱していたんで――それに、この人たち、わたしにとてもひどい態度をとったんで……」

彼女はいきなり立ち上がり、すすり泣きながら、部屋から走り出ていった。

ジョージ・リーも、とび上がると、どなりちらした。

「きみたちはいったい、どういうつもりなんだ？　わたしは自分の妻を痛めつけられたり、おどかされたりするのを見ているわけにはいかない！　彼女はとても繊細な女なのだ。けしからん！　わたしは、警察のこの恥ずべき、弱い者いじめのやり方を議会で問題にしてやる。じつに恥ずかしいことだ！」

彼は大股につかつかと部屋を出ていき、バタンとドアをしめた。

サグデン警視は頭をそらして笑った。

彼は言った。

「うまく行きましたね！　今に、わかりますよ！」

ジョンスンは眉をしかめながら言った。

「えらい仕事だった！　たしかにくさいね。彼女からもっと供述をとらなきゃならんぞ」

サグデンが気軽に言った。

「なあに、彼女は一、二分すれば、もどってきますよ。どう言ったらいいか心が決まれば。ねえ、そうでしょう、ポアロさん？」

ポアロは夢でも見ているようにぼんやり座っていたが、はっと顔を上げた。

「何か言いましたか！」《パードン》

「彼女はいまにもどってくるだろう、と言ったのですよ」

「たぶんね――そう、おそらく――そうするでしょう」

サグデンはポアロを見つめながら言った。

「どうかしましたか、ポアロさん？　幽霊でも見たんですか？」

ポアロはゆっくり言った。

「そう――正確にそうでなかったとは断言できませんね」

ジョンスン大佐がいらいらして言った。

「ところで、サグデン、ほかには何か？」

サグデンは言った。

「わたしは、各人が殺人現場に到着した順序を調べてみました。そのときどんなことが起こったかは、きわめて明瞭です。殺害後、被害者の断末魔の叫びがみんなをおどろかしたと知るや、犯人はいそいで部屋を抜け出し、ヤットコかまたはそれに類したものでドアに鍵をかけた。そして、その一、二秒のちには、すでに人々のうちの一人が犯罪現場にかけつけていたはずです。あいにく、各人の眼に映った人々を正確に確かめることは容易ではありません。というのは、こうした瞬間における人々の記憶というものは、きわめてあいまいだからです。トレッシリアンは、ハリーとアルフレッドが食堂からホールを横切って、階段のほうへ走っていくのを見たと言っています。そこで、この二人の行動ははっきりしています。わたしが確かめた限りでは、エストラバドス嬢がいちばんおそく着いている——少なくとも最後の組の一人だった——ようです。みんなの考えでは、ファーとジョージ夫人とデヴィッド夫人が、最初の組だったと見られていますが、この三人はめいめい、残りの二人の一人が先頭だったと言っているので、はっきりしません。故意の虚言と純粋の記憶のあいまいさとを見分けるのがむずかしいように、こういう場合の真相をつかむことは困難ですね。みんなが現場にかけつけたことは確かで——それは誰の言葉も一致しているのですが、さて彼らがどういう順序でかけつけたか、ということになると、なかなかはっきりしないのです」

ポアロがゆっくりと言った。

「きみはそれを重要だと考えるのですね？」

サグデンは言った。

「それは時間的要素ですからね。しかもご承知のように、こんどの犯罪ではその時間が非常に短かったのですから」

ポアロは言った。

「時間的要素がこの事件の場合重要だということには、わたしも賛成です」

サグデンは話をすすめた。

「それをいっそう困難にしているのは、二つの階段があることです。ホールにある表階段は、食堂と客間からほぼ等距離のところにありますが、家の向こう端にも、もう一つの階段があるのです。スティーヴン・ファーはそっちの階段から上がっていったそうですが、エストラバドス嬢は家の端から（というのは、彼女の部屋は向こう端にあったからですが）表をまわって、正面階段のほうからやってきたということです。ほかの連中もみんな、この階段から上がっていったそうです」

ポアロが言った。

「なかなか混み入っていますね」

ドアがあいて、マグダリーンがいそいで入ってきた。息をはずませ、頰を真っ赤にしていた。彼女はテーブルの前まで来ると、しずかに言った。

「夫は、わたしが横になっていると思っていますので、わたし、部屋からそっと抜け出してきたのです。ジョンスン大佐」と、彼女はその大きな悲しげな眼で訴えるように彼を見た。「もしわたしが本当のことを申し上げたら、それを内緒にしておいてくださいますか？　わたしの申す意味は、すべてを公表なさらないでほしい、ということですの」

ジョンスン大佐は言った。

「奥さん、あなたのおっしゃることは、この犯罪となんの関係もないことだと解釈してよろしいのですね？」

「そうです。まったく関係のないことですわ。わたしの——わたしの私生活だけに関することなのです」

ジョンスンは言った。

「奥さん、胸の内を残らず打ち明けて、われわれの判断にまかされたほうがいいようですね」

マグダリーンは眼に涙をためながら言った。

「ええ、わたし、あなたを信用いたしますわ。あなたはとても親切そうなお方だから。あの、こうなんです。ある人に——」そこで彼女はやめた。

「ええ、奥さん？」

「わたし、昨晩、ある人に電話をかけようと思いました——ある男性に——わたしの友達に。でも、そのことはジョージに知られたくありませんでした。それがたいへんまちがったことだとは、自分にもわかっていたのですが――でも、どうにもならなかったのです。そこで、わたしは夕食後、電話をかけにまいりました。そのとき、夫はまだ食堂にいるだろうと思っていました。ところが、ここにまいりますと、夫が電話をかけているのが聞こえましたので、わたしは待っていました」

「どこでお待ちになっていたのですか、奥さん？」とポアロがたずねた。

「あの、階段のうしろのコートや何かを置く場所です。あそこは真っ暗でしたから、わたしはそっとそこへ引き返しました。そこなら、ジョージが部屋から出てくるのが見えると思ったからです。でも、夫は出てきませんでした。そして、そのときあの騒ぎが起こり、老人の悲鳴が聞こえましたので、わたしは二階へ走っていったのです」

「では、ご主人は殺人の行なわれた瞬間まで、この部屋から離れなかったのですね？」

「ええ、離れませんでした」

ジョンスン大佐は言った。

「そして、あなた自身は、九時から九時十五分まで、階段のうしろのその奥まったところで待っていられたのですね？」

「ええ、そうなんです。でも、わたしそれを言うことができなかったのですわ。おわかりになるでしょう！　みんなはそこでわたしが何をしていたか、知りたがるにちがいありませんし、それはわたしとしてはとても困ることだったからですわ。そうでしょう、そうお思いになりません？」

ジョンスンは冷笑的に言った。

「それはたしかに困ることだったでしょうね」

彼女はやさしく彼にほほ笑みかけた。

「わたし、あなたにほんとのことを打ち明けてしまって、ほっとしましたわ。でも、夫にはお話しにならないでくださいませね。きっと、あなたはそんなことなさらないと信じますわ！　あなたは信用できるかたですもの」

彼女は三人に最後の嘆願するような一瞥を与えてから、いそいで部屋を出ていった。

ジョンスン大佐は深く息をすった。

「ふむ、そうかもしれん！　まったく、もっともらしい話だ！　だが一方また――」

「そうでないかもしれません」と、サグデンが受けて言った。「そこですよ。われわれにはどうもわかりませんね」

3

リディア・リーは客間のいちばん端の窓のそばに立って外をながめていた。彼女の姿は重いカーテンのかげに半分かくれていた。何かの音にびくっとした彼女は振り返って、入口に立っているエルキュール・ポアロを見た。

彼女は言った。

「びっくりいたしましたわ、ポアロさん」

「おわびいたします、奥さん。しずかに歩いてきたものですから」

彼女は言った。

「ホーベリーかと思いましたわ」

ポアロはうなずいた。

「まったく、あの男はそっと歩きますね。まるで――猫か――泥棒みたいに」

彼はちょっとの間黙って、彼女をじっと見まもった。

彼女の顔には何の表情も表れなかったが、それでもちょっと不愉快そうに顔をしかめて、言った。

「あの男が好きだと思ったことは一度もありませんわ。喜んで暇を出してやるつもりです」

「そうなさるのが賢明だとわたしも思いますね、奥さん」

リディアはすばやく彼を見て、言った。

「それはどういう意味でございますの？　何かあの男の弱い点をにぎっていらっしゃるのですか？」

ポアロは言った。

「あいつは人の秘密を集めて歩く男です——そしてそれを自分のために利用する男ですよ」

彼女が鋭く言った。

「あなたは、あの男がすべてを知っているとお思いですか——こんどの殺人についても？」

ポアロは両肩をすくめて言った。

「あいつはしずかな忍び足と、ひどく長い耳を持っています。ですから、何かと立ち聞きしたかもしれません。そしてそれを自分の胸にしまっているかもしれません」

リディアは、はっきり言った。

「あなたは、あの男がわたくしたちの誰かをゆすろうとするかもしれない、とおっしゃるのですか？」

「それはありそうなことです。でも、わたしがここへうかがったのは、そのためではありません」

「では、どんなご用でいらしたのですか？」

ポアロはゆっくり言った。

「わたしは、今までアルフレッド・リー氏と話していたのです。アルフレッド氏は一つの提案をされました。が、わたしはそれを受けるにせよ、ことわるにせよ、まずその前にあなたとそのことについて話しあってみたいと思って、うかがったのです。けれども、わたしはあなたの絵のような美しい姿——濃い深紅色のカーテンを背景にした、あなたのチャーミングなドレス姿にすっかり打たれて、思わず見ほれていたわけです」

リディアは冷ややかに言った。

「ポアロさん、わたしたちはどうしてお世辞などに時間を浪費しなければならないのですか？」

「失礼しました、奥さん。身だしなみ《ラ・トワレフト》を心得ているイギリス婦人は、じつに少ないですよ。わたしが初めてお目にかかった晩、あなたが着ておられたドレスの、あの大胆な、しかもシンプルな型《パターン》はじつに優美で——独特でした」

リディアはたまりかねて言った。

「わたくしに会いたいとおっしゃったのは、どんなご用だったのですか？」

ポアロはまじめになった。

「それはこういうことなのです、奥さん。さっきご主人はわたしに非常に真剣な態度で、調査を依頼されたのです。わたしにこの家にとどまって、事件の真相を徹底的に究明するために全力をつくしてくれるようにと、要求されたのです」

リディアは鋭く言った。

「それで？」

ポアロはゆっくり言った。

「わたしは、その家の主婦が同意しない招待は受けたくありません」

彼女は冷やかに言った。

「当然、夫のする招待にはわたくし同意いたしますよ」

「そうですか。しかし、奥さん、わたしはそれだけでは不満足なのです。あなたは本当に、わたしにここへ来てほしいのですか？」

「なぜ、そんなことをおっしゃるのですか？」

「もっとお互いに率直になりましょう。わたしがあなたにおたずねしたいことは、これです――あなたは真実が判明することを望まれますか、それとも望まれませんか？」

「もちろん望みますわ」

ポアロはため息をついた。

「あなたはそんな月並みの返事を、わたしになさらなければならないのですか？」

リディアは言った。

「わたくし、月並みな女でございますもの」

そして、彼女は唇をかみ、ためらっていたが、やがて言った。

「たぶん、はっきりお話ししてしまうほうがいいでしょう。もちろん、あなたのおっしゃることは、よくわかりますわ！　そういう立場は愉快なものではございませんものね。ところで、義父《ちち》はあのようにむごたらしい殺されかたをいたしましたが――窃盗についても殺人についても、いちばん怪しいと思われたホーベリーに不利な事実が発見されないといたしますと――それは今ではもう望みのないように思われるのですが――その場合は、故人の家族のうちの誰かが義父《ちち》を殺したことになります。でも、その人間がつかまって処罰されますことは、わたくしたち一同に恥と不名誉をもたらすことになると思うのです……ですから、もし正直に申せとおっしゃいますなら、わたくしはそういうことになるのを望まないと、申し上げなければなりません」

ポアロは言った。

「あなたは、殺人を犯した者が罰を受けずにのがれていることに満足されるのですね？」

「世の中には、発見されない殺人犯人はまだいくらもあるのではないでしょうか」

「その点はあなたの言うことを認めます――」

「それ以上、何かありますか？」

ポアロは言った。「家族のほかの方たちは、どうなるでしょうか？」

彼女は、じっと空間を見つめた。

「どうなる、と申しますと？」

「もしあなたが希望されるような結果になると、誰にも永久に真相はわからない、ということになりますね。そうすると、すべての人々の上に一様に暗い影が残るでしょう……」

彼女は不安げに言った。

「わたくし、そのことは考えませんでした」

ポアロは言った。

「誰が罪人《つみびと》か、誰にも永久にわからない……」

彼はしずかにつけ加えた。

「あなたがすでにご存じないかぎりは、奥さん？」

彼女が叫んだ。

「ポアロさん、あなたにそんなことをおっしゃる権利はないでしょう！　そんなことは絶対にありません！　ああ！　ああ！　ただそれが——家族の誰かでなく——他人であってさえくれたら……」

ポアロは言った。

「両方であるかもしれません」

リディアは、じっと彼の顔を見つめた。

「なんとおっしゃったのですか？」

「それは家族の一員で——同時に、他人であるかもしれない……こう申しても、あなたにはおわかりにならないでしょうね？　いいのです《エ・ビアン》！　これはエルキュール・ポアロの心の中にうかんだ一つの考えなのです」

ポアロは彼女を見た。

「さて、奥さん、わたしはアルフレッド・リー氏に、なんと返事をしたら、よろしいでしょうか？」

リディアは両手を上げたが、すぐ力なげにおろした。

彼女は言った。

「もちろん――お受けにならなければいけませんわ」

4

ピラールは、音楽室の真ん中に立っていた。まるで攻撃をおそれる動物のように眼を四方にくばりながら、まっすぐに立っていた。

彼女は言った。

「ここから逃げ出したいわ！」

スティーヴン・ファーがやさしく言った。

「そんなふうに思うのは、あなただけじゃないですよ。でも、あの連中がぼくたちを行かせてくれないでしょう」

「あなたの言うのは――警察のこと？」

「そう」

ピラールは神妙に言った。

「警察とかかわり合いになるなんて、いやね。身分のある立派な人に起こるべきことじゃないわ」

スティーヴンはかすかにほほ笑んで言った。

「自分自身のことを言ってるのかい？」

ピラールは言った。

「いいえ、あたしの言うのは、アルフレッド、リディア、デヴィッド、ジョージ、ヒルダや、それから――そう――マグダリーンも――のことよ」

スティーヴンは巻きタバコに火をつけた。そして一、二服、吹かしてから言った。

「なぜ、例外を設けるんです？」

「それどういうこと？」

スティーヴンは言った。

「なぜハリーをのぞいたのです？」

ピラールはその白い歯を見せて笑った。

「あら、ハリーはちがうわ！　警察とかかわり合うことがどういうことか、いちばんよく知っているのは彼だと思うわ」

「たぶん、そうでしょうね。彼は確かに家庭的雰囲気の中にとけこむには、すこしいきいきしすぎているようだ」

彼はつづけた。

「あなたは、初めて会ったイギリス人の親類が気に入りましたか？」

ピラールは半信半疑の様子で言った。

「みんな親切だわ――とても親切だわ。でも、あんまり笑わないわね。陽気じゃないわ」

「お嬢さん、この家で殺人があったばかりですよ！」

「そうね――」と、ピラールはあやふやに言った。

「殺人というやつは」と、スティーヴンは教えるように言った。「あなたはあんまり関心をもっていないようだけど、日常的な出来事じゃないんですよ。イギリスでは殺人は非常に重大に考えられているんです――スペインではどうか知らないけど」

ピラールは言った。

「あなたは、あたしを笑っていらっしゃるのね……」

スティーヴンは言った。

「それはあなたの誤解ですよ。ぼくは今笑いたくても、そんな気分にはなれないんだから」

ピラールは彼を見て言った。

「それで、あなたも、ここから逃げ出したいっていうわけね？」

「そうです」

「でも、あの大きなハンサムな警官が、あなたを行かせないんでしょう？」

「ぼくはまだ彼に頼んだことはありませんよ。でも、もし頼んだって、いけないと言うにきまっていますよ。用心しなければいけませんよ、ピラール、できるだけ注意することです」

「うんざりするわね」と、ピラールはうなずきながら、言った。

「うんざり以上ですよ。第一、あの変わった外国人が、しじゅうそこらをうろついているんで、落ちつけやしない。ぼくをびくつかせるだけで、たいした男には思えないが――」

ピラールは眉をひそめた。が、やがて言った。

「あたしのおじいさんは、とてもとっても大金持ちだったんでしょう？」

「そう思いますね」

「おじいさんのお金はどうなるんでしょう？　アルフレッドやほかの人たちにいくんで

しょうか？」

「彼の遺書しだいですよ」

ピラールは考えこみながら言った。「おじいさまはあたしにいくらかお金を残してくれたかしら。たぶん何も残さなかったんだろうと思うわ」

スティーヴンは親切に言った。

「大丈夫ですよ。結局、あなたはここの家族の一人なんだから。この家に属している人なんだから。彼らはあなたを世話しなければならないでしょう」

ピラールはため息をついて言った。「あたしが——この家に属している。なんだかおかしいわ、そんなこと。でも、ちっともおかしくないのね」

「ぼくは、あなたがそれをあんまりこっけいに考えないほうがいいと思いますね」

ピラールはふたたびため息をついた。それから彼女は言った。

「あたしたち、蓄音機をかけて踊ってもいいと思う？」

スティーヴンはあいまいに言った。

「それはあんまりいいことではないでしょう。この家はいま喪に服しているんですよ、無神経な、スペインのお転婆さん」

ピラールはその大きな眼をいっそう見ひらいて言った。

「でも、あたし、ちっとも悲しくないんですもの。おじいさんをまだほんとによく知らなかったためね。あたし、おじいさんと話すのは好きだったけれど、死んだからといって、泣いたり、みじめな気持ちになったりしたくないわ。それなのに、そんなふりをするなんてばかげているわ」

スティーヴンは言った。「あなたはまったく可愛らしいですよ！」

ピラールは説きつけるように言った。

「蓄音機に靴下や手袋のようなものを押しこむと、あんまりうるさい音がしなくなるわ。そうすれば、誰にも聞こえないでしょう」

「じゃ、そうするか、誘惑女め」

彼女はうれしそうに笑って部屋を走り出ると、家の反対の端にある舞踏室のほうへ走っていった。

彼女は庭へ通ずる横廊下のところまで来ると、不意に走るのをやめて立ちどまった。彼女に追いついたスティーヴンもとまった。

エルキュール・ポアロが壁から一つの肖像画をはずして、テラスからさしこんでくる光線でそれを調べていた。

「やあ！」とポアロが言った。「ちょうどいいところへ来てくれました」

ピラールは言った。「何をしていらっしゃるんですの？」

彼女はポアロのそばに行って立った。

ポアロはまじめに言った。

「わたしは今、非常に重要なことを――つまり、シメオン・リー氏の若いころの顔を調べていたんですよ」

「あら、それ、あたしのおじいさん？」

「そうですよ、お嬢さん」

ピラールはその油絵の顔をじっと見つめた。そしてゆっくり言った。

「ちがうわ――とてもちがうわ……おじいさんは、年とって、あんなにしわくちゃだったのに。これはハリーそっくりだわ。いまのハリーを十年若くすれば、これそっくりよ」

エルキュール・ポアロは、うなずいた。

「そうですよ、お嬢さん。ハリー・リーはまぎれもなくお父さんの息子ですよ。さあ、こちらへいらっしゃい――」彼はピラールをつれて、ギャラリーを少し先へ進んでいった。「これがシメオン夫人、あなたのおばあさんですよ――ほっそりした、やさしい顔、美しいブロンドの髪、柔和な青い眼」

ピラールは言った。

「デヴィッドに似ているわ」

スティーヴンが言った。

「アルフレッドにもそっくりですね」

ポアロが言った。

「遺伝、それは非常に興味あるものです。リー氏とその夫人はまるで正反対でした。概して、結婚当初の子供は母親に似るものです。これをごらんなさい、お嬢さん」

ポアロは、金糸のような髪と大きなにこやかな青い眼をもった、十九歳前後の少女の画像を指さした。顔かたちはシメオン・リーの妻に似ていたが、そこには、あの柔和な青い眼やおだやかな姿は、少しも認められない、はつらつとした精気と明るさが見られた。

「ああ！」と、ピラールが言った。

彼女の顔が染まった。

彼女は片手を首にやると、長い金ぐさりの先についているロケットを引き出した。そして、留め金を押して、ぱっとそれを開いた。同じにこやかな顔がポアロを見上げた。

「あたしのお母さん」と、ピラールが言った。

ポアロはうなずいた。ロケットの反対側には男の写真が入っていた。それは黒い髪と濃い青い色の眼をもった若くて美しい男の写真だった。

ポアロが言った。「あなたのお父さんですね？」

ピラールは答えた。

「そうよ、あたしのお父さん。とても美しいでしょう？」

「まったく。スペイン人で青い眼の人は少ないですね。お嬢さん《セニョリータ》？」

「北部には、ときどきいますわ。それに、あたしの父の母はアイルランド人だったので」

ポアロは考えながら言った。

「すると、あなたは、スペイン人の血と、アイルランド人の血と、イギリス人の血と、それにジプシーの血も少々、混じっているようですね。わたしがなにを考えているかわかりますか、お嬢さん？　その遺伝のためにあなたは敵をつくることになりますよ」

スティーヴンが笑いながら言った。

「あなたが汽車の中で言ったことをおぼえていますか、ピラール？　敵に対するあなたのやりかたは、喉を切ることでしたね。あっ！」

彼は不意に口をつぐんだ——自分の言葉の重大さをとつぜんさとったからだった。

エルキュール・ポアロはいそいで話をそらした。彼は言った。

「ああ、そうだった、お嬢さん《セニヨリータ》、あなたにお願いしなければならないことがあったのです。あなたのパスポートですが、わたしの友人の警視が入用だそうですよ。ご承知のように、警察の規則がありましてね――じつにばかばかしい、面倒なことですが、この国に来ている外国人としては、やっぱりしたがわなければなりません。もちろん、法律的にはあなたも外国人ですから」

ピラールの眉が上がった。

「わたしのパスポートですって？　ええ、持ってきましょう。部屋にありますから」

ポアロは彼女のそばに歩みよりながら、わびるように言った。

「ご面倒かけてすみません。ほんとに」

三人は長いギャラリーの端に来た。そこから階段がはじまっていた。ピラールはかけ上がった。そしてポアロがそのあとにつづいた。スティーヴンもついてきた。ピラールの寝室はちょうど階段を上がったところにあった。

彼女は戸口まで来ると、言った。「では、行って取ってきますわ」

彼女は部屋に入っていった。ポアロとスティーヴンは外で待っていた。

スティーヴンは後悔して言った。

「ちぇっ、あんなことを言うなんて、なんてぼくはばかだったんだろう！　彼女は気がつかなかったと思うんですけれど、どうだったでしょう？」

ポアロは答えなかった。彼は何かに聞き入ってでもいるように、頭を一方に少し傾けていた。

彼は言った。

「イギリス人は特別新鮮な空気が好きですね。エストラバドス嬢もその性質を受けついだらしい」

スティーヴンが眼をまるくしてたずねた。

「なぜですか？」

ポアロは小声で言った。

「なぜって、今日はひどい寒さで——昨日ののどかさとは正反対の、いわゆる黒《ブラック・フロ》霜《スト》日和（霜が白く氷結しないで、植物の葉や芽を黒くする、きびしい寒さ）なのに——エストラバドス嬢は下の窓ガラスを上げましたよ。新鮮な空気をそんなに愛するとはおどろいたものです」

とつぜん、部屋の中からスペイン語の叫び声が聞こえたかと思うと、ピラールが笑いながら現れた。

「ああ！」と彼女は叫んだ。「あたしはばかで——無器用だわ。窓敷の上においた小箱の中をいそいで探しているうちに、あわてて窓の外にパスポートを落としてしまったのです。下の花壇の上に落ちていますからすぐ取ってきますわ」

「ぼくが取ってこよう」と、スティーヴンが言ったが、ピラールは彼を走り越して振り返りざま肩ごしに叫んだ。

「いいの、あたしがばかだったのよ。ポアロさんと客間に行っててください。あたし、拾って、すぐそこへ持っていきますから」

スティーヴン・ファーは彼女のあとを追おうとしたらしかったが、ポアロはしずかに彼の腕をおさえて言った。

「こちらへ行きましょう」

二人は二階の廊下を家の反対の端の方へ歩いていき、表階段の上まで来た。ここでポアロは立ちどまって言った。

「ちょっと下へおりるのをやめて、あの犯罪の行なわれた部屋までいっしょに来てくれませんか。そこであなたにおたずねしたいことがあるのです」

二人はシメオン・リーの部屋へ通ずる廊下を歩いていった。左側に凹所《アルコーヴ》があって、そこにはヴィクトリア朝の厳格な礼節に苦しみもだえて、被っているひだ布を握りしめている大きなニンフの大理石像が二つ据えてあった。

スティーヴン・ファーは、それをちらっと見て、つぶやいた。

「昼間見るとかなりすごいですね。ぼくは先だっての晩、ここを通ったときは、ニンフが三人いたかと思ったが、二人だけでありがたいですよ」

「近ごろは、もうもてはやされなくなりましたが」とポアロも同意した。「しかし、当時はこれで、かなり金がかかったにちがいありません。夜見たほうがまだいいでしょう」

「ええ、ほの白い姿しか見えませんから」

ポアロはつぶやいた。

「〝どの猫も暗いところでは灰色にしか見えない〟！」

部屋にはサグデン警視がいた。金庫の前にひざまずいて、拡大鏡でそれを調べていたが、二人が入って行くと、顔を上げた。

「金庫はまさしく鍵であけたのです」と彼は言った。「組合せ文字《コンビネーション》を知っている誰かが。ほかには、何の痕跡もありません」

ポアロはそばに近よると、彼をわきに引っぱっていって、何かささやいた。警視はうなずいて、部屋を出ていった。

ポアロはスティーヴンのほうを向いた。彼はシメオン・リーがいつも座っていた肘掛け椅子をじっと見つめて、立っていた。両方の眉がより、前額に青い静脈がうかんでいた。ポアロは一、二分間、黙って彼をながめていたが、やがて口をひらいた。

「いろいろなことを思い出されるでしょうね？」

スティーヴンはゆっくり言った。

「二日前には、あの人は生きてそこに座っていた——それなのに今は……」

それから彼は妄想を振り払うようにして言った。

「ポアロさん、あなたはぼくに何か聞くために、ここにつれてこられたんでしょう？」

「ああ、そうでした。あなたは、あの晩ここに最初に来られた人でしたね？」

「ぼくがですか？　おぼえていません。いや、ぼくより先に婦人が一人ここにいた、と思いますが」

「誰ですか、それは？」

「夫人方の一人——ジョージの奥さんだったか、それともデヴィッドの奥さんだったか——とにかく、二人ともかなり早くからここにいたことだけは、わかっていますが」

「あなたは、老人の叫び声を聞かなかったと、たしか言われましたね？」

「聞いたように思いません。はっきり思い出せないのです。誰かが叫んだのは知っていますが、それは階下の誰かの声だったかもしれません」

ポアロは言った。

「あなたは、こんな騒ぎを聞きませんでしたか？」

ポアロは頭をそらせると、とつぜん、つんざくようなわめき声を発した。

それはまったく予期しないことだったので、スティーヴンはおどろきのあまり、うしろにとびのき、あぶなく倒れるところだった。彼は怒って言った。

「どうしたんです、あなたは家中をおどかそうっていうんですか？　いや、少なくともぼくはそんな声は聞きませんでしたよ！　あなたのせいで、家の中はまたハチの巣をつついたような騒ぎになるでしょう！　みんなはまた殺人が起こったのだと思うにちがいありません！」

ポアロはしょげた顔つきをしてつぶやいた。

「まったく……ばかなことをしてしまった……すぐ行かなければならない」

彼はあわてて部屋をとび出した。リディアとアルフレッドが階段の下で見上げていた
——ジョージが彼らに加わるために図書室から走り出てきた。ピラールもパスポートを片手に持って、走ってきた。

ポアロが叫んだ。

「何でもないのです——何でもないのです。おどろかないでください。ちょっとした実

験をやってみたんですよ。それだけです」

アルフレッドは当惑し、ジョージは憤慨しているように見えた。ポアロはスティーヴンに説明をまかせて、いそいで廊下づたいに建物の向こうの端へ走っていった。廊下の端でサグデン警視がピラールの部屋からしずかに出てくるのにぶつかった。

「どうでした《エ・ビアン》？」と、ポアロがたずねた。

警視は頭を振った。

「物音一つ聞こえませんでした」

彼は賞賛するようにポアロの眼を見た。そして、うなずいた。

5

アルフレッド・リーは言った。

「それではお引き受けくださるのですね、ポアロさん？」

口へもっていった、彼の片手がかすかにふるえた。彼のおだやかな茶色の眼は、新しい、熱をおびた表情で燃えていた。彼は話すのにいくぶんどもった。リディアは黙ってそばに立って、いくらか心配そうに夫をながめていた。

　アルフレッドは言った。

「それがわたしにとって、どんなにだいじなことか——あなたには、お、おわかりにならないでしょう——想像も、お、おできにならないでしょう……わたしの父を殺した人間を、ど、どうしても、見つけなければなりません」

　ポアロは言った。

「あなたがとくとお考えになった上でのお頼みだということが、わたしにも納得いきましたので——お引き受けしたわけです。しかし、おわかりでしょうね、リーさん、途中で引き返すことはできませんよ。わたしは、主人からけしかけられて獲物を狩り出しながら、その獲物がどうも気に入らないからといって、呼びもどされて、帰ってくる犬ではありませんよ！」

「もちろんです……もちろんです……もう全部準備ができているのです。あなたの寝室も用意してあります。お好きなだけご滞在ください——」

　ポアロはまじめに言った。「そう長くはかからないでしょう」

「えっ？　何ですって？」

「長くはかからないだろう、と申したのです。この犯罪は範囲が非常に局限されていますので、おそらく真実に到達するのにそう長くはかかりますまい。わたしの考えでは、すでに、終局も間近いと思っています」

アルフレッドはポアロを見つめながら言った。

「不可能です！」

「決してそんなことはありません。すべての事実が、多かれ少なかれはっきりと一つの方向を指しているのです。ただそこには、当然取りのぞかなければならない無関係な事柄が、まだいくつかあります。それを取りのぞいてしまえば、真実は現れるでしょう」

アルフレッドは疑わしげに言った。

「あなたにはわかっていると、おっしゃるんですね？」

ポアロは微笑した。「ええ、そうです」と彼は言った。「わかっているのです」

アルフレッドは言った。

「わたしの父は――わたしの父は――」彼は顔をそむけた。

ポアロは元気よく言った。

「リーさん、あなたに二つのお願いがあるのですが」

アルフレッドは、不明瞭なつぶやくような声で言った。

「何でも――何でも」

「では、まず第一に、あなたがわたしに割りあてくださった寝室に若いころのシメオン・リー氏の肖像画をかけていただきたいのです」

アルフレッドとリディアが、同時に彼を見つめた。

言った。「わたしの父の肖像画を――しかし、なぜです？」

ポアロは手を振りながら、

「それは――何と言ったらいいでしょう――わたしに霊感を与えてくれる、と思うのです」

リディアが鋭く言った。

「ポアロさん、あなたはこの犯罪を千里眼で解決しようとしていらっしゃるんですか？」

「奥さん、わたしは肉眼だけでなく、心眼も使おうと思っているのです」

彼女は肩をすぼめた。

ポアロはつづけた。

「第二のお願いは、リーさん、あなたの妹さんの夫、ファン・エストラバドスの死についての真相を話していただきたいのです」

リディアが言った。「それが必要なのですか？」

「わたしはすべての事実を知りたいのですよ、奥さん」

アルフレッドが言った。

「ファン・エストラバドスは女のことで喧嘩をやった結果、カフェで相手の男を殺したのです」

「どんなふうに殺したのですか？」

アルフレッドは、訴えるようにリディアを見た。彼女は落ちついて話しはじめた。

「彼は相手を刺し殺したのです。ファン・エストラバドスは相手に挑発された点を考慮されて、死刑にはなりませんでした。禁固刑を宣告され、そして獄中で死んだのです」

「ピラールはそのことを知っていますか？」

「知らないと思います」

アルフレッドが言った。

「ジェニファーは決してピラールに話さなかったと思います」

「ありがとう」

リディアが言った。

「あなたはまさか、ピラールが——などと、お思いにならないでしょうね？　そんなことはばからしいことですわ！」

ポアロは言った。

「ところで、リーさん、あなたの弟さんのハリー・リー氏について、ある程度の事実を話してくださいませんか？」

「どんなことがお知りになりたいのです？」

「あの人はこの家族にとって、少々面よごしのように考えられているようですが、それはなぜですか？」

リディアが言った。

「それはずっと以前のことですわ……」

アルフレッドが顔を紅潮させながら言った。

「ポアロさん、あなたが知りたいとおっしゃるのなら、お話ししますが——彼は父の名の小切手を偽造して、多額の金を盗み出したのです。もちろん、父は訴えませんでした。それ以来ハリーはいつも悪事を働いてきました。世界中、いたるところで問題を起こしました。そして困るといつも、電報で金を無心してきました。あいつはどこへ行っても、いつも牢獄の内か外をうろついていたのです」

リディアが言った。

「あなたは、ハリーについてほんとに全部を知ってはいらっしゃいませんよ、アルフレッド」

アルフレッドは腹立たしげに両手を振りながら言った。

「ハリーはよくない——何としてもよくないよ！　昔からずっとそうだった！」

ポアロは言った。

「あなたがたの間には、一片の愛情もないわけですね？」

アルフレッドは言った。

「あれは父をだましました——ふらちにも父をだましました」

リディアがため息をついた——いらいらと性急なため息を。ポアロはそれを聞いて、鋭い一瞥を彼女に投げた。

彼女は言った。

「あのダイヤモンドが見つかってくれさえしたら——きっと解決がつくのに……」

ポアロが言った。

「あのダイヤモンドは見つかりましたよ、奥さん」

「何ですって？」

ポアロはしずかに言った。

「ダイヤモンドは、あなたの箱庭の〝死海〟の中から発見されましたよ……」

リディアが叫んだ。

「わたしの箱庭の中からですって？　なんて――なんて意外な！」

ポアロはやさしく言った。

「そうでしょう、奥さん？」

第六部　十二月二十七日

1

アルフレッド・リーはため息をついて言った。

「心配するほどのことはなかった！」

彼らはちょうど検屍法廷の審理から帰ってきたところだった。用心ぶかい青い眼をした、旧式なタイプの弁護士チャールトン氏も出席して、みんなといっしょに帰ってきた。彼は言った。

「わたしはお話ししたでしょう、今日の審理は純粋に形式的な――純粋に形式的な手続きだけで終わるだろうと。警察に追加証拠を集める余裕を与えるために――どうせ延期になることはわかっていたのです」

ジョージ・リーがプリプリしながら言った。

「不愉快だ――じつに不愉快だ――こんないまいましい立場におかれるなんて！　わたし自身は今でも、この犯罪は何らかの方法でこの家の中にしのびこんだ狂人の仕業だ、と固く信じている。あのサグデンという警視はロバのように強情な男ですね。ジョンスン大佐はロンドン警視庁の応援を求めるべきですよ！　ここらの地方警察はなっちゃいません。石頭の愚物ぞろいです。たとえば、あのホーベリーはどうです？　あいつの過去は明らかに不満足なものだと聞いていますが、警察はそれについて何もしていないじゃありませんか」

チャールトン氏は言った。

「ああ――しかし、そのホーベリーという男は、問題の時間に満足なアリバイを持っている、とわたしは信じますね。警察がそれを承認しているのですから」

「なぜ承認しなければならないのです？」と、ジョージはやっきになってまくしたてた。「もしわたしが警察だったら、そんなアリバイは条件つきで――厳重な条件つきで認めたでしょう。当然、犯罪をおかすような人間はいつもアリバイを用意していますよ！そういうアリバイをくずすのが警察の義務です――もし彼らが自分の仕事を知っていれば、そうあるべきですよ」

「やれ、やれ」とチャールトン氏は言った。「わたしにはどうも、警察に彼らの仕事を教えてやることが、われわれの仕事だとは思えませんがね。全体的に見て、かなり能力のある人々の団体ですよ」

ジョージは陰気に頭を振った。

「ロンドン警視庁の手にゆだねるべきですよ。わたしは、サグデン警視には全然満足できない――彼は実直な男かもしれないが――たしかに優秀な人物からはほど遠い」

チャールトン氏は言った。

「わたしはその意見に不賛成ですね。サグデンは立派な人物ですよ。彼は自分の力を誇示するようなことはしないが、それだけの能力をそなえた人間です」

リディアが言った。

「たしかに、警察は最善をつくしてくれていますわ。チャールトンさん、シェリー酒を一杯いかがですか?」

チャールトン氏は彼女の親切に感謝したが、ことわった。そして、ちょうどそのとき、家族の全員が集まったので、彼は咳をして遺書の朗読にとりかかった。

彼はその中に出てくるあいまいな言葉づかいにぐずぐず手間どったり、また法律的専門用語を賞味したりしながら、いくぶん得意になってその遺書を読んだ。

読み終えると、彼は眼鏡をはずしてそれを拭い、それから一同をさぐるように見まわした。

ハリー・リーが言った。

「法律的文章は少しわかりにくいですね。その骨子をひとつ説明してくれませんか？」

「実際のところ」とチャールトン氏は言った。「これはまったく単純な遺書ですがね」

ハリーが言った。

「こりゃおどろいた。じゃ、むずかしい遺書というのはどんなのですか？」

チャールトン氏は非難するようにちらっとハリーを冷たくにらんだ。そして言った。

「この遺書の主要条項はきわめて簡単です。リー氏の資産の半分はアルフレッド・リー氏にいき、その残りは他の子供たちに分配されるわけです」

ハリーは不愉快そうに笑った。彼は言った。

「例によって、アルフレッドの大当たりか！　おやじの財産の半分！　果報者だよ、きみは、アルフレッド」

アルフレッドが真っ赤になった。リディアがピシャリと言った。

「アルフレッドは、父にとって忠実で献身的な息子でした。彼は長年にわたってその事業を管理し、全責任を負ってきました」

ハリーが言った。

「おお、そうです、アルフレッドはいつも善良な男でした」

アルフレッドが辛らつに言った。

「ハリー、きみも自分を幸運と思っていいぞ。わたしは、ハリー、父はきみには何も残さないと思っていたよ」

ハリーは頭をうしろにそらして笑った。彼は言った。

「おやじがぼくのことをすっぱり切りすてたら、きみはもっと満足しただろうね？　きみはいつもぼくが嫌いだったからな」

チャールトン氏が咳をした。彼は、遺書の発表につづいて起こる不愉快な場面には慣れて――あまりに慣れすぎて――いた。で、できることなら、恒例の家族の争いがはじまる前に出ていきたかった。

彼はつぶやいた。

「わたしの用事はこれで――すんだと――思うのですが――」

ハリーが鋭く言った。「ピラールはどうなるんです？」

チャールトン氏はまた咳をした、こんどは弁解的に。

「ええと――エストラバドス嬢のことはこの遺書には言及されていません」

ハリーは言った。「彼女の母親の分をもらえないのですか？」

チャールトン氏は説明した。

「エストラバドス夫人が、もし生きておられたら、もちろん、みなさんと等しい分配が受けられたわけです。けれども、彼女が死んでしまわれたので、彼女にいくべき分配は、みなさんの間で分けられる遺産の中にもどされることになります」

ピラールがその声量の豊かな南国的な声でゆっくり言った。

「では――あたしには――なんにも――ないのですか？」

リディアがいそいで言った。

「ねえ、家族全体でかならずいいようにはからいますよ、もちろん」

ジョージ・リーが言った。

「きみはアルフレッドといっしょにこの家に住めばいいですよ――ねえ、アルフレッド？　われわれは――いや――きみはわれわれの姪なのだから――きみの世話をするのは、われわれの義務です」

ヒルダが言った。「わたしたちも、いつでも喜んでピラールに来てもらいますわ」

ハリーが言った。

「彼女はその正当な分け前をもらうべきだ。彼女はジェニファーの分け前をもらうべきだ」

チャールトン氏がつぶやいた。

「本当に——行かなければ——なりません。さようなら、リー夫人——わたしにできることでしたら——ええと——いつでもご相談ください……」

彼はいそいで出ていった。彼はその経験から、早くもその場に家族争議に必要なあらゆる要素がそろっていることを察したからだった。

弁護士の背後でドアがしまると同時に、リディアがその澄んだはっきりした声で言った。

「わたくしも、ハリーの意見に賛成ですわ。ピラールは取り分をもらう資格があると思います。この遺書は、ジェニファーの亡くなるずっと前につくられたのですから」

「ナンセンスだ！」とジョージが言った。「それこそずさん極まる、不法な考えかたですよ、リディア。法律は法律です。われわれはそれにしたがわなければなりません」

マグダリーンが言った。

「もちろん、ピラールには不運なめぐり合わせでほんとにお気の毒ですけれど、しかし、やっぱりジョージの言うことが正しいと思いますわ。彼が言うように、法律は法律ですわ」

リディアが立ち上がった。彼女はピラールの手をとった。

「ねえ、ピラール」と彼女は言った。「こんな話、あなたにはきっととても不愉快でしょう。わたしたちがこの問題を話し合う間、しばらく席をはずしていてくださらない？」

リディアは彼女を戸口へつれていった。

「心配しないでね、ピラール」と彼女は言った。「わたしに任せてね」

ピラールはゆっくり部屋から出ていった。リディアはドアをしめると、もどってきた。ちょっとの間、話がとぎれてみんなは息をついたが、次の瞬間、戦いの火ぶたはふたたび切って落とされた。

ハリーが言った。

「きみはいつもひどいけちんぼだったよ、ジョージ」

ジョージが言い返した。

「とにかく、おれは居候でもごろつきでもあったことはない！」

「居候といえば、きみのほうがぼく以上だぞ！　きみは今までずっとおやじのスネをかじりつづけてきたじゃないか」

「お前は、おれが責任ある、困難な地位を守ってきていることを忘れているらしいな——」

——」

ハリーが言った。

「責任ある困難な地位だって！　きみなんか、思いあがったホラ吹きにすぎないじゃないか！」

マグダリーンが金切り声をあげた。「まあ、何てことを？」

ヒルダの落ちついた声が、少し高い調子をおびて言った。

「おたがいもっとしずかに議論することはできないのですか？」

リディアが感謝をこめた一瞥を彼女に投げた。

デヴィッドがとつぜんはげしく言った。

「金のことで、こんな恥ずかしい大騒ぎをしなければならないなんて！」

マグダリーンが悪意にみちた調子で彼に言った。

「そんなに気高い心をもっていらっしゃるなんて、ほんとに結構ですわ。でも、あなたはご自分の取り分を拒むおつもりはないのでしょう？　あなただって本当は、わたしたちと同様、お金が欲しいのだわ！　そんなことみんなただのポーズにすぎないのだわ！」

デヴィッドが窒息するような声で言った。

「あなたはぼくがそれを拒むべきだと思うんですか？　ぼくは――」

ヒルダがはっきりと言った。

「もちろん、あなたは拒むことはありません。なぜわたしたちは子供のように振るまわなければならないんでしょう？　アルフレッド、あなたはこの家族の頭《かしら》なのですよ——」

アルフレッドは夢からさめたように言った。

「ああ、すまない、きみたちはすぐどなり立てる。それで——それで、わたしは混乱してしまったのだ」

リディアが言った。

「ヒルダが指摘したように、なぜわたしたちは欲ばりの子供みたいに振るまわなければならないのですか？　もっとしずかに落ちついて、この問題を論じ合いましょう。そして」——彼女はいそいでこうつけ加えた——「一人一回、ということにして。アルフレッドがいちばん年長ですから、最初に話してください。あなたはどう考えますか、アルフレッド、わたしたちはピラールをどうしたらいいでしょうか？」

アルフレッドは、ゆっくり言った。

「彼女は確かにここに住むべきだと思う。そして、われわれは彼女に手当を与えるべきだと思う。彼女が、彼女の母親にいくべき金に対し法律上の請求権があるかどうかは、わたしにはわからない。彼女はリー家の一員ではない。彼女はスペイン国民だから」

「なるほど、法律的請求権はありません」とリディアが言った。「しかしわたしは、彼女には道徳上の請求権がある、と思います。わたしの知るかぎりでは、あなたのお父さまは、その娘が自分の意志に反してスペイン人と結婚したにもかかわらず、ほかの者と等しい権利を彼女にお認めになりました。ジョージと、ハリーと、デヴィッドと、ジェニファーは、平等に分け前にあずかるべきです。ジェニファーは昨年死んだばかりです。お父さまがチャールトンさんに電話をおかけになったとき、お父さまは新しい遺書で、ピラールのために充分な条項をつくってやろうとお思いになったことは、確かだと思います。少なくとも、彼女の母親の取り分は彼女に割りあてられたにちがいありません。あるいは、それ以上のことをなさったかもしれません。彼女がお父さまにとって、たった一人の孫だということも忘れてはなりません。わたしたちにできる最小限のことは、お父さま自身が改めようと考えておられた不公正を取りのぞくために努力することだと思いますわ」

アルフレッドは熱心に言った。

「よく言ってくれた、リディア！　わたしはまちがっていた。ピラールにジェニファーの取り分を与えなければならないというお前の意見に、わたしは賛成だ」

リディアが言った。「ハリー、あなたの番です」

ハリーは言った。

「ご承知のように、ぼくは同意見です。ぼくはリディアがたいへんいい提案をしてくれたと思う。その意味でぼくは彼女を賛美したい」

リディアが言った。

「ジョージ、あなたは？」

ジョージは顔を真っ赤にして、つばをとばしながら言った。

「もちろん、反対です！　とんでもないことだ！　彼女には住居と相応な衣服手当を与えよ！　それで充分です！」

「では、きみは協力を拒むんだね？」と、アルフレッドが言った。

「そうだ」

「ジョージは正しいと思います」とマグダリーンが言った。「彼にそんなことを言わせるような提案をするなどとは、恥ずかしいことですわ。ジョージがこの家族の中でたった一人、世の中で何かをしてきた人であることを考えますと、お父さまがこんなにわずかしか彼に残さなかったことは侮辱だとさえ思います」

リディアが言った、「デヴィッドは？」

デヴィッドはあいまいに言った。

「あなたの言うことは、正しいと思います。そんなことでこんなにまで見苦しく論争し合わなければならない、というのは残念です」

ヒルダが言った。

「あなたのおっしゃることは、まったく正当です、リディア。それこそ公正ですわ！」

ハリーが見まわして、言った。

「よし、それではっきりした。家族のうち、アルフレッドと、ぼくと、デヴィッドは、この動議に賛成。ジョージは反対。賛成者多数です」

ジョージが鋭く言った。

「賛否は問題ではない。わたしの父の遺産に対するわたしの取り分は絶対にわたしのものだ。わたしはその一ペニーたりとも手放さないぞ」

「ほんとに、そうよ」と、マグダリーンが言った。

リディアが鋭く言った。

「あなたが加わりたくないならば、それはあなたの勝手です。残った者であなたの分をおぎないましょう」

彼女は賛成を求めるために一同を見まわし、みんなはうなずいた。

ハリーが言った。「アルフレッドは最大の分け前を得たのだから、責任も最も多く負うべきだな」

アルフレッドは言った。

「きみが言いだしたこの公平な提案も、まもなく破れるんじゃないかと思うね」

ヒルダが毅然とした調子で言った。

「またもとにもどらないでください！　リディア、わたしたちがきめたことをピラールに話してください。細かいことはあとできめましょう」彼女はみんなの注意を転換するために、つけ加えた。「ファーさんはどこにいるんでしょう？　それから、ポアロさんは？」

アルフレッドが言った。

「われわれは裁判所へ行く途中の村で、ポアロと別れました。なんでも、大事な買物をするんだとか言っていました」

ハリーが言った。「なぜポアロは裁判所へ行かなかったのだろう？　当然行くべきであるはずなのに！」

リディアが言った。

「たぶん、あの人はたいしたことにならないと知っていたんでしょう。庭のあそこにいるのは誰かしら？　サグデン警視かしら、それともファーさんでしょうか？」

二人の婦人の努力は成功して、この家族の秘密会議は解散した。

リディアはこっそりとヒルダに言った。

「ありがとう、ヒルダ。親切にわたしを助けてくださって。あなたは、ほんとに、みんなにとって慰めでしたわ」

ヒルダは考えぶかそうに言った。「どうしてお金ってこうも人間を取り乱させるのでしょう、おかしいですわ」

ほかの連中は部屋を出ていき、二人の婦人だけが残った。

リディアは言った。

「そうね——ハリーでさえもね——あれはもともとハリーの提案だったのに！　それから、気の小さなアルフレッド——あの人はそれほどイギリス人なんですわ——彼はほんとはリー家のお金がスペイン国民の手に渡るのを喜ばないのですよ」

ヒルダは微笑しながら言った。

「あなた、わたしたち女は脱俗的だとお思いになって？」

リディアはその上品な肩をすくめて言った。

「ご存じのように、それはほんとのところ、わたしたちのお金ではないでしょう——わたしたち自身のものではないでしょう！　このことはやっぱり、大きなちがいになると思いますわ」

ヒルダは思慮ぶかく言った。

「彼女は変わった娘ですわね――わたしのいうのはピラールのことですけれど、彼女はいったいどうなるんでしょう？」

リディアはため息をついた。

「わたし、彼女が独立できることになってうれしいですわ。家と衣服手当を与えられて、ここで暮らすことは、彼女にはあまりいいことではないと思うの。彼女は自尊心が強すぎるし、それに、あんまり――あんまり――外国人でありすぎますもの」

リディアはじっと考えこみながらつづけた。

「わたし、前に、エジプトから美しい青い石を持ってきたことがあるのですが、向こうで見たときは、太陽と砂を背景にしてそりゃすばらしい色――キラキラ光りかがやくような暖かい青色でしたの。ところが、家に持ち帰って見たら、その青い色はほとんど消えてしまい、くすんだ、薄黒いただのじゅず玉に変わってしまいましたわ」

ヒルダが言った。

「ええ、わかりますわ……」

リディアはやさしく言った。

「わたし、やっと、あなたやデヴィッドとお知り合いになれて、ほんとにうれしいですわ。よく来てくださったわね」

ヒルダはため息をついた。

「でも、この数日間、わたしはいったい何回来なければよかったと思ったことでしょう！」

「わたしにはわかっていましたわ。きっとあなたはそう思ったにちがいない、と……でも、ねえ、ヒルダ、あのショックは、心配したほどデヴィッドに悪い影響を与えなかったようね。デヴィッドはあんなに感じやすい人だから、完全に打ちのめされるんじゃないかと心配していましたわ。でも、実際は、あの殺人以来、かえって元気になられたようじゃないの――」

ヒルダの顔にかすかに動揺の影がうかんだ。彼女は言った。

「あなたもそれにお気づきになりまして？ 見方によっては、それがむしろ心配なのですわ……でも、ああ、リディア、確かにおっしゃるとおりよ！」

ヒルダは夫が昨夜《ゆうべ》自分に語った言葉を思い出しながら、しばらく黙っていた――彼はそのとき、額に垂れ下がってくる美しい髪をかき上げながら、熱心に話したのだった。

「ヒルダ、お前、あの『トスカ』（フランス劇作家サルドゥの戯曲。この劇を題材にしてプッチーニも同じ題名の歌劇をつくった）をおぼえているだろう――スカルピアが死んだのを見て、トスカが彼の頭と足のところにローソクをともす場面を？　彼女が『今こそ、わたしはこの男を許すことができる……』と言うところがあるね。ぼくが今――おやじに対して感じている気持ちも、それだ。長い間ぼくはおやじを許すことができなかった。いや、許すまいと考えた……けれども、今は――今は――もう恨みも何もない。完全に消えうせてしまったよ。それでぼくは――ああ、自分の背中から一度に重荷が取りのぞかれたような気がするよ」

彼女は、不意にわき上がってきた恐怖を払いのけるのに努力しながら言った。

「お父さまが死んだからですか？」

彼は熱心のあまりどもりながら、いそいで答えた。

「いや、いや、お前にはわからないのだね。おやじが死んだからではないよ、おやじに対するぼくの子供じみたばからしい憎しみが死んだからだよ……」

ヒルダはいま、夫の言ったそれらの言葉を思い出した。

彼女はそれを自分の味方であるこの義姉《あね》に話したいと思った。が、本能的にそれが賢いことでないのを感じてやめた。

彼女はリディアのあとについて、客間からホールに出ていった。

マグダリーンが片手に小さな紙包みを持って、ホールのテーブルのそばに立っていた。

彼女は二人を見ると、びくっとしてとび上がった。彼女は言った。

「ああ、これ、ポアロさんの大事な買物にちがいありませんわ。今しがた、あの人がここに落としたのをわたし見たんですの。いったい何かしら?」

彼女はくすくす笑いながら二人の顔を順ぐりに見た。が、その眼は彼女の言葉のきどった陽気さを裏切って、何かを一心に切望していた。

リディアの眉が上がった。彼女は言った。

「わたし、これから行って、お昼前に洗濯をすましておかなければ——」

マグダリーンはなおも子供っぽさを装いながら、その無性にもの欲しげな声の調子だけはかくすことができずに言った。

「わたし、ちょっとのぞいて見よう!」

彼女は紙包みをといたが、とたんに甲高い叫びをあげて、手の中のものを見つめた。

リディアもヒルダも立ちどまって、彼女のほうをじっと見た。

マグダリーンは、とまどったような声で言った。

「これ、つけひげだわ。でも——どうして、つけひげなんか——?」

ヒルダがいぶかしげに言った。

「変装のためかしら？　でも――」

リディアが言った。

「でも、ポアロさんは、自身、とても美しいひげを生やしておいでですよ！」

マグダリーンは紙包みを元どおり包み直すと言った。

「わからないわ。正気のさたじゃないわ。どうして、ポアロさんは、つけひげなんか買ったのでしょう？」

2

ピラールは客間を出ると、ゆっくりとホールを歩いていった。ちょうどスティーヴン・ファーが庭へ通ずる戸口から入ってきた。彼は言った。

「おや？　秘密会議は終わったのですか？　遺書の朗読はすんだの？」

ピラールは息をはずませながら言った。

「あたしは、何ももらえなかったわ――全然なんにも！　遺書はずっと前に作られたものなのよ。おじいさんはあたしの母にはお金を残していたけれど、母が死んでしまったので、そのお金はあたしには来ないで、みんなの手に返るんですって」

　スティーヴンは言った。

「それはずいぶん不運でしたね」

　ピラールは言った。

「もし生きていたら、おじいさんは別の遺書をつくったにちがいないわ。そしてあたしに――相当たくさんのお金を残したにちがいないわ！　たぶん、ときが来れば、全部のお金だってあたしに残しただろうと思うの」

　スティーヴンは、微笑しながら、言った。

「それは、あんまり公平とはいえないですね、そうでしょう？」

「どうして？　おじいさんはあたしをいちばん好いていたのよ。理由はそれだけよ」

　スティーヴンは言った。

「なんて欲ばりな子供だろう、あなたは！　ほんとに、可愛らしいゴールド・ディッガー（砂金捜し。転じて、男をたらし込んで金を巻き上げる女をいう）さん」

　ピラールは、落ちついて言った。

「世の中は女にはとても無情なものよ。だから、女は――若いうちに自分のためにできることをやっておかなければならないわ。女が年とって醜くなったら、誰も面倒をみてくれるものなんか、ありませんもの」

スティーヴンはゆっくり言った。

「それはぼくが考える以上に真実かもしれない。しかし、絶対に真実とはいえませんね。たとえば、アルフレッド・リーだが、老人が徹頭徹尾つらく、きびしく当たったにもかかわらず、彼は心から父親を好いていましたからね」

ピラールが言った。

「アルフレッドは――かなりばかだわ」

スティーヴンは笑った。

それから彼は言った。

「それはそうと、ピラール、心配することはないですよ。知ってのとおり、リー家にはあなたを世話する義務があるんだから」

ピラールは憂うつそうに言った。

「あんまりありがたくないのよ、それが」

スティーヴンはゆっくり言った。

「いや、ぼくもそれを心配しているんですよ。あなたがここで生活していくとは考えられないのでね。ピラール、あなたは南アフリカに行きたいですか？」

ピラールはうなずいた。

スティーヴンが言った。

「そこには太陽があり、広い土地がある。が、また辛い仕事もある。あなたは働けますか、ピラール？」

ピラールはおぼつかなげに言った。

「わたしにはわからないわ」

スティーヴンは言った。

「あなたは一日中、バルコニーに座って、おいしいものを食べていたいんでしょう？　そうすると、どんどん肥って、あごが三重になってもいいですか？」

ピラールが笑った。それを見てスティーヴンが言った。

「よかった。あなたをやっと笑わした」

ピラールが言った。

「あたし、このクリスマスは笑ってすごすつもりだったのよ。あたしが本で読んだイギリスのクリスマスはとても陽気で楽しげなんですもの。焼いた干しブドウを食べたり、すばらしいプラム・プディングをつくったり、それからユール・ロック（クリスマス前夜に炉にたく大薪）なんてものもあって……」

スティーヴンが言った。

「ああ、でも、そのクリスマスも、殺人のために台なしになってしまったのですよ。ちょっと、こっちへ来てごらんなさい。リディアが昨日ぼくをここにつれてきて、見せてくれたのですが、ここは彼女の貯蔵室ですよ」

彼はピラールを食器戸棚よりも少し大きいくらいの小部屋につれていった。

「ごらんなさい、ピラール、この箱の山——クラッカーの箱、砂糖漬けにした果物の箱、オレンジの箱、ナツメの箱、クルミの箱。それから——」

「まあ！」と、ピラールは両手をにぎりしめた。「なんてきれいなんでしょう、その金や銀の玉は——」

「これは、召使へのプレゼントといっしょにクリスマス・ツリーにつり下げるはずだったのです。それから、これは晩餐会の食卓の上におく小さな雪ダルマですが、霜でキラキラ光ってるじゃないですか。それからここにあるのは、ふくらませて飛ばす色風船！」

「まあ！」ピラールの眼がかがやいた。

「ふくらませてみてもいいかしら？　リディアは怒らないでしょう。あたし、風船が大好きなんですもの」

スティーヴンが言った。

「赤ちゃん！　それじゃ、きみはどっちがいい？」

ピラールが言った。「あたしは赤いほうがいいわ」

二人はめいめい自分の風船をえらんで、頬をふくらませながらぷーっと吹いた。ピラールが笑って吹くのをやめると、彼女の風船はすぐしぼんでしまった。

彼女は言った。

「あなたが頬をふくらませて――吹いてるかっこう――とてもこっけいだわ」

彼女は声をあげて笑った。それから、一所懸命に吹きはじめた。風船がふくらむと、二人はその口もとを注意ぶかくしぼり、上のほうへポンポンついて、遊びはじめた。

ピラールが言った。

「ホールに行きましょうよ。あそこのほうが広いから」

二人が笑いながら互いに風船を投げ合っていると、そこへポアロがやってきた。彼は二人を寛大な気持ちでながめた。

「子供の遊戯《レ・ジュー・ダンファン》ですね？　こりゃきれいだ！」

ピラールが息を切らして言った。

「あたしのは赤よ。彼のより大きいでしょ。ずっと大きいでしょ。外へ持っていったら、空高く上がるわ」

「よし、じゃあこれを空へ飛ばして、願いをかけよう」と、スティーヴンが言った。

「賛成、賛成、それはいい思いつきだわ」

ピラールは庭へ出る戸口に向かって走った。スティーヴンもつづいて走っていった。ポアロは依然寛大な表情をうかべながら、二人のあとからついていった。

「どうぞ、たくさんお金が入りますように」と、ピラールが声高らかに言った。

彼女は、風船の糸を片手に持って、つま先で立った。風がひと吹きすると、風船がつと糸を引っぱった。ピラールが手をはなすと、風船は微風に乗ってユラユラと飛んでいった。

スティーヴンが笑った。

「自分の願いを口に出して言っちゃいけないんですよ」

「どうして、いけないの？」

「そうすると願いは実現しないんですよ。さあ、こんどはぼくの番だ」

彼は自分の風船をはなした。が、それはうまくいかなかった。風船はわきにそれて、ヒイラギの茂みにひっかかり、パーンと割れてしまった。

ピラールがそっちへ走っていった。

彼女はわざと悲しげな声で告げた。

「あえない最後をとげました……」

それから、彼女はつま先で、そのグニャグニャにしぼんだ小さなゴムの固まりをつきながら言った。

「あの晩、おじいさんの部屋で拾ったのも、これとおんなじようなものだわ。おじいさんもきっと風船を持っていたのね。ただ、おじいさんのはピンクだったけれど」

ポアロが鋭い叫び声をあげた。ピラールがいぶかしそうに振り向いた。

ポアロは言った。

「なんでもないんです。つま先を刺したんで――いや、ぶつけたんです」

ポアロはぐるりとからだを旋回させて、家のほうをながめた。

彼は言った。

「なんというたくさんの窓だ！　お嬢さん、家にも眼と――耳はあるものですよ。イギリス人がこんなに窓が好きだとは、まったく残念なことです」

リディアがテラスに出てきた。彼女は言った。

「ランチの仕度ができましたから、どうぞ。それからピラール、何もかも満足に解決しましたよ。アルフレッドが、食後、あなたにくわしく話すでしょう。さあ、いらっしゃい」

一同は家の中に入った。ポアロはいちばんあとから入っていった。彼はむずかしい顔をしていた。

3

ランチが終わった。

みんなが食堂から出てきたとき、アルフレッドはピラールに言った。

「わたしの部屋まで来てくれませんか。話したいことがあるから」

彼はホールを横切って自分の書斎へ彼女を案内すると、ドアをしめた。ほかの者は客間に入っていった。ただエルキュール・ポアロだけはホールに残って何か考えこんでいる様子で、とざされた書斎の戸口のほうを見ていた。

ふと彼は老執事のトレッシリアンが不安げな面もちで、ためらいながら彼のほうへ近づいてくるのに気がついた。

ポアロは言った。「やあ、トレッシリアン、何だね？」

老人は当惑しているようだった。彼は言った。

「リーさまにお話し申し上げたいことがあるのでございますが、ご用中をおじゃましたくないと思いまして」

ポアロは言った。「何かあったのかね？」

トレッシリアンはゆっくり言った。

「とても奇妙なことなのでございます。どうも腑におちませんで」

「話してみたまえ」と、ポアロは言った。

トレッシリアンはためらった。が、やがて言った。

「はい、それはこうなのでございます。あなたさまもお気づきのことと存じますが、正面玄関の入口に砲弾がおいてございますね。大きな重い石でつくったものでございます。それが、一つなくなってしまったのです」

エルキュール・ポアロの眉が上がった。

彼は言った。「いつから？」

「今朝はたしかに二つともございました。お誓いしてもよろしいです」

「行って見よう」

二人はいっしょに玄関に出ていった。ポアロはかがんで、残っているほうの砲弾を調べた。ふたたびからだをのばしたとき、彼の顔は厳粛なむずかしい表情をうかべていた。

トレッシリアンはふるえ声で言った。

「こんなものを誰がいったい盗んだのでございましょう。わけがわかりません」

ポアロが言った。「気にくわん。どうも気にくわん……」

トレッシリアンは心配そうに彼を見まもっていた。そしてゆっくり言った。

「このお家はどうなるんでございましょうか？　ご主人が殺されてからというものは、同じお家のようには思われません。わたくしは、しじゅう、夢を見ているようでございます。いろいろなことで頭が混乱し、ときどき自分の眼が信じられないような気持ちになります」

ポアロは頭を振った。彼は言った。

「それは思いちがいだよ。きみの眼は立派に信じていい眼だよ」

トレッシリアンは頭を振りながら言った。

「わたくしはもう、視力が衰えております——以前のようにものを見ることができません。品物にしても——人にしても——すぐ混同してしまいます。わたくしはもう、働くにはあんまり年をとりすぎたようでございます」

ポアロは彼の肩をつかんで、言った。

「元気を出しなさい！」

「ありがとうございます。ご親切にそうおっしゃってくださるお気持ちはよくわかりますが、でもごらんのように、もう年をとりすぎました。わたくしは、あの昔の時代が、昔の人々の顔がなつかしくてなりません。ジェニーお嬢ちゃま、デヴィッド坊ちゃま、それからアルフレッド坊っちゃま。わたくしには、いつになってもみなさんが、そのころの小さな紳士や令嬢と同じように思えるのでございます。でも、ハリーさまが帰ってこられた、あの晩からというものは——」

ポアロはうなずいた。

「なるほど」と彼は言った。「わたしが考えていたのもそれだよ。きみはさっき『ご主人が殺されてから』と言ったが——それは、その前からはじまっていたのだよ。ハリー氏が帰ってきたときからではないのかね——ものごとに変化が起こったのは？」

老執事は言った。

「まったく、そのとおりでございます。そのときからでございますよ。ハリーさまはいつも、お家の中にごたごたを起こされました、以前もそうでございました」

彼は石がおいてあった場所をキョロキョロ見まわした。

「誰がこの石をとっていったんでございましょうね？」と彼はつぶやいた。「それにどうして？　まるで――狂人のしわざみたいでございます」

エルキュール・ポアロは言った。

「狂気でないのが、心配なんだ。正気なんだよ！　誰かが、トレッシリアン、非常な危険にさらされているんだよ」

彼は向きを変えて、ふたたび家の中に入った。

ちょうどそのとき、ピラールが書斎から出てきた。顔を紅潮させ、頭を上げ、眼をギラギラ光らせていた。

ポアロが近づくと、彼女はとつぜん足をふみ鳴らして言った。「あたし、そんなものとれないわ」

ポアロは眉を上げた。彼は言った。

「とれないって、何がですか、お嬢さん？」

ピラールが言った。

「アルフレッドが、おじいさんの遺産のうちからあたしの母のもらうべきお金をあたしにくれると言うのです」

「それで？」

「法律ではあたしはもらえないのだ、とアルフレッドは言ってたわ。でも、彼やリディアやその他の人々は、それをあたしのものだと考えたのですって。みんなは、それは正義の問題だと言うんですって。だから、それをあたしにやろうっていうのよ」

ポアロはふたたび言った。

「それで？」

ピラールはもう一度、足をふみ鳴らした。

「あなたにはおわかりにならないの？　みんなはそれをあたしにやろうというのよ——あたしにやろうと」

「それがあなたの誇りを傷つけるのですか？　みんなの言っていることが——その金は当然あなたのものだということが——真実であってもですか？」

ピラールが言った。

「あなたには、わからないのだわ……」

ポアロは言った。

「いやいや——わたしにはよくわかっていますよ」

「まあ……」彼女はふくれて横を向いた。

そのとき、玄関のベルが鳴った。ポアロが肩ごしにちらっと見ると、ドアの外にサグデン警視の影が見えた。ポアロはあわててピラールに言った。

「どこへ行くんです？」

彼女はすねて言った。

「客間へよ。みんなのところへ」

ポアロはうなずいた。

「いいでしょう。そこで、みんなといっしょにいてください。一人でうろついてはいけませんよ。ことに暗くなってからは。用心してください。あなたはいま危険にさらされているのだから。お嬢さん、あなたにとって、今日ほど危険な日はないのですよ」

彼は彼女と別れて、サグデンに会いに行った。

サグデン警視は、トレッシリアンが食器室に引きあげるまで待っていた。

それから、彼は一通の電報をポアロの鼻先につき出した。

「今来たんです！」と彼は言った。「読んでごらんなさい。南アフリカ警察からのものです」

電文はこう書かれていた。

「〃エビニザー・ファーの一人息子は二年前に死んだ〃」

サグデンが言った。

「これで、わかりましたよ！　こっけいなことに――すっかり方針をまちがえていました……」

4

ピラールは昂然と頭を上げて客間に入っていった。

彼女は窓ぎわに座って編物をしているリディアのところへまっすぐに行った。

「リディア、あたし、あのお金はいただかないということを申し上げに来ました。あたし、ここを出ていくつもりです——すぐ……」

リディアはびっくりしたようだった。彼女は編物をおくと言った。

「ねえ、ピラール、きっとアルフレッドの説明のしかたがまずかったのでしょう！それは決して慈善などということじゃないんですよ——もしあなたがそんなふうに思っているのなら、まちがいですよ。実際、わたしたちとしては、それは親切とか寛容とかいう問題じゃないのです。正・不正の問題なのですわ。普通だったら、そのお金はあなたのお母さんが相続し、それをさらにあなたが彼女からもらうことになったでしょう。ですから、それはあなたの権利なのです——血の権利なのです。それは慈善の問題などではなく、正義の問題なのですよ！」

ピラールがはげしい調子で言った。

「あたしがそのお金をいただけないのも、そのためですわ――あなたがそんなふうにおっしゃると、なおいただけませんわ。あたしは、ここへ来るのが楽しみでした。それはおもしろい冒険でした。でも、今あなたがたは、それをすっかり台なしにしてしまいました！　あたしはすぐおいとまするつもりです――あなたがたは二度とあたしに悩まされることはないでしょう……」

涙が彼女の声をつまらせた。彼女はくるりと背中を向けると、夢中で部屋から走り出ていった。

リディアは放心したように空間を見つめていたが、力なく言った。

「彼女にそんなふうにとられようとは、思わなかったわ！」

ヒルダが言いった。

「あの子はすっかり取り乱しているようですわ」

ジョージは咳をすると、おごそかに言った。

「ええと――わたしが今朝指摘したように――根本的な混乱がまちがっているんだ。ピラールは自分でそれを見抜いたのだ。彼女は慈善をほどこされるのを拒んでいるのだ―

──」

リディアが鋭く言った。

「慈善じゃありません、それは彼女の権利です！」

ジョージが言った。

「彼女はそう思ってはいないようですよ！」

サグデン警視とポアロが入ってきた。サグデンは室内を見まわしてから、たずねた。

「ファー氏はどこにいますか？　彼と話したいのですが」

誰も答えないうちに、エルキュール・ポアロが鋭く言った。

「エストラバドス嬢はどこですか？」

ジョージ・リーが、意地悪い満足の表情をちらっとうかべて言った。

「すぐこの家を出ていくらしいですよ。自分でそう言ってましたから。どうやら、彼女はイギリス人の親類にあきあきしたらしいですね」

ポアロが向きを変えた。

彼はサグデンに言った。

「来たまえ！」

二人がホールにとび出したとき、遠くのほうで重いドシンという音と、かすかな悲鳴が聞こえた。

ポアロが叫んだ。

「早く……行きましょう……」

二人はホールに沿って走っていき、家の向こう端の裏階段をかけ上がった。ピラールの部屋のドアがあいていて、一人の男が戸口に立っていた。二人がかけ上がると、彼は頭をこっちへ向けた。スティーヴン・ファーだった。

彼は言った。

「彼女は生きています……」

ピラールは部屋の壁に向かってうずくまるように立っていた。彼女は大きな石の砲弾のころがっている床の上をじっと見つめていた。

ピラールは息を切らしながら言った。

「その石は、半分開いたこのドアの上にのっていたんです。あたしが部屋に入りかけると、すこい勢いで頭の上に落ちてきましたが、そのときスカートが釘に引っかかってあたしのからだを引きもどしてくれたので、助かったのですわ」

ポアロはひざまずいて、そのクギを調べた。それには紫色のツイードの糸がくっついていた。彼は顔を上げて重々しくうなずいた。

「この釘が、お嬢さん」と彼は言った。「あなたの生命を救ってくれたのですね」

警視は呆然として言った。

「これはいったい、どうしたんでしょうか？」

ピラールは言った。

「誰かがあたしを殺そうとしたんですわ！」

彼女は何度もうなずいた。

サグデン警視はドアをちらっと見上げた。

「ブービー・トラップ（開いた戸のうえに物をのせておいて、入る人の頭の上に落ちるようにする仕掛けや、通路に物をおいて、それにつまずかせるなどのいたずら）だな」と彼は言った。「旧式なブービー・トラップ——しかも、その目的が殺人だったことは明らかだ！この家で二度目の殺人が計画されたのだ。しかし、こんどは成功しなかったのだ！」

スティーヴン・ファーが、しゃがれ声で言った。

「ああ、ありがたい、あなたが無事で！」

ピラールは、訴えるようにその両手をのばした。

「聖母さま！」と彼女は叫んだ。「どうして誰かがあたしを殺そうとしたのでございましょう？　あたしが何をしたというのでしょう？」

エルキュール・ポアロがゆっくり言った。

「お嬢さん、あなたはむしろ自分は何を知っているかとたずねるべきでしょうね？」

彼女はじっと見つめた。

「何を知ってるか、ですって？　あたしは何も知りません」

ポアロは言った。

「それは、あなたにまちがっている点があるからです。ピラールさん、話しておしまいなさい。あの殺人の行なわれたとき、あなたはどこにいたのですか？　あなたはこの部屋にはいませんでしたね」

「あたし、いました。あなたがたにも、そう話したはずです！」

サグデン警視がわざとやさしい調子で言った。

「そうでしたね、しかし、あのときあなたはほんとのことを話しませんでしたね。あなたは、おじいさんの叫び声を聞いたと言われたが——もしほんとにここにいたのなら、それは聞こえなかったはずですよ——ポアロさんとわたしで、昨日テストして確かめたのです」

「ああ！」ピラールは息をのんだ。

ポアロは言った。

「あなたは老人の部屋のすぐ近くにいましたね。お嬢さん、あなたがどこにいたか、わたしが当ててみましょう。あなたはおじいさんの部屋に近い、あの彫像のおいてあるくぼみにいたのでしょう」

ピラールがとび上がらんばかりにおどろいて言った。

「まあ……どうしておわかりになったの？」

ポアロはかすかに微笑して言った。

「ファー氏が、あなたをそこで見たそうですよ」

スティーヴンが鋭く言った。

「ぼくは見やしません。そんなことは真っ赤な嘘です」

ポアロは言った。

「失礼、ファーさん、しかしあなたは彼女を見たのですよ。そのくぼみに二つでなく、三つの彫像があったという、あなたの印象を思い出してください。あの晩、白いドレスを着ていた人はたった一人、エストラバドス嬢だけでした。彼女こそ、あなたの見た第三の白い彫像だったのですよ。そうでしょう、お嬢さん？」

ピラールはちょっと躊躇してから言った。「ええ、そのとおりですわ」

ポアロはおだやかに言った。「さあ、お嬢さん、真相を全部話してください。どうしてあなたはそこにいたのですか？」

ピラールは言った。

「夕食後、あたしは客間を出て、おじいさんに会いに行こうと思いました。きっとおじいさんが喜ぶだろうと考えたからです。ところが、あたしが廊下を曲がると、誰かが部屋の戸口に立っていました。あたしは、おじいさんがその晩誰にも会いたくないと言ったのを知ってましたので、見られたくありませんでした。そこで、戸口に立っているその人が振り向いても、こっちの姿を見られないように、いそいであのくぼみに身をかくしました。

すると、そのとき、とつぜん、あのおそろしい物音が――テーブルや――椅子や――」彼女は両手を振った。「そのほかいろんなものが、ひっくり返ったりこわれたりする音が聞こえたのです。あたしは動きませんでした。なぜだかわかりません。おどろきのあまり、すくんでしまったのかもしれません、すると、そのとき、おそろしい叫び声が起こりました」――彼女は十字を切った――「あたしの心臓は鼓動がとまり、あたしは思わず口走りました、『誰かが死んだ……』と」

「それから？」

「それから、みんなが廊下を走ってきました。それで、あたしも最後にくぼみを出て、みんなに加わりました」

サグデン警視が鋭く言った。

「あなたは、われわれが最初にきいたとき、そんなことを何も言わなかったですね。なぜです？」

ピラールは頭を振った。彼女は利口ぶって言った。

「警官によけいなことを言うのは、よくありませんもの。もしあたしがそんなに近くにいたと言ったら、あなたがただってあたしが殺したと思ったかもしれませんわ。あたしそう考えたのです。それで、自分の部屋にいたと言ったのです」

サグデンが鋭く言った。

「もしあなたが故意に嘘を言うと、結局、嫌疑を受けてもしかたがないということになりますよ」

スティーヴン・ファーが言った。「ピラールがですか？」

「そうです」

「あなたが廊下を曲がったとき、戸口に立っていたというのは、いったい誰なのですか？　話してください」

サグデンが言った。「そうだ。話してください」

ちょっとの間、ピラールはためらった。彼女は眼を大きく見ひらき、それから細めた。そして、ゆっくり言った。

「誰だったか、わかりません。暗すぎて見えなかったのです。でも、それは女でした……」

5

サグデン警視はみんなの顔を見まわした。彼はいままで示したことのない、焦躁に近い表情をうかべて言った。

「これはじつに型破りのやり方ですよ、ポアロさん」

ポアロは言った。

「それについては、わたしに少し考えがあります。で、わたしの得た情報をみなさんにも聞いていただき、そしてみなさんの協力を得て、真実に到達したいと思います」

サグデンが口の中でつぶやいた。「いたずらだな《モンキー・トリック》」

彼は椅子にもたれかかった。

　ポアロが言った。

「まず、きみはファー氏に説明を求めることがありましたね、それからはじめてください」

　サグデンの口がきっと引きしまった。

「わたしとしてはもっと非公式なときを選びたかったのですが」と彼は言った。「けれども、別に反対はしません」そう言いながら、彼は例の電報をスティーヴン・ファーに渡した。「さて、あなた自身の呼び名にしたがえば、ファーさん、たぶんあなたはこれについて説明できるでしょうね？」

　スティーヴン・ファーは電報を手にとった。そして眉を上げながら、ゆっくりそれを読んだ。それからおじぎをして、彼はそれを警視に返した。

「なるほど」と彼は言った。「これは少々ひどすぎますね」

　サグデンが言った。

「それについてあなたが言うべきことは、それだけですか？　もちろん、あなた自身がよく知ってるように、言わなければならぬ義務はありませんが――」

　スティーヴン・ファーはそれをさえぎって言った。

「警視さん、ぼくを警戒なさるにはおよびませんよ。よろしいです。説明しましょう。

たいしておもしろいことじゃありませんが、これが真実です」

彼はちょっと休んでから、はじめた。

「ぼくはエビニザー・ファーの息子ではありません。しかし、エビニザー父子とはごく懇意な間柄だった人間です。さて、試みに、ぼくの立場にあなた自身を置いてみてください。（ついでながら、ぼくの本名はスティーヴン・グラントといいます）ぼくはこの国に生まれて初めてやってきました。そして失望しました。あらゆるもの、あらゆる人間が単調でつまらなく思われました。そんな気持ちで汽車で旅行していたとき、ぼくは一人の娘に会いました。率直に言いましょう。ぼくはその娘にほれこんでしまったのです！　彼女はこの世界で最も美しい、まったく比類のない娘でした。ぼくは汽車でしばらく彼女と話しました。そしてそのとき、どんなことがあっても彼女を見失うまいと決心しました。ぼくが車室を出ようとしたとき、ふと彼女のスーツケースが眼にとまりました。彼女の名は、ぼくには何の意味もありませんでしたが、彼女の行く先の住所がぼくの注意をひきました。ゴーストン館《ホール》。それはかねてから聞いていた名前ですし、その持ち主についてもよく知っていました。というのは、その人はエビニザー・ファーのある時代の親しい仲間で、エビニザー老人はしばしば彼の噂をし、その人柄についても話してくれたことがあったからです。

そこでとっさに、ゴーストン館へ行ってエビニザーの息子だと偽ってやろうという思いつきが、ぼくの心にうかんだのです。エビニザーの息子は、この電報にもあるように二年前に死にました。が、ぼくはエビニザー老人が長い間シメオン・リーから便りがないと言っていたのを思い出し、リー氏はきっとエビニザーの息子の死を知らないだろう、と判断しました。とにかく、こいつはやってみる価値がある、とぼくは思ったのです」

サグデンは言った。

「しかし、あなたはそれをすぐやりませんでしたね。アドルスフィールドのキングス・アームに二日間滞在している……」

スティーヴンは言った。

「やろうか、やるまいかと、考え迷っていたのです。とうとうぼくはやろうと決心しました。それはちょっとした冒険としてもぼくの心を引きつけました。ところが、それは意外なほどすらすらと運びました！　リー老人はこの上もない親愛の態度でぼくを迎え、すぐ、ぼくにこの家に来てしばらく逗留するようにすすめました。ぼくはもちろんそのすすめを受け入れました。それだけです、警視さん、これがぼくの説明です。もしあなたが想像できないなら、あなたの恋愛時代を回想されて、当時多少でもばかげたまねをしたおぼえがないかどうかを考えてみてください。ぼくのほんとの名は、さっきも申し上げたように、スティーヴン・グラントです。南アフリカに電報を打って照会なさっても結構です。しかし言っておきますけど、あなたはぼくが尊敬すべき一市民であることを発見されるだけでしょう。ぼくは詐欺師でも、宝石泥棒でもありませんよ」

ポアロがしずかに言った。「わたしはあなたがそんな人間だと信じたことはありませんよ」

サグデン警視はあごを用心ぶかくなでながら言った。

「その話は照会してみることにしましょう。わたしが知りたいことはこれです——どうしてあなたは、嘘八百をいうかわりに殺人のあと片づけに協力しようとしなかったのです？」

スティーヴンは疑惑を解こうとして言った。

「ぼくがばかだったんです！　それでうまくのがれられると思ったんですよ！　もし偽名を使ってここに来たことなどを言ったら、変に思われると考えたんです。ぼくが大ばかでなかったら、あなたがヨハネスブルクに電報を打つことくらい、気がついたでしょう」

サグデンは言った。

「いや、ファー——ではない——グラントさん、わたしはなにもあなたの話を信じない、といってるのじゃありませんよ。それはすぐ、嘘か本当かわかることですから」

サグデンはもの問いたげにポアロのほうを見た。ポアロが言った。

「エストラバドス嬢も何か話すことがある、と思いますが」

ピラールの顔は真っ青になっていた。彼女は息を切らせながら言った。

「はい、確かにあります。でも、リディアとお金のことがなかったら、あたし決して、このことをあなたがたに話しはしなかったでしょう。ここに来たのも、人目をあざむき、嘘を言い、芝居をしたのも——それはみんな面白半分のたわむれでした。でも、リディアがあのお金はあたしのものだと言い、それこそ正義なのだと言ったとき、事情は一変しました。それはもう、たわむれではなくなりました」

アルフレッド・リーが途方にくれたような顔をして言った。

「わたしにはさっぱりわからない。ねえ、何のことを言ってるんだね？」

ピラールは言った。

「あなたは、あたしがあなたの姪のピラール・エストラバドスだと今でも思っていらっしゃるんでしょう？　ところが、そうじゃないんです！　あなたの姪のピラールはあたしといっしょにスペインを車で旅行中、殺されたのです。爆弾が車に命中して殺されたのですわ、でも、あたしは無事でした。あたしは彼女をよく知りませんでしたが、彼女は自分の身の上や、祖父が彼女をイギリスに呼びよせようとして便りをよこしたことや、その祖父がたいへんお金持ちであることなどを、くわしく話してくれました。彼女が死んだとき、あたしは一文なしで、行く先も、働く仕事もなかったものですから、ふとこんな考えがうかんだのです。〝ピラールのパスポートを持って、イギリスに行って、大金持ちになってはいけないという わけはなかろう？〟彼女の顔はとつぜん、ゆったりとした微笑でかがやいた。「ああ、うまくいくかしらと思うと、この冒険はあたしの胸をわくわくさせました！　幸いあたしたちの写真の顔はあまりちがいませんでした。でもここで、あなたがたからパスポートを見せろと言われたときには、あたしは部屋の窓をあけて、わざとそれを外に投げ、拾いに走りおりていって、写真の顔のところに泥を少しこすりつけておきました。というのは、税関などではそう綿密に見ませんけれど、ここではひょっとすると、警察の人たちはと思ったからです――」

アルフレッドが、怒気をあらわにして言った。

「すると、きみはわたしの父に孫だと詐称して、その愛情につけこもうとした、というのだね？」

ピラールはうなずいた。そして満足げに言った。

「そうですわ。そして、あたしはすぐ、老人があたしを大好きになるようにしてみせられる、と思いましたわ」

ジョージ・リーがかっとなって叫んだ。

「言語道断だ！」と、彼はつばをとばした。「りっぱな犯罪だ！　だまして金をとろうとした詐欺だ」

ハリー・リーが言った。

「ことわっておくが、彼女はきみから一文だってとってはいないよ！　ピラール、ぼくはきみの味方だ！　ぼくはきみの大胆さに敬服したよ。それに、ありがたいことには、ぼくはもうきみの叔父ではないのだ！　そのことは、ぼくの行動を大いに自由にしてくれるというものだよ」

ピラールはポアロに言った。

「あなたはご存じだったのでしょう？　いつおわかりになりまして？」

ポアロは微笑した。

「お嬢さん、もしあなたがメンデルの法則を勉強したことがあるなら、青い眼の二人から茶色の眼の子供が生まれることはほとんどない、ということを知ってるはずです。あなたのお母さんは、きっと、最も純粋な尊敬すべきスペイン婦人だったにちがいない、とわたしは思ったのです。すると、当然あなたはピラール・エストラバドスではないということになります。あなたがパスポートに細工をしたとき、わたしはそのことを確信したのです。なかなか巧妙ではあったが、しかし完全に巧妙だったとはいえませんね」

サグデン警視が不愉快げに言った。

「それだけではない。すべてが充分巧妙だったとはいえませんよ」

ピラールは彼をじっと見つめていたが、言った。

「何のことか、あたしにはわかりませんわ……」

サグデンは言った。「あなたはひと通り話してくれたが——まだ話さないことがたくさんある、と思うのです」

スティーヴンが言った。「彼女にかまわないでください！」

サグデンは知らぬ顔をして、すすめた。

「あなたは、晩餐のあとで老人の部屋へ上がっていったと、われわれに話した。あなたは、それを自分の衝動からだと言った。わたしは今、その他のことを少し暗示してみましょう。例のダイヤモンドを盗んだのは、あなただ。あなたはそれを、ときどき金庫から出し入れしていじることを許されていたので、老人はあなたのやることには注意を払わなかったにちがいない！　ダイヤモンドの紛失を発見したとき、彼は即座に、それを盗むことのできる人間は二人しかない、と考えた。すなわち、その一人はホーベリーで、彼はいつの間にか組合せ文字《コンビネーション》を探知し、夜中に部屋にしのびこんで、金庫からそれを盗み出したかもしれない。もう一人はいうまでもなくあなただ。

リー氏はそのことに気づくと、すぐ手段を講じた。彼はわたしに電話をかけて、来てくれるようにと言った。それから、あなたにも夕食が終わったらすぐ部屋へ来るように、と言づけた。あなたが行くと、老人はダイヤモンドを盗んだのはお前だろうと言って、あなたを責めた。あなたはそれを否定し、彼はあくまでその嫌疑を主張した。つづいてどんなことが起こったかは、わたしにはわからないが――ひょっとすると彼は、あなたが彼の孫ではなくて、利口な小泥棒だという事実に気がついたかもしれない。とにかく、万事休す、もはや発覚を免れることはできないと見て、あなたはナイフをふるって彼に斬りつけた。格闘が行なわれ、彼が大声で叫んだ。が、あなたはあわてなかった。老人の息の根をとめると、いそいで部屋をとび出して、外からドアに鍵をかけ、そのときはもうみんながかけつけてくるのがわかったので、とっさに彫像のおいてあるあのくぼみにすべりこんだのだ」

ピラールが金切り声で叫んだ。

「嘘です！　嘘です！　あたしはダイヤモンドなんか盗みはしません！　彼を殺しはしません。聖母さまの御名にかけて誓います」

サグデンは鋭く言った。

「それなら、誰がやったんです？　あなたは、リー氏の部屋の戸口に誰かが立っていたのを見た、と言う。あなたの話にしたがえば、その人間が殺人犯人でなければならない。ほかには誰も、くぼみの前を通ったものはなかったのだから！　だが、戸口に誰かが立っていたということは、あなたが言っているだけで、ほかには何の証拠もないのです。言いかえれば、それはあなたが自分の無罪を証明しようとして、勝手につくり上げた話かもしれないのだ」

ジョージ・リーが鋭く言った。

「もちろん、彼女が犯人だ！　それは明らかすぎるほど明らかだ！　わたしは初めから、父を殺したのは外部の人間だと主張してきた！　家族の一員を装ってあんなことをするなんて、途方もないナンセンスだ！　これは――どう考えても普通じゃない！」

ポアロが椅子の中で身じろぎした。彼は言った。

「わたしはそれに反対ですね。シメオン・リー氏の性格を考慮に入れると、起こったことはきわめて自然ですよ！」

「えっ？」ジョージのあごが下がった。彼はポアロをじっと見つめた。

ポアロは言葉をつづけた。

「わたしの意見では、まさに起こるべくして起こった事件だと思うのです。シメオン・リー氏は彼自身の肉親によって殺されたのですよ。犯人にとっては、きわめて立派な、充分な理由と思われることのためにね」

ジョージが叫んだ。「われわれの一人が犯人ですって？　わたしは断じて——」

ポアロの声が、鋼鉄のように冷たくそれをさえぎった。

「ここにおられるみなさんにも、それぞれ不利な事実がありますね。まずジョージ・リーさん、あなたの問題からはじめましょう。あなたはお父さんを愛していなかった！ただ金のために、彼と仲よくしていた。老人が死んだ日、彼はあなたの手当を減額するといっておどかした。そのあなたは、彼の死によって相当多額の遺産が手に入ることを知っていた。ここに動機が成立します。晩餐のあとで、あなたは（自分でも認めておられるように）電話をかけに行った。そして事実電話をかけた——しかし通話はわずか五分で終わった。そのあとで、あなたは老人の部屋に行き、彼と雑談中すきをうかがって襲いかかり、彼を殺害することは容易にできたはずです。殺害後、あなたは部屋を出て、外からドアに鍵をかけ、事件を夜盗の仕業のように見せかけようとした。だが、恐慌をきたして、あなたは夜盗説の裏づけとなるべき窓の状態を確かめることを怠った。これはまぬけな失策でしたが——率直に言うことを許していただくなら、だいたいあなたは少しまぬけですよ！しかしながら」と、ポアロはちょっと間をおいて、（その間にジョージが何か言おうとしたが、失敗した）言った。「犯罪者というものはたいていまぬけな者です！」

彼はその眼をマグダリーンに向けた。

「その夫人もまた動機を持っていました。彼女には、たしか借金があるはずだ。その上、義父の言葉は彼女をひどい不安におとしいれた……。また、彼女にはアリバイもない。彼女は電話をかけに行ったが、その電話も実際はかけていない。その間何をしていたか、ということについては、彼女自身の証言だけしかない……。

次に」と、彼はちょっと休んでから、ふたたびつづけた。「こんどはデヴィッド・リー氏に移りましょう。われわれは、リー家の血の中に混じる執念ぶかい気質と長期間の記憶力については一度ならず聞いていますが、デヴィッド・リー氏もまた、彼の父親が母親を虐待したことを、長い間忘れも許しもしなかった。その亡き母親に向けられた最後の嘲りは、彼をしてついに忍耐の緒を切らせることになったかもしれない。殺人が行なわれたとき、デヴィッド・リー氏はピアノを弾いていたと言われる。偶然の一致か、そのとき彼が弾いていた曲は、〈葬送行進曲〉だった。しかし、他の誰かがその〈葬送行進曲〉を弾いていた、と想像できないだろうか？　彼がそのときやろうとしていたことを知っており、彼のその行動を是認していた誰かが――？」

ヒルダ・リーがしずかに言った。

「恥ずべき思いつきですわ」

ポアロは彼女のほうに顔を向けた。「奥さん、あなたには、別の思いつきを申し上げましょう。あの行為を犯したのは、あなたの手でした。人間として許しがたい存在だと考えた男に判決を執行するため、階上に上がっていったのは、あなたでした。あなたは、奥さん、怒るとおそろしくなり得る人です……」

ヒルダは言った。「わたしは彼を殺しはいたしません」

サグデン警視がぶっきらぼうに言った。

「ポアロさんの言うことは、まったく正しいですよ。アルフレッド・リー氏、ハリー・リー氏、それからアルフレッド・リー夫人をのぞいては、みなさんに不利な問題があるのです」

ポアロはおだやかに言った。

「わたしは、その三人さえも除外しないのです……」

警視は抗議した。「おお、そんなばかな、ポアロさん！」

リディア・リーが言った。

「では、ポアロさん、わたくしに不利な事実というのは何ですか？」

彼女はその眉を皮肉に上げてそう言うと、ちょっと微笑した。

「あなたの動機は、奥さん、見送りましょう。それはあまりに明らかなことですから。そこで、残りの部分についていうなら——あなたはあの晩、ケープのついた、たいへん特色のある型の、花模様のタフタのドレスを着ておられた。わたしはここで、執事のトレッシリアンがかなりひどい近視であるということを、あなたに思い出していただきたい。少し離れたものは、彼にはぼんやりとしか見えないのです。わたしはまた、お宅の客間は広い上に、あそこの電灯には厚い笠がかかっているということも、指摘しておきたい。あの晩、二階の叫び声が聞こえる一、二分前に、トレッシリアンはコーヒー茶碗を集めに客間へ入っていった。そのとき彼は、いちばん端《はし》の窓のカーテンのかげに半分からだをかくして、楽な姿勢で立っていたあなたを見た——と思っています」

リディアが言った。「彼はほんとにわたくしを見たのです」

ポアロはつづけた。

「しかし、こういうことも考えられるでしょう。トレッシリアンが見たのは、じつはあなたのドレスについていたケープであって、それとカーテンをうまく使って、いかにもあなたがそこに立っているかのように見せかけたのかもしれない、と」

リディアが言った。「わたくしは、たしかにそこに立っていました……」

アルフレッドが言った。「ポアロさん、ずいぶん、あなたは思い切ったことを言いますね——」

ハリーがそれをさえぎった。

「アルフレッド、ポアロさんに先へ進んでもらおうじゃないか。こんどはわれわれの番だが、アルフレッドとぼくの二人は、そのときいっしょに食堂にいたのに、あなたはどうしてアルフレッドがその愛する父親を殺したと、言うんですか?」

ポアロは彼のほうを見て、微笑した。

「それは」と彼は言った。「ごく簡単なことでしょう。アリバイは、それが求めずして与えられたとき、最も効果を発揮するものです。あなたとあなたの兄さんは仲が悪い。それはよく知られています。あなたは公然と彼を嘲笑する。彼もあなたのことをよく言ったことがない! しかし、もしそれがすべて非常に巧妙な陰謀だったとしたら、どうか。つまり、アルフレッド・リーは、自分を酷使する親方のご機嫌をとることにあきあきしていたとする。そしてあなたと彼は、しばらく前にこっそり相談をして、意見が一致していたとする。あなたがたの計画がたてられ、それにしたがってあなたが帰ってくる。アルフレッドはあくまであなたの帰宅を喜ばないようなふりをする。そしてあなたに対して嫉妬と嫌悪を示す。あなたのほうも彼に対して軽蔑を示す。やがて、あなたがた二人が巧妙に計画した殺害の夜が来る。二人のうちの一人が食堂に残り、わざと声を立てて、二人で話したり口論したりしているように見せかける。その間に他の一人は二階に上がって、犯罪を遂行する……」

アルフレッドが立ち上がった。

「悪魔！」と、彼は言った。が、その声は怒りのためにろれつがまわらなかった。

サグデンはポアロを見つめていたが、言った。

「あなたは、ほんとに、そう思うのですか――？」

ポアロは、とつぜんその声に権威のひびきを持たせて言った。

「わたしは今、あなたがたにいくつかの可能性を示したのです！　これらのことは、いずれも起こったかもしれないことなのです！　これらのうち、どれが実際に起こったかは、われわれが外観から内面的真実性《リアリティー》に眼を移すことによって、初めて説明することができるでしょう……」

彼はちょっと休んでから、ゆっくりと言った。

「われわれは、前にもしばしば言ったように、まずシメオン・リー氏自身の性格にもどらなければなりません……」

6

ちょっとの間、話がとぎれた。不思議なことに、すべての怒りもすべての憎しみも消え去っていた。エルキュール・ポアロは、聞き手の心を、まったく彼の人格の魅力のとりこにしてしまった。彼がゆっくり語りはじめると、人々は魅了されたように彼をじっと見まもった。

「よろしいですか、それがすべてなのです。言いかえれば、死者がこの謎の焦点であり、中心であるのです！　そこで、われわれはまず、シメオン・リーの胸中深くさぐって、そこに見出されるものに、眼をそそがなければなりません。なぜならば、人は自分ひとりで、生まれて死ぬものではないからです。彼の持っていたものは、彼によって——彼のつぎに来るものへ、手渡されます……

シメオン・リーは、何をその息子や娘に伝えたか？　まず第一が、誇り——あの老人にあっては、その子供たちに対する失望ではなはだしく傷つけられていた誇り。次が忍耐の性質。シメオン・リーは、彼に害を与えた人間に復讐するため、数年間辛抱づよく待った、とわれわれは聞かされています。彼の気質のこの一面は、容貌の上では最も彼に似ていない息子によって、引きつがれていることを、われわれは知っています。デヴィッド・リーもまた、長い年月、恨みを忘れることなく、心に抱きつづけることができました。容貌の点では、ハリー・リーが彼によく似た唯一の息子ですが、この類似はシメオン・リーの若いころの肖像画を調べるとき、いっそうはっきりします。梁の高いワシ鼻、長く鋭いあごの線、頭のうしろへの動かしかた。その他、父親の言行上のくせ《マンネリズム》——たとえば、頭をうしろにそらせて笑うくせや、あごを指でなでるくせなども、そのまま引きついでいます。

これらのことを心にきざみつけ、かつこの殺人は死者と近い関係の者によって遂行されたという確信を得たわたしは、心理学的見地から、家族の人々を研究してみました。すなわち、わたしは、家族のうちの誰が心理学的に可能な殺人犯人であるか、決めようと企てたのです。その結果、わたしの判断では、わずかに二人が、その点で資格のあることがわかりました。それはアルフレッド・リーと、デヴィッド夫人のヒルダ・リーです。デヴィッド自身は、可能な殺人犯人として不適格者だと考えました。彼のようなデリケートな感情の持ち主は、他人の喉を切るというような血なまぐさいことに実際に直面できるとは思えないからです。ジョージ・リーとその夫人も、わたしは同様に不適格者として除外しました。彼らの欲望がどんなものであろうと、彼らが危険をおかすような気質を持っているとは考えられません。彼らはどちらも本質的に用心ぶかい人たちなのです。アルフレッド・リー夫人は、わたしの見るところでは、暴力行為のまったくできない人で、その上彼女の性質には偽装が多すぎます。ハリー・リーについても躊躇しました。彼には確かにある程度粗野で野蛮な一面がありますが、彼は虚勢を張り、からいばりはしますけれど、本質的には弱虫であると、わたしは信じたからです。彼の父の意見もそうだったと聞いています。彼の父はハリーのことをほかの者と同様価値がない、と言ったそうです。そこで残るのは、最初にあげた二人の人物ですが、二人のうちアルフレッド・リーは、無私的、献身的な性質を多分に持った人です。彼は長い間自分自身を制御し、それを他人の意志に従属させてきました。こうした条件の下では、今まで張りきっていたものが、不意にぷっつり切れるということが、しばしばあるものです。それに、ひょっとすると彼はしだいに力を増してきた父親に対して、心ひそかに恨みを抱いていたかもしれません。その抑制の糸がぷっつり切れたために、じつにとつぜん予想もしない暴行をしばしばやってのけるのは、最もおとなしい、最も温順な人々なのです。わたしが犯罪の可能性があると考えたもう一人は、ヒルダ・リーでした。彼女は決して利己的な動機からではありませんけれど——ときどき法を勝手に自分の手で執行することのできる人々の一人です。この種の人々は判断するだけでなく、実行もします。多くの旧約聖書的人物がこのタイプの人です。たとえば、ヤエル（旧約聖書『シシ記』に出てくるイスラエルの勇婦）やユヂス（経典外聖書中にあらわれるユダヤの寡婦。アッシリアの猛将ホロフェルネスを殺し、国民を救う）がそれです。

さて、以上のことを頭において、次にわたしは犯罪そのものの諸状況を調べてみました。ここで、誰の心にも強い印象を与える第一の事柄は――あの犯罪がじつに異常な状況の下に行なわれた、ということです！ みなさん、シメオン・リーが死んでいたあの部屋を思い出してみてください。重いテーブルや重い椅子がひっくり返され、ランプや陶器やガラスなどが木っ端みじんになっていたのをお忘れにならないでしょう。とくにあのテーブルと椅子はおどろくべきことでした。それらはいずれも堅いマホガニー製のもので、あのひ弱い老人とその相手との間にどんな格闘が行なわれたにしても、あんなに堅く重い家具類がどうしてひっくり返されたのか、理解に苦しまざるを得ませんでした。すべてが、わたしには、なんとなく非現実的に思われました。しかし、そうは言っても、もしこれが本当に起こったのでなければ、正気でわざわざこんな舞台効果を演出して見せる者はないにちがいありません――そうだとすれば、おそらくシメオン・リーは力の強い男に殺されたのではなく、加害者は女か体力の弱い人間だった、と推定しなければなりません。

しかし、このような考えも、どうにも納得できないところがありました。というのは、家具類の騒音は当然人々に急を告げ、そのため犯人は逃走する時間もろくになくなるだろうことは、わかりきっているからです。それよりもシメオン・リーの喉をできるだけこっそりと切るほうが、犯人にははるかに有利だったでしょう。

いま一つ異常な点は、鍵を外側からかけていることです。このようなやり方には、何の意味もないように思われました。それは、自殺を暗示してもいません。というのは、死に方そのものに自殺と一致する何ものもないからです。また、窓からの逃走も暗示していません——なぜなら、窓はすべてそうした逃走が不可能のように装置されていましたから。なお、それは、時間の点でも納得いかないものがありました。殺人犯人にとって、時間はきわめて貴重でなければならないはずです！

それから、さらに、もう一つ、不可解な問題がありました——それはサグデン警視がわたしに示した、シメオン・リーの携帯用洗面用具入れから切り取ったゴムの切れはしと、小さな木釘です。この二つの品は、あの部屋に最初に入った人々の一人によって床から拾い上げられたものですが——これもまた、どう考えても意味をなさないのでした！　まったく何の意味もないのでした。しかも、それらはそこにあったのです。

この犯罪は、すでにあなたがたにもおわかりのように、ますます不可解なものになってきました。それには順序もなければ、体系もないのです――結局、合理的ではないのです。

ところで、われわれはここで、さらに一つの困難にぶつからなければなりません。サグデン警視は、あの日シメオン・リーから電話で呼ばれました。そして盗難事件を報告された後、一時間半ほどしたらふたたび来てくれるようにと、頼まれました。なぜでしょうか？　もしシメオン・リーが、彼の孫娘かほかの家族の誰かを疑ったのだとすれば、なぜ彼はその疑わしい連中と自分が会見する間、サグデン警視に頼んで、階下で待っていてもらわなかったのでしょうか？　警視が実際に家にいるということは、罪を犯した人間に対する彼の圧力にいっそう威力を加えることになったでしょうに。

こう見てくると、異常なのは犯人の行動だけでなく、シメオン・リーの行為もまた異常に充ちているという結論に、われわれは到達することになります。

そこで、わたしは心の中でつぶやきました、『これはすべてがまちがっているぞ！』と。なぜか？　なぜなら、われわれはまちがった角度から事件を見ていたからなのです。すなわち、われわれは、殺人者がわれわれに見てほしいと思う角度から、事件を見ていたのです。

われわれは、まったく意味をなさない三つのものをもっています――格闘と、鍵のかけ方と、ゴムの切れはしがそれです。しかし、この三つのものも、別の見方をすれば、あるいは意味をなすかもしれない！　そこでわたしは、自分の心を空白にし、ひとまずこの犯罪の諸事情を忘れて、それらのものの価値を判断してみました。まず格闘です。それは何を暗示するか？　暴力――破壊――騒音……次に鍵は？　なぜ鍵をかけたか？　誰も入れないようにするためか？　しかしドアはすぐこわされたのだから、鍵は入るのを妨げなかったわけである。では、誰かをとじこめるためか？　誰かをしめ出すためか？　最後にゴムの切れはしは？　わたしは心の中でつぶやきました、『洗面用具入れの切れはしは、あくまで洗面用具入れの切れはしで、それだけのものだ！』と。

では、何もないではないか、とみなさんは言われるかもしれません――がしかし、それは厳密には本当ではありません。というのは、そこには三つの印象――騒音、遮断、空白――が残っているからです。

これらの印象は、わたしの考えた二人の可能的犯人のどっちかと調和するだろうか？　いや、まったく調和しません。アルフレッド・リーにとっても、ヒルダ・リーにとっても、しずかな殺人こそ、この上もなく望ましいことだったにちがいありません。また外側からドアに鍵をかけることに無駄な時間を費すような、そんなばかげたこともやるはずがありません。洗面用具入れの切れはしにいたっては、それこそ何の意味も見出されません。それでも、わたしは強くこう感じました――この犯罪には不合理なものは何もないのだ。それどころか、この犯罪はじつに巧妙に計画され、みごとに遂行されたのだ。そして事実、成功したのだ！　したがって、起こった事柄には、一つ一つ意味があるのだ、と……。

そこで、もう一度あの犯罪を入念に調べてみた結果、わたしは最初の微光を得ました……

血――おびただしい血――あたり一面の血……血の主張――新鮮な、かがやく血……おびただしい血――あまりにもおびただしい血……。

そして、それといっしょに、第二の考えがひらめいたのです。これは血の犯罪である――血の中にひそんだ犯罪である。シメオン・リーにそむいたのは、彼自身の血なのだ、という考えが……」

エルキュール・ポアロは、上体を前にかがめた。

「この事件で最も貴重な手がかりとなる言葉が、二人の異なった人によって、まったく無意識に発言されました。第一は、アルフレッド・リー夫人が『マクベス』の中から引用した〝あの年寄りが、あんなにたくさんの血をもっていたと、誰が考えただろう？〟

という一句でした。第二は、執事のトレッシリアンが言った言葉です。彼は、ときどき眼がくらむような気がすると言い、いろいろな出来事が以前一度起こったことのある出来事のような気がしてならない、と話しました。彼にそんな奇妙な気持ちを抱かせたきっかけは、きわめて単純な出来事だったのです。彼は玄関のベルが鳴るのを聞いて、ハリー・リーのためにドアをあけに出ていきましたが、その次の日、スティーヴン・ファーが来たときにも、同じことをしたというだけなのです。

ところで、なぜ彼はそのときそんな感じを抱いたのでしょうか？　ハリー・リーとスティーヴンを見てごらんなさい。そうすれば、すぐおわかりになるはずです。二人はおどろくほどよく似ています！　それが、スティーヴン・ファーに対してドアをあけたとき、ハリー・リーに対してドアをあけたような錯覚を起こさせたのです。そこに立っていたのが、ほとんど同一人物に見えたのかもしれません。つい今日もトレッシリアンは、近ごろは人々を混同して、しじゅうまごつかされる、とこぼしていました。無理はないのです！　スティーヴン・ファーは梁の高い鼻と、笑うとき頭をうしろにそらせるくせと、人差し指であごをなでるくせをもっています。試みにシメオン・リーの若いころの肖像画を、長い間じっとながめていてごらんなさい。あなたがたは、きっとそこに、ハリー・リーだけでなく、スティーヴン・ファーをも……」

スティーヴンが動いた。彼の椅子がぎーっぎーっと鳴った。ポアロは言った。

「シメオン・リーの怒りの爆発、子供たちに対する彼の弾劾を思い出してください。あなたがたもおぼえていられるでしょう。彼は言いました──おれには、私生児であろうと、もっとすぐれた子があるはずだ、と。われわれはふたたびシメオン・リーの性格にもどりましょう。彼は女に対してはいつも成功し、自分の妻を悲嘆にくれさせた人間です！　彼はピラールに向かい、おれだってほとんど同じ年ごろの息子たちで護衛隊をつくることができるかもしれない、と自慢した男です！　そこで、わたしはこういう結論に達しました──シメオン・リーは、現在家にいる正系の家族のほかに、彼自身の血を分けた、まだ認知されていない息子を持っているにちがいない、と」

スティーヴンが立ち上がった。

ポアロは言った。

「それが、あなたの真の理由だったのでしょう？　列車で会った少女とのロマンスが、理由ではないはずです。あなたは彼女に会う前から、すでにここへ来つつあったのだ。あなたの父親がどんな男か見るために、来つつあったのだ……」

スティーヴンは死人のように青ざめていた。彼は話しだしたが、その声はしゃがれて、とぎれがちだった。

「そうです、ぼくはいつも考えずにはいられませんでした……母がときどき父のことを話しましたので。彼がどんなふうな人物か知りたいと思う気持ちが――しまいには一種の強迫観念となってぼくを駆り立てました。ぼくは少しばかりの金をつくって、イギリスにやってきました。ぼくは自分が誰であるかを彼に知らせたくなかったので、エビニザー老人の息子だと偽りました。ぼくがここへ来た唯一の理由は――ぼくの父親である男に会うためでした……」

サグデン警視が、ほとんどつぶやくように言った。

「ああ、わたしは目が見えなかった……いまそれが、わかった。わたしは二度もきみをハリー・リー氏ととりちがえ、すぐ自分のまちがいに気がつきながら、しかも真相を察することができなかったのだ！」

彼はピラールの方に向きなおった。

「そうでしょう？　あなたが戸口に立っているのを見たという人影は、スティーヴン・ファーだったのでしょう？　わたしはおぼえていますよ。あなたは躊躇して、ちらっと彼のほうを見てから、それは女だったと言いましたね。あなたが見たのは、ファーだったのだ。それで、あなたは彼をかばおうとしたのだ」

しずかな衣ずれの音がして、ヒルダ・リーの深みのある低い声がきこえた。

「いいえ、ちがいます」と彼女は言った。「あなたはまちがっています。ピラールが見たのは、このわたしです……」

ポアロが言った。

「奥さん、あなたですね？　わたしもそう思っていました……」

ヒルダがしずかに言った。

「自衛本能というものは、妙なものでございますね。わたしは、自分がそれほど卑怯だったとは、信じたくありません。沈黙を守っていましたのは、心配したからです」

ポアロが言った。

「今こそ話してくださいますね？」

彼女はうなずいた。

「わたしはデヴィッドといっしょに、音楽室にいました。夫はピアノを弾いていました。彼は非常に気分が悪いようでした。それで、わたしは少しおびえ、自分の責任を痛感していました。と申すのは、ここへまいることを主張したのは、わたしだったからです。デヴィッドは〈葬送行進曲〉を弾きはじめました。それを聞くと、わたしはとっさに決心いたしました。たとえどんなに変に思われようと、わたしはすぐ——その晩のうちに、夫と二人でここを出立しようと、決心したのです。わたしはそっと音楽室を出て、二階へ上がっていきました。わたしは義父《ちち》に会って、わたしたちがなぜ行く気持ちになったか、その理由をはっきり話そうと思いました。廊下を通って義父《ちち》の部屋に行き、ドアをノックしました。が、答えがありませんでした。こんどは少し高くたたきましたが、依然何の返事もありません。そこで、ドアの把手《とって》をまわしてみましたが、ドアには鍵がかかっていました。それで、どうしたものかと、ためらいながら立っていると、そのときわたしは、部屋の中の音を聞いたのです——」

彼女はちょっと休んだ。

「あなたがたは、わたしの言葉をお信じにならないでしょうが、でもこれが本当なのです！　誰かが部屋の中にいて——義父《ちち》を襲ったのです。わたしはテーブルや椅子のひっくり返る音や、ガラスや陶器の割れる音を聞きました。それから、あの最後のおそろしい叫びが聞こえましたが、やがてそれも消え——ふたたび静かになりました。

わたしは、全身が麻痺したようになって、その場に立っていました！　わたしは動くことができませんでした！　そのときファーさんが走って来て、つづいてマグダリーンや、そのほかの人たちが全部集まってきて、すぐファーさんとハリーがドアをたたきこわしはじめました。ドアが倒れると、わたしたちはいっせいに部屋の中を見ました。けれども、そこには誰もいませんでした——血にそまって倒れている義父《ちち》のほかは……」

彼女のしずかな声が、急に高くなった。彼女は叫んだ。

「そこには、ほかに誰もいませんでした——誰一人いませんでした！　おわかりですね！　そして誰もその部屋から出ていったものはなかったのです……」

7

サグデン警視が深く息を吸った。彼は言った。

「わたしが気が狂いかけているのか、それともほかのみんなが気が狂いかけているのか！　奥さん、あなたがいまおっしゃったことは、まったくあり得ないことです。気ちがいじみている！」

ヒルダ・リーが叫んだ。

「わたしは部屋の中で誰かが格闘しているのを聞いたのです。また、老人が喉を切られて叫んだのを、たしかに聞いたのです——そして、誰も部屋から出てこなかったのに、部屋の中には誰もいなかったのです！」

エルキュール・ポアロが言った。

「それなのに、ずっとあなたは何もおっしゃらなかったのですね」

ヒルダ・リーの顔は真っ青だったが、彼女はしっかりした声で言った。

「申しませんでした。もしわたしがそれらの起こった事柄をお話ししたら、あなたがたは——老人を殺したのはわたしだとおっしゃるか、少なくともそうお考えになったでしょう。ですから……」

ポアロは頭を振った。

「いや」と彼は言った。「あなたは彼を殺しませんでした。彼を殺したのは、彼の息子です」

スティーヴン・ファーが言った。

「わたしは彼に手も触れなかったことを、神に誓います！」

「あなたではない」とポアロは言った。「彼にはほかにも息子があったのです！」

ハリーが言った。

「いったい全体——」

ジョージは眼をまるくしていた。デヴィッドは両眼を手でこすった、アルフレッドは二度も眼をしばたたいた。

ポアロが言った。

「わたしは、ここへ来た最初の晩――殺人の行なわれた晩――幽霊を見ました。それは故人の幽霊でした。わたしは、初めてハリー・リーを見たとき、迷いました。前に確かに彼を見たような気がしたのです。そこで、わたしは彼の容姿を注意ぶかく観察し、その結果、いかに彼が父親に似ているかを知りました。そしてひとりごとを言いました、以前会ったように感じたのは、このためだな、と。

ところが、昨日、わたしと向かいあって座っていた男が、頭をうしろへそらして笑ったのを見たとき、わたしはハリー・リーがわたしに思い出させたのは、これだったとわかりました。そしてふたたびわたしは、その男の顔に故人の面影を見つけたのです。

気の毒な老トレッシリアンが、互いによく似た二人の、いや三人の人間のために、玄関のドアをあけたとき、混乱を感じたのは不思議ではありません。また同じ家に、少し離れて見るとどっちがどっちだかわからないような三人の人間がいるとき、トレッシリアンが、どうも人々をとりちがえて困ると告白したのも、決して不思議ではありません！　同じ体格、同じ身ぶり（特にあごをなでるくせ）、同じように頭をそらせて笑う習慣、同じように梁の高い鼻、しかし、この類似は、必ずしも見分けるのが容易ではありませんでした――というのは、第三の男はひげを生やしていたからです」

ポアロは前にかがんだ。

「人はときとして忘れがちです、警察官も人間であるということを、彼らにも妻子もあれば母親や」――彼はちょっと言葉を切った――「父親もあるということを……シメオン・リーの地元の評判を思い出してください。彼は女の問題のために、自分の妻を悲嘆にくれさせた男です。ところで、私生児もまた、多くのものを遺伝します。その父親の顔かたちだけでなく、その身ぶりやくせまで受けつぐかもしれません。いや、父親の誇りや、忍耐強さや、執念ぶかい気質まで、受けつぐかもしれません」

ポアロの声は高くなった。

「サグデン、生まれてこのかた、きみはきみの父親の非道を恨んできた。きみはずっと前に彼を殺すことを決心したのだ、とわたしは思う。きみはあまり遠くない隣の州からやってきた。疑いもなくきみの母は、シメオン・リーが気前よく与えた金で子供の父親となってくれる夫を見出すことができたにちがいない。ミドルシャーの警察隊に入って機会を待つことは、きみにとっては容易だったろう。警視という職は、殺人を犯しながらうまくのがれおおす、大きな機会にめぐまれているからだ」

サグデン警視の顔は、紙のように血の気を失っていた。

彼は言った。

「あなたは気がふれている！　彼が殺されたとき、わたしは家の外にいたではないか」

ポアロは頭を振った。

「いや、きみは最初に来たときに、彼を殺したのだ。きみが出ていってから、生きている彼に会った者は一人もない。きみにとっては、そんなことは容易だった。シメオン・リーはきみを待っていたからだ。しかし、彼はきみを呼び出しはしなかった。彼に電話をかけ、強盗の企てについて漠然と話したのは、きみのほうだった。きみはその晩八時前に訪問することを約束し、そのときは警察慈善金の募金のようなふりをして行くから、とことわっておいた。シメオン・リーは少しも疑わなかった。きみが彼の息子であることも知らなかった。きみは来て、彼にダイヤモンドをすり換えられたというつくり話をした。彼は金庫をあけ、本物のダイヤモンドが無事であることをきみに示した。きみはわびて、いっしょに炉端にもどったが、すきをうかがって彼にとびかかり、片手で口をおさえておいてその喉を切った。きみのような強壮な体格の持ち主には、そんなことは児戯に等しかったにちがいない。

それから、きみはさっそく芝居の道具立てにとりかかった。まずダイヤモンドを盗った。次に、テーブルや椅子やランプやガラス器の類を積みかさね、あらかじめからだに巻いて持ってきた、ごく細いロープかコードをそれらの間に巻きつけた。きみはまた、殺したばかりのある動物の新鮮な血にクエン酸ナトリウムを加えた液をビンにつめて、一本持っていたが、それをそこらにまき散らし、なおシメオン・リーの傷口から流れ出た血のたまりにも、クエン酸ナトリウムを加えた。きみは死体が温かみを失わないように、暖炉の火をなおした。それから、コードの両端を窓の下のすきまから外に出し、壁に沿って下に垂らした。いっさいのお膳立てがすむと、きみは部屋を出て、外側からドアに鍵をかけた。これは、万一にも、ほかの人間を部屋に入れないようにするため、ぜひとも必要な処置だった。

それから、きみは外に出て、盗ったダイヤモンドを例の石の流しにつくられた箱庭の中にかくした。そうしておけば、もし早晩ダイヤモンドが発見されても、そのときはきみの望むとおりに、嫌疑はいっそうシメオン・リーの家族たちの上に集中することになるからだ。九時十五分少し前に、もどってきたきみは窓の下の壁のところに行き、コードを引っぱった。それと同時に、きみが注意ぶかく積みかさねておいたものが、一度にくずれ落ちた。家具や陶器がガラガラ、ガチャンとものすごい音を立てた。きみはコードの一方の端を引っぱって、たぐりよせ、上衣やチョッキの下にもとどおり巻きつけた。きみはその上に、さらに一つの仕掛けをしておいた！」

ポアロは、一同の方を向いた。

「みなさんはおぼえておられますか？　リー氏の死の叫びについて、一人一人ちがった表現をされたことを。リーさん、あなたはそれを、人間の断末魔の叫びだ、と表現された。あなたの奥さんとデヴィッド・リー氏は、どちらも、地獄の魂の声だ、と言われた。デヴィッド・リー夫人は反対に、魂のないものの叫びだ、と言われた。彼女は、けだもののように非人間的な声だった、とも言われた。事実に最も近かったのは、ハリー・リー氏でした。彼は豚が殺されるときのような叫びだった、と言いました。あなたがたは、縁日や定期市《いち》などで、〝瀕死の豚〟と名づけて売られている、ピンクの細長いゴムの袋をご存じですか？　中の空気が吹き出る拍子に、そいつはじつに非人間的な、悲しげな泣き声を発するのです。サグデン、それがきみの最後の仕上げだった。きみはその一つをあの部屋に装置し、その口を木釘でとめ、その木釘をコードにつないでおいた。きみがコードを引っぱると、その木釘ははずれ、豚のやつがすぼみはじめる。家具が大きな音を立てて落ちる絶頂で、この〝瀕死の豚〟の悲鳴が聞こえる、という仕掛けだ」

ポアロはふたたび、みんなの方を向いた。

「あなたがたはピラール・エストラバドス嬢が拾ったものが何だったか、もうおわかりでしょうね？　警視はその小さなゴム切れを誰も気がつかぬうちに回収したいと思い、いそいでそこへ乗りこんだのですが、ピラール嬢に拾われてしまったので、彼は役人的な態度ですばやく彼女からそれを取り上げたわけです。ここで忘れてならないことは、彼が誰にもその出来事を話さなかった、ということです。そのことだけでも、それは充分疑惑を起こさせる事実でした。わたしはそのことをマグダリーンから聞いたので、彼に正面からたずねてみました。が、万一の場合にそなえていた彼は、リー氏の洗面用具入れから切り取った小さなゴムの切れはしと木釘とを、わたしに提出しました。表面的にはゴムの断片と木ぎれという、まったく同種のものを提出したのですから、わたしの質問には立派に答えたことになります。それは、ひと目見てわたしがさとったように、まったく何の意味もないものでした！　しかし、ああ、なんてわたしはばかだったのでしょう、わたしはすぐ『これは何の意味もない、したがって、そこにあったはずはない。サグデン警視が嘘をついているのだ……』と思いませんでした。わたしは愚かにも、その説明を発見しようとして努力をつづけました。そして、結局、エストラバドス嬢が遊んでいた風船が破裂したとき、彼女がシメオン・リーの部屋で拾ったのはこれと同じしぼんだ風船だったにちがいない、と叫ぶまでは、真相をつかむことができなかったのです。

さて、みなさんはもう、あらゆることが論理的にぴったり適合していることが、おわかりになったでしょうね？　ありそうもない格闘——それは偽りの死の時間を設定するために必要だったのです。外側から鍵をかけたドア——それは死体をあまり早く発見されないためにやったことです。それから瀕死の人間の叫び。こう考えてくると、この犯罪はきわめて論理的で合理的です。

しかし、ピラール・エストラバドス嬢が風船についての発見を大声で叫んだ瞬間から、彼女は殺人者にとって危険の源泉となりました。同時に、もし彼女の叫びが家の中にいる彼に聞かれたとしたら（それは充分あり得ることでした、というのは彼女の声は高くて、よく通ったし、窓は開け放たれていたからです）、彼女自身も、大きな危険にさらされることになったのです。それでなくとも、すでに一度、彼女は殺人者に対して、非常に危険な瞬間を与えたことがありました。彼女はリー老人について話したとき、『おじいさんは若いときは、きっとハンサムだったにちがいない』と言い、すぐサグデンのほうを向いて『あなたのように』とつけ加えました。彼女は文字通りそう思ったので、サグデンにはそのことがピンとひびきました。サグデンが一瞬顔を紫色に変え、ほとんど口もきけないほどあわてたのも、不思議ではありません。それは、まったく予期しないことだったと同時に、致命的に危険なことだったからです。それ以来、彼はなんとかして彼女に罪をきせようとはかりましたが、それは意外に困難なことがわかりました。というのは、老人の遺産分配にあずからない彼女には、明らかに犯罪の動機がなかったからです。その後、風船について意見を述べた彼女の澄んだ、高い声を耳にすると同時に、彼は一か八かの非常手段に訴えることを決意しました。彼は、われわれがランチをとっている間に、あのブービー・トラップを仕組んだのです。さいわい、それは奇蹟的に失敗に終わりましたが……」

死のような沈黙が一座をつつんだ。と、そのとき、サグデンがしずかに言った。

「いつあなたは確信を得たのですか？」

ポアロは言った。

「つけひげを思いついて、それをシメオン・リーの肖像画でためしてみるまではまったく確信が得られませんでした。が、そのとき——つけひげをつけて、わたしを見おろした顔は、きみそっくりだったのです」

サグデンが言った。

「ちくしょう、彼の魂に呪いあれ！　おれはやったことを後悔しないぞ！」

第七部　十二月二十八日

1

リディア・リーが言った。

「ピラール、わたしたちがあなたのために何かをきちんときめてあげられるまで、ここでわたしたちといっしょに暮らしていたほうがいいのじゃないかしら。わたしそう思うけれど」

ピラールはすなおに言った。

「ありがとう、リディア。あなたはいい方ね。大げさに騒ぎ立てないで、すぐ人を許してくださるのね」

リディアは、微笑して言った。

「わたし、まだあなたのことをピラールと呼んでいるけど、本当はほかに名前があるんでしょう?」

「ええ、あたし、ほんとはコンチータ・ロペスというんですの」

「コンチータというのも、可愛い名前ね」

「あなたは実際、少しよすぎるほどいい方ですわ、リディア。でも、もうあたしのことで、ご心配なさらないでください。あたし、スティーヴンと結婚するつもりですの。そしていっしょに南アフリカへ行こうと思ってますの」

リディアはほほ笑みながら言った。

「結構だわ、それでいろんなことが、まるくおさまるというものだわ」

ピラールはおずおずと言った。

「リディア、あなたがあんまり親切にしてくださったので、いつかまたあたしたちがここへ——たぶんクリスマスに——もどってくるかもしれない、とお思いになりません? そしてそのときは、あたしたち、あのクラッカーや焼いた干しブドウを食べ、ツリーにキラキラ光るものをさげ、小さな雪ダルマを飾りたいわ」

「ええ、いいですとも、きっといらっしゃいね。そうしたら、ほんとのイギリスのクリスマスを味わわせてあげるわ」

「まあ、どんなにすばらしいでしょう。ねえ、リディア、今年はちっとも、いいクリスマスではなかったわね」

リディアははっと息をのんだ。そして言った。

「そうね、いいクリスマスではなかったわ……」

2

ハリーが言った。

「じゃ、さようなら、アルフレッド、もうこれ以上、ぼくに悩まされなくてすむよ。ぼくはハワイへ立つつもりだ。少し金ができたら、そこで暮らそうと思ってる」

アルフレッドが言った。

「さようなら、ハリー。たのしく暮らすように、祈っているよ」

ハリーはちょっと間が悪そうに言った。

「きみをずいぶん怒らせて、すまないと思っているよ。ぼくには、つまらないユーモアのセンスがあるもんでね。つい人をからかうようなことをしてしまうんだよ」

アルフレッドは、努力して言った。

「ぼくも、少し冗談を言うことを習わなければいけない、と思ってるよ」

ハリーはほっとして言った。

「じゃ――さよなら！」

3

アルフレッドが言った。

「デヴィッド、リディアとぼくは、ここを売ることに決めたよ。それで思うんだが、きみはお母さんの使っていた品物――椅子とか、足台とか――が欲しいんじゃないかね。きみは母のお気に入りだったから」

デヴィッドはちょっとためらった。それからゆっくり言った。

「アルフレッド、ご好意はありがとう。でもわかってくれるかな、ぼくはやめておこうと思うんだ。ぼくはこの家のものは、何もほしくないよ。ぼくはこの際、過去といっさい縁を切ったほうがいいと思うのさ」

アルフレッドは言った。

「そうか、わかるよ。そのほうがいいかもしれない」

4

ジョージが言った。

「では、さようなら、アルフレッド。さようなら、リディア。何というおそろしい時を、われわれはすごしたことだろう。その上、まもなく裁判がひらかれる。そのときは、あの不名誉ないきさつが全部世間に知れてしまうにちがいない――サグデンがわたしの父の息子だ、ということがね。できれば、あの男が犯行の理由として、共産主義の立場とか、資本家であるわれわれの父への憎悪とか――まあ、そういったようなことでも――申し立ててくれるといいのだが、そのことを彼に承知させようにも、その手だてがないし――」

リディアが言った。

「ねえ、ジョージ、あなたは、サグデンのような男がわたしたちの感情を満足させるために嘘をつくだろうなどと、本当に思っていらっしゃるのですか？」

ジョージは言った。

「そりゃ――たぶん、しないだろうね。あなたの言うことは、わかりました。やっぱり、あいつは頭がおかしいにちがいありません。では、もう一度、さようなら」

マグダリーンが言った。

「さようなら。来年は、クリスマスにはみんなでリヴィエラかどこかに行って、ほんとに楽しくすごしましょうよ」

ジョージが言った。

「為替相場しだいだよ」

マグダリーンが言った。

「あなた、けちなことをおっしゃらないでよ」

5

アルフレッドがテラスに出てきた。リディアは石の流しの上にかがみこんでいた。彼女は夫を見ると、背中をまっすぐにのばした。

アルフレッドはため息をついて言った。

「やれやれ、みんな行ってしまった」

リディアが言った。

「そうね――ありがたいこと」

「そうだよ、まったく」

アルフレッドがつづけて言った。

「ここを去るのが、うれしいだろう」

彼女はきき返した。

「あなたは反対ですか?」

「いや、わたしもうれしいよ。向こうへ行けば、わたしたち二人でやれるおもしろいことが、いろいろあるからね。ここで暮らしていると、たえず、あの悪夢になやまされなければならなかっただろう。でもありがたいことに、みんなすんでよかった!」

リディアが言った。

「エルキュール・ポアロのおかげですわ」

「そうだね。彼が説明していくにつれて、あらゆるものがそれぞれ適当な場所に落ちついたというのは、実際おどろくべきことだったね」

「そうですわ。あなたがジグソー・パズルをうまく仕上げた時のように、今までどう考えても、どこにも合わなかった奇妙な形の小片が、ごく自然に自分たちの場所を見つけてきちんとおさまったのですものね」

アルフレッドは言った。

「小さいことだが、一つだけまだぴったりしないことがあるんだよ。ジョージは電話のあとで、何をしていたんだろうか？　なぜ彼は言わないんだろう？」

「あなた、わからないのですか？　わたしにはすっかりわかっていましたわ。ジョージはあなたの机の上の書類に眼を通していたんですよ」

「ああ、まさか、リディア、そんなことをするものはいないよ！」

「ジョージならしますわ。ジョージはお金の問題に関してはおどろくほど好奇心が強いのですよ。でも、もちろん、それを言うことはできなかったでしょう。あの人は実際は被告席につきでもしなければ、そんなことを白状する人ではありませんわ」

アルフレッドは言った。

「また別の庭をつくるつもりかい？」

「ええ」

「こんどは何かね？」

「わたし、こんどは」とリディアは言った。「〈エデンの園〉をつくってみようと、思ってますの。新解釈の——蛇のいない——そしてアダムもイヴもすっかり中年の」

アルフレッドはやさしく言った。

「ねえ、リディア、長い間よく辛抱してくれたね。お前はわたしにはとても思いやりが深かった——」

リディアは言った。

「アルフレッド、わかっているでしょう、わたし、あなたを愛しているのですもの……」

6

ジョンスン大佐が言った。

「おどろいたよ！」それから、「まったく」と言った。そして最後にもう一度、「おどろいたよ！」と言った。

彼は椅子にもたれて、ポアロをじっと見つめた。それから、沈んだ調子で言った。

「ねえ、きみ！　警察はどうなっていくのだろう？」

ポアロは言った。

「警察官にだって私生活はあるということです！　サグデンは誇り高い男だったんですよ」

ジョンスン大佐は頭を振った。

うっぷん晴らしに、彼は炉の丸太を蹴った。そして、不意にポツンと言った。

「いつも言うように——薪の火ほどいいものはないな」

エルキュール・ポアロは首すじにすきま風を感じてひとり思った。

「わたしは《ブル・モワ》——あくまでセントラル・ヒーティングだ……」

解説

作家
霞流一

一九三八年に発表された『ポアロのクリスマス』はクリスティーの最も脂の乗り切った時期の作品であろう。一九三五年『三幕の殺人』『ABC殺人事件』、一九三六年『メソポタミヤの殺人』、一九三七年『ナイルに死す』などの数々のAクラス作品が連なり、本篇はそうした追い風を受けて放たれたものにふさわしく、これら先行する傑作群に勝るとも劣らぬクォリティを備えている。まるで強打者によるヒットの固め撃ちを思わせる華々しい活躍ぶりだ。さらに、翌一九三九年には『そして誰もいなくなった』でホームランを放ち一つのピークを極めている。

本篇のように欧米のミステリにはクリスマスを題材にしたものが多い。ちょっと思いつくだけでも、J・ヤッフェ『ママのクリスマス』、R・D・ウィングフィールド『クリスマスのフロスト』、P・ヴェリー『サンタクロース殺人事件』、E・クイーン「クリスマスと人形」、G・K・チェスタトン「飛ぶ星」等々、挙げていけばきりがないだろう。日本にも同様の趣向の作品はあるが、印象としてやはりクリスマスはキリスト教文化圏の国にこそ自然にフィットするように感じられる。

そもそも日本は宗教に関してはかなり大らかというか、いい加減というか、一本の筋が通っていないのは周知の通り。神様も仏様もイエス様もケース・バイ・ケースに応じて都合いい時だけありがたがる国民性なのである（もちろん数少ない信心深い方たちはおられるが）。昨今ではクリスマスの時期ともなれば日本中が異様な盛り上がりを見せるのが風物詩のようになっているが、その歴史と状況は浅薄なものである。八〇年代後半から九〇年代初頭にかけてのバブル景気に煽られて、映画、TVドラマ、音楽など各メディアが新たなラブストーリーのアイテムとして重視したのがクリスマスであった。この戦略にまんまと若者たちは嵌められ、特にイブの夜を実際の恋愛のキイポイントにまで押し上げてしまう。メーカーや飲食店などもこうしたオイシイ風潮を見逃すはずもなく手練手管を駆使した商戦を展開させ、かくして街中にイルミネーションとジングルベルがあふれかえる風景が作られたわけである。イブともなればホテルは満室という異様な事態が発生するようにまでなった。聖なる夜が性なる夜に。マリア様が処女受胎なされていた清らかな伝説も、盛った若者たちの本能にかき消されてしまった。ああ、神様、こいつらを殺しちゃってください、アーメン。

クリスマスには死体がよく似合う。本篇の中で、そんな不穏な意味を含んだシニカルな意見をポアロは述べている。一年に一度、普段は離れ離れになって暮らしている血族たちは一つ屋根の下に集まり祝祭を喜び合うのがクリスマス。この日だけは、平和に過ごすために、お互いの意見の不一致や因縁の確執などは押し隠して、笑顔を作り、善意の言動を心掛け合う。しかし、こうした一種の偽善は精神的苦痛や肉体的疲労を伴い、どこかで無理が生じやすく、己を抑圧した分、その反動は大きい。ちょっとしたキッカケで、その人間の持つ残忍さや不愉快さが実際よりも際立って露呈されてしまう。あたかも、せき止められた流れが、ダムの決壊により洪水と化すように。

おめでたいクリスマスとは実は一触即発のスリリングな危機的状況だったのである。おそらく、その逆説めいた事実に着眼したことこそ、クリスティーが本篇の構想を思いつく発端だったのかもしれない。また、前作『死との約束』の舞台がエルサレムであるのは象徴的だ。そうなると、ポアロの次なる活躍をクリスマスの意匠で彩ろうと考えるのはごく自然な創作姿勢であろう。そして、その構想は実に徹底している。舞台のあらゆるところにクリスマスの演出が施されているのだ。扉に引用されている『マクベス』

の一節「あの年寄りが、あんなにたくさんの血をもっていたと、誰が考えただろう」とあるように、偏屈な老富豪シメオン・リーの殺害された現場はおびただしい血にまみれていた。クリスティーは、最近の作品が貧血症気味と指摘されたことへの反撃と返礼して大量の血が流れる凶暴な殺人を用意した、というふうに述べているが、理由はそれだけではないと私は推理している。大量の血に染めあげられた殺害現場は赤い色に満ち満ちていただろう。当然、死体も赤い色にまみれているに違いない。まるで真っ赤な衣装をまとったような老人。いかにも、連想されるのはサンタクロースなのである。そう考えると、密室という不可能状況もミステリ的な興味をかき立てると共に、心憎いクリスマスの演出として浮かび上がってくる。部屋のドアは内部から施錠され窓は閉ざされているのに、犯人はどうやって侵入したのか？　こうした密室のシチュエーションは実にクリスマス的なのである。なぜなら、サンタクロースはドアからでも窓からでもなく、わざわざ煙突から部屋に忍び込んでくるのだから。きっと、心待ちにしている家族は、この日の深夜だけは暖炉の炎を消して火床を綺麗にしておき、お出迎えの準備をしているのだろう。つまり、クリスマスのある時間帯にだけ開かれるユダの窓からサンタクロースは密室に出入りするというわけなのである。他にもポアロが髭について語ったり、付け髭が床に落ちているシーンが登場するのもサンタを意識した気の利いた演出といえよう。

さらに、本篇全体を或る有名な古典と二重写しにして読み取ることも可能である。チャールズ・ディケンズの『クリスマス・キャロル』だ。強欲で気難しいスクルージ老人の前に、三人の幽霊が現れ、彼の過去・現在・未来を見せて改心させるハートウォームな物語。本篇で殺害されるシメオン・リー老人のキャラクターはまさしくスクルージを彷彿とさせる。また、密室殺人の現場を検証していくうちに、人前で幽霊がドアを通り抜けて犯行に及んだとしか考えられない不可思議な様相を増していく。さらに、ポアロの「幽霊を見た」という意味深長な発言。そして、その幽霊に関わる人間は三人であったことが明らかになってゆく展開……。

『クリスマス・キャロル』は『3人のゴースト』というタイトルで映画化されていたことを思い出しながら、『ポアロのクリスマス』の最初の数ページを何気なくパラパラとめくっていると目に留まった。殺人の舞台の名前が「ゴーストン館」。のっけからやってくれているじゃないか。この作品は隅々に至るまで「クリスマスにはクリスティーを」の名フレーズが仕掛けとして機能しているのであった。

灰色の脳細胞と異名をとる

〈名探偵ポアロ〉シリーズ

本名エルキュール・ポアロ。イギリスの私立探偵。元ベルギー警察の捜査員。卵形の顔とぴんとたった口髭が特徴の小柄なベルギー人で、「灰色の脳細胞」を駆使し、難事件に挑む。『スタイルズ荘の怪事件』（一九二〇）に初登場し、友人のヘイスティングズ大尉とともに事件を追う。フェアかアンフェアかとミステリ・ファンのあいだで議論が巻き起こった『アクロイド殺し』（一九二六）、イニシャルのABC順に殺人事件が起きる奇怪なストーリーが話題をよんだ『ABC殺人事件』（一九三六）、閉ざされた船上での殺人事件を巧みに描いた『ナイルに死す』（一九三七）など多くの作品で活躍し、最後の登場になる『カーテン』（一九七五）まで活躍した。イギリスだけでなく、イラク、フランス、イタリアなど各地で起きた事件にも挑んだ。

映像化作品では、アルバート・フィニー（映画《オリエント急行殺人事件》）、ピーター・ユスチノフ（映画《ナイル殺人事件》）、デビッド・スーシェ（TVシリーズ）らがポアロを演じ、人気を博している。

1 スタイルズ荘の怪事件
2 ゴルフ場殺人事件
3 アクロイド殺し
4 ビッグ4
5 青列車の秘密
6 邪悪の家
7 エッジウェア卿の死
8 オリエント急行の殺人
9 三幕の殺人
10 雲をつかむ死
11 ABC殺人事件
12 メソポタミヤの殺人
13 ひらいたトランプ
14 もの言えぬ証人
15 ナイルに死す
16 死との約束
17 ポアロのクリスマス
18 杉の柩
19 愛国殺人
20 白昼の悪魔
21 五匹の子豚
22 ホロー荘の殺人
23 満潮に乗って
24 マギンティ夫人は死んだ
25 葬儀を終えて
26 ヒッコリー・ロードの殺人
27 死者のあやまち
28 鳩のなかの猫
29 複数の時計
30 第三の女
31 ハロウィーン・パーティ
32 象は忘れない
33 カーテン
34 ブラック・コーヒー〈小説版〉

好奇心旺盛な老婦人探偵

〈ミス・マープル〉シリーズ

本名ジェーン・マープル。イギリスの素人探偵。ロンドンから一時間ほどのところにあるセント・メアリ・ミードという村に住んでいる、色白で上品な雰囲気を漂わせる編み物好きの老婦人。村の人々を観察するのが好きで、そのうちに直感力と観察力が発達してしまい、警察も手をやくような難事件を解決するまでになった。新聞の情報に目をくばり、村のゴシップに聞き耳をたて、それらを総合して事件の謎を解いてゆく。家にいながら、あるいは椅子に座りながらゆったりと推理を繰り広げることが多いが、敵に襲われるのもいとわず、みずから危険に飛び込んでいく行動的な面ももつ。

長篇初登場は『牧師館の殺人』(一九三〇)。「殺人をお知らせ申し上げます」という衝撃的な文章が新聞にのり、ミス・マープルがその謎に挑む『予告殺人』(一九五〇)や、その他にも、連作短篇形式をとりミステリ・ファンに高い評価を得ている『火曜クラブ』(一九三二)、『カリブ海の秘密』(一九六四）とその続篇『復讐の女神』（一九七一）などに登場し、最終作『スリーピング・マーダー』（一九七六）まで、息長く活躍した。

35　牧師館の殺人
36　書斎の死体
37　動く指
38　予告殺人
39　魔術の殺人
40　ポケットにライ麦を
41　パディントン発4時50分
42　鏡は横にひび割れて
43　カリブ海の秘密
44　バートラム・ホテルにて
45　復讐の女神
46　スリーピング・マーダー

バラエティに富んだ作品の数々

〈ノン・シリーズ〉

名探偵ポアロもミス・マープルも登場しない作品の中で、最も広く知られているのが『そして誰もいなくなった』（一九三九）である。マザーグースになぞらえて殺人事件が次々と起きるこの作品は、不可能状況やサスペンス性など、クリスティーの本格ミステリ作品の中でも特に評価が高い。日本人の本格ミステリ作家にも多大な影響を与え、多くの読者に支持されてきた。

その他、紀元前二〇〇〇年のエジプトで起きた殺人事件を描いた『死が最後にやってくる』（一九四四）、『チムニーズ館の秘密』（一九二五）に出てきたロンドン警視庁のバトル警視が主役級で活躍する『ゼロ時間へ』（一九四四）、オカルティズムに満ちた『蒼ざめた馬』（一九六一）、スパイ・スリラーの『フランクフルトへの乗客』（一九七〇）や『バグダッドの秘密』（一九五一）などのノン・シリーズがある。

また、メアリ・ウェストマコット名義で『春にして君を離れ』（一九四四）をはじめとする恋愛小説を執筆したことでも知られるが、クリスティー自身は四半世紀近くも関係者に自分が著者であることをもらさないよう箝口令をしいてきた。これは、「アガサ・クリスティー」の名で本を出した場合、ミステリと勘違いして買った読者が失望するのではと配慮したものであったが、多くの読者からは好評を博している。

72 茶色の服の男
73 チムニーズ館の秘密
74 七つの時計
75 愛の旋律
76 シタフォードの秘密
77 未完の肖像
78 なぜ、エヴァンズに頼まなかったのか?
79 殺人は容易だ
80 そして誰もいなくなった
81 春にして君を離れ
82 ゼロ時間へ
83 死が最後にやってくる

84 忘られぬ死
86 暗い抱擁
87 ねじれた家
88 バグダッドの秘密
89 娘は娘
90 死への旅
91 愛の重さ
92 無実はさいなむ
93 蒼ざめた馬
94 ベツレヘムの星
95 終りなき夜に生れつく
96 フランクフルトへの乗客

訳者略歴　1899年生，英米文学翻訳家
訳書『炎のなかの絵』コリア，『快盗ルビイ・マーチンスン』スレッサー（以上早川書房刊）他多数

ポアロのクリスマス

〈クリスティー文庫 17〉

二〇〇三年十一月十五日　発行
二〇二〇年十一月二十五日　九刷
（定価はカバーに表示してあります）

著者　アガサ・クリスティー
訳者　村《むら》上《かみ》啓《ひろ》夫《お》
発行者　早川浩
発行所　株式会社　早川書房

東京都千代田区神田多町二ノ二
郵便番号一〇一－〇〇四六
電話　〇三－三二五二－三一一一
振替　〇〇一六〇－三－四七七九九
https://www.hayakawa-online.co.jp

乱丁・落丁本は小社制作部宛お送り下さい。
送料小社負担にてお取りかえいたします。

印刷・三松堂株式会社　製本・株式会社川島製本所
Printed and bound in Japan
ISBN978-4-15-130017-2 C0197

本書は活字が大きく読みやすい〈トールサイズ〉です。